KB027042

미스 델핀의
환상 사무소

POUR VOUS

도미니크 메나르 장편소설
박명숙 옮김

미스 델핀의
환상 사무소

문학동네

일러두기

1. 주석은 모두 옮긴이주다.
2. 본문 중 고딕체는 원서에서 이탤릭체나 고딕체로 강조한 부분이다.

그 이유를 알고 있는 L.을 위해

꿈꾸는 사람은 신과 같고,
생각하는 사람은 걸인과 같다.

휠덜린

1

"아가, 어여쁜 내 아가." 노인은 끊임없이 똑같은 말을 늘어놓았다. 때로는 눈물을 보이거나 웃어젖히며 몇 시간 동안이나. 그럼 난 인내심을 발휘해 "네, 할아버지" 하고 대답했다. 그러는 대가로 돈을 받았기 때문이다. 노인이 잔디 위에서 뒹굴거나 장미를 꺾지 못하도록 열 번이고 스무 번이고 뒤를 쫓아 붙잡으러 다녀야 할 때도 나는 늘 입가에 미소를 지어야 했다. 노인을 내버려두면 경비원에게 자기 할아버지도 제대로 못 챙긴다는 책망을 들어야 했고, 노인이 자칫 정신을 놓기라도 하면 장미 가시에 피가 날 정도로 손을 긁히는 일이 다반사였기 때문이다. 그가 꽃이 있는 곳으로 다가갈 때면, 여생을 휠체어에 앉아 보내는 사람이 어떻게 그렇게 재빠를 수 있는지 매번 놀라웠다.

"아가트." 노인이 내 뺨과 턱을 어루만지면서 중얼거렸다. 그럼 난 온통 못이 박인 그의 꺼끌꺼끌한 손가락이 닿을 때의 거부감을 애써 감췄다. "아가트, 넌 하나도 안 변했구나. 웃는 모습이 어릴 때하고 똑같다는 거 알고 있니? 바로 그때의 미소 그대로야. 이 보조개도 똑같고 말이지."

그러다가 해가 지기 시작하면 그를 다시 휠체어에 앉힌 다음 집으로 향했다. 조그만 모터를 부르릉대며 휠체어가 지이이잉, 지이이잉 굴러가고 있는데도 그는 후들거리는 다리로 걸음을 옮기며 나에게 부축받고 있기라도 하듯 내 팔꿈치 안쪽을 꼭 움켜잡았다. 우린 북쪽 정문을 통해 그랑 플라탄 공원을 빠져나온 후 대로를 거슬러올라가 그의 집 앞에 도착했다. 그럼 그의 손녀는 할아버지가 없는 동안 만끽한 편안함과 그의 이른 귀가로 인한 실망감이 교차하는 얼굴로 문을 열어주었다.

"할아버지는 좀 어떠셨어요?" 그녀의 물음에 난 매번 이렇게 대답했다. "좋았어요. 아주 얌전히 계셨고요. 바람 쐬는 걸 무척 좋아하시는 것 같아요."

난 노인이 휠체어에서 내려오도록 도와주었다. 그러면 그는 거실 한가운데 멍하니 버티고 서서 페르시아산 카펫 위에 진흙이 엉겨붙은 신발을 기계적으로 문질렀다. 노인은 무심한 표정으로 자신의 손녀들을 바라보면서 소리 없이 입술을 움직였다. 정확히 말하자면 그의 손녀는 하나였다. 어쩌면 그가 잔뜩 주름진 입술로 "아가트, 아가트"라고 발음하는 것을 나만 읽었는지도 몰랐다. 그의 손녀는 한숨을 내쉬며 서랍장 쪽으로 돌아서더니, 내 붉은 머리와는 그다지 비슷하지 않은 흑갈색 머리를 뒤로 넘기고는 서랍 속에서 봉투 하나를 꺼내 내게 건넸다.

"여기요, 델핀, 고맙습니다."

"고맙습니다." 나는 봉투를 가방에 넣으며 대답했다. "그럼 다음주 일요일에 뵐까요?"

"네." 그녀는 마치 다음주 주말의 날씨를 미리 알 수 있기라도 한 것처럼 창문을 흘긋 쳐다보면서 말했다. "비가 오면 오실 필요 없고요. 할아버진 날씨가 좋은 날에도 이미 집을 충분히 더럽히고 계시거든요."

집을 나서려 할 때, 노인은 두 팔을 축 늘어뜨리고 있었다. 공원에서 우리끼리 있을 때는 시도 때도 없이 나를 껴안으며 애지중지하더니, 이제는 손짓 한번 해주지 않았다. 자신의 손녀가 둘이 되었다는 사실에 온몸이 마비되기라도 한 듯이 눈으로 나를 좇을 뿐이었다. 그러면 난 공손하게 그에게 악수를 청하며 "안녕히 계세요, 에드가르 씨"라고 인사했다. 그가 내 손을 잡는 일은 거의 없었고, 저녁이 되어 나는 그곳을 떠났다.

난 길모퉁이를 돌아서자마자 봉투를 열어 수표에 적힌 금
액을 확인했다. 에이전시에 도착할 때까지 참을성 있게 기다
리는 일은 드물었다. 하지만 아가트 쿠앵드로는 결코 금액을
잘못 써넣는 적이 없었다. 게다가 비용에 대해 따져 묻는 일
도 없었다. 매주 일요일 오후에 그녀의 할아버지를 산책시켜
주는 일을 맡은 것도 그래서였다. 사실 내 고객들의 일을 처
리하는 것 말고는 달리 할일이 없기도 했지만.

존스를 처음 본 건 공원에서 에드가르 씨와 함께 있을 때
였다. 당시엔 그가 누구인지 몰랐기에, 에이전시에서 출발해
휠체어를 타는 노인을 데리러 노인의 집에 들렀다가 공원에
올 때까지 그가 줄곧 나를 뒤따라왔다는 사실도 짐작하지 못
했다. 에드가르 씨는 벤치에 앉아 그의 손녀가 일요일 산책
때 허락해준 담배 세 개비 중 한 개비를 피우고 있었다. 그
순간이 우리의 산책 시간에서 가장 평온한 시간이었다. 그의
옆에 앉아 잡지를 보던 나는 어디선가 들려오는 발소리에 고
개를 들었다. 그러자 주머니에 양손을 찔러넣고 입에 담배를
문 채 다가오는 젊은 남자가 보였다.

"혹시 불 있으세요?" 그가 물었다.

두 손을 허벅지 안쪽에 내려놓은 채 멍하니 허공을 바라보

며 담배를 피우는 노인에게 말을 걸면서도 정작 그의 시선은 나를 향하고 있었다. 에드가르 씨는 아무 대답도 하지 않았다. 난 그의 손녀가 챙겨준 조그만 손가방에서 라이터를, 내가 기억하기론 파란색 라이터를 꺼내 젊은 남자에게 내밀었다. 그가 몸을 숙이자 무척이나 긴 그의 속눈썹이 눈에 들어왔다. 특이하게도 검은색이나 갈색이 아닌 희끗희끗한 회색이었다. 마치 세월과 삶의 신산함에 머리 대신 눈썹이 센 것 같았다. 그의 머리칼은 흑갈색이었고, 머리에 바른 젤이 윤기를 더해주고 있었다. 그리고 그는 한쪽 뺨의 피부가 얽어 있었다. 라이터 불이 위로 세차게 솟구치는 바람에 불에 그슬릴 뻔했지만 그는 뒤로 물러나지 않았다. 담배에 불이 붙자 그는 또다시 나를 향해 나지막하게 웅얼거렸다. "고마워요." 그러고는 자리를 떠났다.

그 순간 난 그를 다시 만나게 되리라는 걸 알았다. 그의 주머니 속에 성냥이나 라이터가 있었으며, 나에게 불을 빌린 것은 핑계에 불과했다는 사실도. 그가 날 바라보는 방식만으로도 알 수 있었다. 공원에서 한가로이 어슬렁거리다가 지루해진 남자의 눈빛이 아니었다. 그가 수사관이 아닐까 하는 생각이 잠시 들었다. 혹시 내 고객 중 한 사람이 불만을 품고서 경찰이나 개인 탐정에게 수사를 의뢰하지나 않을까 늘 불안해하던 터였다. 난 그가 오솔길을 따라 내려가는 동안 눈으로 그의 뒷모습을 좇았다. 나뭇가지들 아래로 그의 그림자가 흔들렸다. 아주 잠깐 동안, 수십 마리의 연보랏빛 나비들이 그를 둘러싸는 듯 보였다. 아니야, 저건 금속광택이 나는 금파리들일 거야. 죽음을 예고하는 파리들. 잠시 후, 파리들은 어디론가 사라져버리고 보이지 않았다. 그 벌레들이 정말 있었는지 모르겠지만. 어쩌면 빛과 그림자의 장난일 뿐이었는지도 몰랐다. 하지만 모든 이야기는 그 순간에 이미 시작되고 있었다.

에드가르 씨는 꽁초가 다 타들어가 손가락이 델 때까지 담배를 피웠다. 그리고 또다시 "아가트, 아가트" 하고 속삭이기 시작했다. 난 그의 입을 닫으려고 가방에서 사탕을 꺼내 포장지를 벗긴 후 얼른 그의 입속으로 밀어넣었다. 어쩌면 난 내 생각보다 훨씬 더 불안했던 건지도 모른다. 나 역시 사탕 하나를 입에 물고 빨았다. 별로 좋아하지 않는 카시스 맛이었지만 개의치 않았다. 그리고 사탕을 입속에서 완전히 녹인 다음 집으로 돌아갈 시간이 될 때까지 벤치에 머물러 있었다.

에드가르 쿠앵드로 씨 / 아가트 쿠앵드로 양

그랑 플라탄 공원, 오후 두시 삼십분~다섯시.

담배 세 개비. 사 분간 걸음.

노인이 사탕을 달라고 해 그의 손녀가 일러준 대로 두 개를 줌. 다른 특기할 만한 사항은 없었음.

(난 잠시 망설이다가 "젊은 남자가 담뱃불을 빌림"이라고 쓰고는 사소한 일화에 불과하다는 생각이 들어 이내 줄을 그어 지워버렸다. 그리고 다음과 같이 마무리했다.)

소요 시간 : 두 시간 삼십 분.

70유로.

2

마리아는 무릎 위에 두 손을 올려놓고 사무실에서 흐느끼고 있었다. 흘러내리는 눈물을 닦으려는 몸짓은 조금도 하지 않았다. 그녀가 그렇게 우는 건 종종 있는 일이었다. 이 단단해 보이는 여자가 어린아이가 되어버리는 모습은 매번 나를 놀라게 했다. 그녀는 마흔 살이었고, 난 그녀보다 다섯 살 아래였지만 언제나 그녀를 달래주어야 한다는 의무감 같은 게 들었다. 이번에도 난 책상 서랍에서 고객들을 위해 준비해둔 라일락 향 티슈를 꺼내 그녀에게 건넸다. 하지만 마리아는 티슈를 거들떠보지도 않았다.

"그 남자가 나보고 창녀라고 했단 말이에요." 그녀가 자신의 처지를 한탄하듯 신음하며 말했다. "창녀라고 했다고요.

아시겠어요?"

　난 며칠 사이에 더 불어난 것 같은 배 때문에 다소 힘겹게 몸을 일으켰다. 변해가는 내 몸에 아직 잘 적응이 되지 않았다. 나는 책상 옆으로 돌아가 그녀가 앉아 있는 회전의자의 팔걸이를 잡고 빙 돌려 나를 마주보게 했다. 마리아는 우윳빛 피부에 콧날이 길고 우뚝했고, 입술은 바깥으로 살짝 뒤집힌 듯 도톰했다. 때로는 귀족적이고, 때로는 천박해 보이는 얼굴이었고, 나를 만나기 전까진 나처럼 공장에서 일했거나 가정부 일을 했으리라 짐작케 할 만큼 몸이 다부졌다. 벨벳 정장으로도 그녀의 팔뚝과 허벅지 굵기를 감추기엔 역부족이었다.

　"또다시 이런 의뢰가 들어오면 그땐 다른 사람을 보낼게요. 내가 해준 말 기억해요? 그들이 우릴 어떤 이름으로 부르든지 그런 건 중요하지 않아요. 도움을 구걸하는 건 바로 그들이에요. 그들은 우리가 그들에게 주려는 것보다 훨씬 더 간절하게 우리 도움을 필요로 하고 있다고요. 내 말 알죠?"

　마리아는 고개를 끄덕이고는 무슨 말인가 덧붙이려 했다. 하지만 울음이 터져나와 목소리가 잠겨버렸고, 마치 음란한 소리를 내뱉기라도 한 양 손으로 입을 막았다.

　"다른 게 더 있어요." 그녀가 잠시 머뭇거리다가 말을 이었다. "티투안 얘기예요. 난 더이상은 못하겠어요. 나한테 분명 곧 끝날 거라고 약속했잖아요. 그런데 그게 대체 언제죠? 그 사람들이 오늘 나한테 뭐라고 한 줄 알아요? 우리 아들 귀가 더럽다면서, 내가 그걸 알지도 못했다는 거예요. 날 나쁜 엄마라고 생각하는 것 같았다고요. 창녀에다 나쁜 엄마에, 이제 또 뭐죠?"

또다시 울음을 터뜨릴 것 같아서 난 그녀가 진정할 수 있도록 이렇게 대답했다.

"수아뉴 씨 부부가 우리하고 계약을 했다는 걸 잘 알잖아요, 마리아. 이제 넉 달 후면 그들은 더이상 티투안을 데리고 있지 못한다고요." 그리고 안타까워하며 덧붙였다. "그러니까 이렇게 울고불고할 필요가 전혀 없어요. 수아뉴 씨 부부 때문이든 다른 고객 때문이든 모두 마찬가지예요. 나라고 뭐 다를 줄 알아요? 나한테는 그런 일이 없을 거라고 생각해요? 난 그보다 훨씬 더 심한 말들도 들어봤다고요."

그건 사실이었다. 고객들로부터 창녀, 도둑, 거짓말쟁이 취급을 당하기는 다반사였다. 그들은 조금 전까지만 해도 간절하게 원하던 것이었으면서도, 꿈에서 깨어나면 모두 속임수 또는 사기라고 매도했다. 자신의 엄마, 누이, 여자 친구 혹은 연인이라고 믿었던 사람이 아닌, 몸짓과 언어가 그들에게 갑자기 아무 의미가 없어진 한 낯선 여자를 발견했기 때문이었다. 그럴 때는 내가 아무리 이성적으로 설득하려고 해도 아무런 소용이 없었다. "고객님, 계약을 하셨잖아요. 계약서를 다시 읽어보세요. 여기 다 적혀 있으니까요." 그들은 마리아가 느끼는 노여움과 슬픔 비슷한 감정에 사로잡히곤 했다. 그리고 그런 순간은 사실 꽤 위험했다.

마리아는 입을 가리고 있던 손 뒤로 희미한 웃음을 지어 보였다. 그리고 콧물을 훔친 다음 팔을 축 늘어뜨렸다.

"오, 그건 나도 잘 알고 있어요. 당신이 이런 일을 오랫동안 어떻게 참아왔는지 모르겠어요. 당신처럼 좋은 사람이 말이죠."

난 아무 대꾸도 하지 않고 그저 미소만 지어 보였다. 그녀의 말에 감탄과 경멸, 존중심과 악의가 함께 배어 있단 걸 잘 알고 있었다. 난 좋은 사람이 아니에요, 마리아. 언젠가 그녀에게 했던 이 말이 떠올랐다. 그리고 그때 그녀의 눈빛에서 그녀 역시 나를 좋은 사람이라고 생각하지 않는다는 사실을 알아차렸다. 그보다는 유능하고 냉정한 고용주, 자신의 환자들에게 애정이라곤 눈곱만큼도 보이지 않는 일종의 치료사로 여겼다. 그리고 고객들도 대부분 날 그런 식으로 생각했다.

처음에는—나는 이 일을 열여섯 살에 시작했다—많은 이들이 거짓으로 순진한 척하는 나를 비난했다. 그리고 때때로 나는 사악하고 무서운 상상력을 지닌 아이로 치부되어 뺨을 얻어맞기도 했다. 바로 전날까지만 해도 내게 이렇게 애원하던 사람들이었는데. "난 너무 힘들어요. 당신이 정말 그렇게 해줄 수 있나요? 날 위해 해줄 수 있나요?" (그들이 요구하는 서비스의 목록은 끝이 없었고, 그 종류 또한 다양했다.) 그럼 난 이렇게 대답했다. "걱정하지 마세요. 제가 다 알아서 해드릴 테니까요. 추가 서비스는 그 시간만큼 요금이 더 부과되고요."

요즘도 여전히, 환상에서 깨어난 고객들은 내게 설교를 늘어놓는다. 마치 내가 가치를 짐작조차 못하는 보석을 훔치기라도 한 것처럼 날 비난한다. "당신은 지금 자신이 무슨 일을 저지르고 있는지 몰라요. 다신 이런 일 할 생각도 하지 말아요. 내가 고소하지 않는 걸 다행으로 알라고요." 스스로 도덕적이라고 자처하는 사람들은 이렇게 비난을 퍼부었다. "당신한테는 양심도 없는 것 같군요. 어떻게 타인의 불행을 이용해서 돈 벌 생각을 하죠? 떳떳하다면 어디 한번 내 눈을 똑바로 쳐다봐요." 그럼 난 상대방의 눈을 똑바로 쳐다보면서 마음속으로만 대꾸했다. 당신이 먼저 내게 부탁했잖아요. 당신이 내게 애원하고 간청했잖아요. 그걸 위해 내게 돈을 지불하면서요.

당신은 석 달 동안이나 여섯 살짜리 당신 아들이 보낸 것처럼 편지와 그림을 보내달라고 했죠. 당신 부인이 데려가버려서 더이상 만날 수 없는 아들 대신에요. 당신이 간직하고 있던 아들의 편지와 그림을 흉내내서 그림에 아이가 좋아하는 노란색과 빨간색을 많이 섞고, 똑같이 철자법을 틀려가면서 말이죠.

또한 당신은, 수없이 고르고 고른 목소리로, 아내가 죽기 전날 마지막으로 나누었던 말들을 그대로 녹음해달라고도 했죠. 당신이 했던 말은 공백으로 남기거나 별 의미 없는 말들로 채우고요. 당신이 잠들어버린 그녀에게 마지막으로 했던 말은 이런 질문이었죠. "당신 부엌 창문 제대로 닫았어?"

이혼 후 고독감을 견디지 못하던 또다른 당신을 위해서는 토요일마다 함께 저녁을 먹기도 했죠. 부엌 식탁 앞에 앉아 소박하기 그지없는 식사를 마친 후에는 텔레비전에서 하는 영화를 함께 보고, 때로는 당신 아내가 챙겨가는 걸 잊었거나, 가져가고 싶어하지 않았던 파자마를 입고서 침대 위 당신 옆에 누운 채 밤을 보내기도 했고요.

아이를 갖지 못해 고통스러워하던 당신들이 우유병을 물리거나 기저귀를 갈아주고 동화를 들려줄 아이를 간절히 원할 때, 난 그런 당신 부부를 위해 아이를 빌려주기도 했죠. 아니, 임대했다고 하는 편이 맞겠군요. 일주일에 두 번씩 오후 시간에 당신들이 사랑을 쏟아부을 수 있는 아이를요. 그

아이가 당신들의 아이라는 환상을 채우는 대신 당신들은 내게 대가를 지불했고요.

3

그 고객들은 수아뉴 부부였다. 그리고 아이는 마리아의 아이였다. 수아뉴 부부는 일 년 전쯤 나를 찾아왔다. 그리고 한참이나 말을 빙빙 돌리며 시간을 끌다가 마침내 솔직하게 털어놓았다. 이미 수년 전부터 집에 장난감으로 가득한 아이방을 마련해놓았다고. 더이상 그 방안의 정적을 견딜 수 없고, 먼지가 쌓여가는 곰인형과 온갖 인형들과 장난감 병정들 때문에 마치 있었던 아이가 죽은 것 같은 느낌이라고 했다. 또한 이곳에 무작정 들르게 되었으며, 자신들에게 필요한 서비스를 제공받을 수 있을 거라고는 기대하지 않았다고도 했다. 그런 서비스가 있다 한들 어떤 이름으로 분류할 수 있겠는가. 하지만 누군가가 그들에게 '당신을 위해'라는 에이전시에서는 거의 모든 게 가능하다고 귀뜸해주었고, 그들은 한 번 운에 맡겨볼 생각으로 나를 찾아왔던 것이다.

그날 마리아는 외출중이었다. 난 자리에서 일어나 그녀의 아들 사진이 붙어 있는 책상으로 향했다.

"물론이죠, 두 분 심정을 충분히 이해합니다. 아이가 없는 집은 무덤이나 마찬가지죠. 그리고 이런 서비스를 요청하는 게 두 분이 처음도 아니고요." 난 거짓말을 했다. "어쩌면 두 분의 문제에 해결책이 있을 것 같군요. 이 아이가 마음에 드시나요? 잘 보세요. 아주 사랑스러운 아이랍니다." 난 아이가 육 개월이라고 덧붙였다. 사실 한 살이었지만 나이에 비해 몸집이 작은 편이었기 때문이다. 게다가 하트 모양의 입과 여자아이처럼 곱슬곱슬한 긴 머리칼을 가진 잘생긴 남자아이였다.

그들은 즉각 내 제안을 받아들였다. 한참 동안 사진을 들여다보던 수아뉴 부인의 눈에 눈물이 맺혔다. 하지만 그녀는 마리아와는 달리 즉시 손끝으로 눈물을 훔치고는 내게 물었다. "그런데 얼마를 드리면 되나요?"

그것은 내가 체결한 계약 중에서 가장 많은 수익을 벌어들이면서, 동시에 가장 미묘한 계약이었다. 또한 내가 살면서 이뤄내는 소소한 타협들을 못마땅해하는 이들의 눈에는 극도로 파렴치해 보일 만한 일이었다. 단지 성인들끼리의 문제가 아니었기 때문이다. 내게 서비스를 요구한 사람의 눈을 똑바로 바라보며 거짓말하는 선에서 그치는 일이 아니었다. 그 계약에는, 마치 물건처럼 이 사람에서 저 사람으로 건네지는, 그리고 때로는 울음을 터뜨리기도 하는 한 아이가 포함돼 있었다. 마리아가 싱글맘에, 빚이 있고, '당신을 위해'에서 별로 힘들지 않으면서도 괜찮은 보수를 받는 일을 하고 있다는 사실이 내겐 다행이었다. 공원을 한 바퀴 돌아보거나, 어린이집과 유치원이 끝나는 시간에 그 앞에서 지키고 있거나, 유모차를 미는 아기 엄마들이 비교적 한가로운 오후를 보내는 카페에서 얼쩡거리며 후보자를 물색해본다고 해도 다른 지원자를 찾아내기는 불가능했을 테니까.

그와 별개로, 마리아에게 대체로 선의와 일에 대한 열정이 있고, 경제적인 문제가 있다고 하더라도 그녀를 설득하기는 어려웠다. 내가 처음 이 얘기를 꺼내자 그녀는 창백해진 얼굴로 고개를 흔들며 나지막하게 대꾸했다.

"말도 안 돼요. 나한테 어떻게 그런 요구를 할 생각을 했는지 모르겠네요. 정말 내가 그런 제안을 받아들일 거라고 생각했어요?"

"내 말 잘 들어요, 마리아. 단지 일주일에 두 번씩, 몇 시간이면 돼요. 당신이 원하는 요일을 선택할 수도 있고요. 티투안을 어린이집에 맡겨본 적 한 번도 없어요? 그 여자를 티투

안의 보모라고 생각하면 되잖아요. 게다가 그 대가로 돈을
받는 건 당신이라고요."

"하지만 지금 그런 얘길 하는 게 아니잖아요. 그 여자는 자
기가 티투안의 엄마처럼 굴 게 뻔해요. 난 그런 건 절대 못 참
는다고요. 차라리 일을 그만두고 말겠어요." 그러더니 마리
아는 이제 고래고래 소리치기 시작했다. "그 사람들이 내 아
들을 납치하면, 그리고 어디로 사라져버리면 어떡할 거냐고
요! 아이를 못 가지는 사람들이 무슨 짓을 할 수 있는지 당신
이 몰라서 그래요. 난 내 아들을 다시 못 볼 수도 있다고요."

난 그녀의 말에 차분하게 대꾸했다.

"아니, 그렇지 않아요, 마리아. 그들은 다만 일주일에 두
세 시간 정도 아기와 함께 있고 싶어할 뿐이에요. 아이를 가
질 수 없는 부부가 겪을 슬픔을 한번 생각해봐요. 그들에게
그런 기쁨을 느껴보게 해주고 싶지 않나요?"

그러자 그녀는 분노로 가득찬 눈으로 날 노려보았다. 그
순간 나는 그것이 그녀의 진정한 모습이 아닐까 생각했다.
늘 햇빛이 내리쬐는 쪽으로 기울어지는 식물만큼 민감하게
반응하며 누군가에겐 성모마리아, 또다른 누군가에겐 창녀
같은 모습을 보여왔지만, 사실 거침없이 드러나는 냉혹함이
그녀의 진정한 모습이 아닐까 싶었다. 그렇다면 우린 결국
서로 아주 닮은 존재들이 아닐까. 그녀는 숨을 깊이 들이마

신 다음 더 진중하고 떨리는 목소리로 쏘아붙였다.

"당신이 어떻게 알겠어요, 아이도 없는 당신이. 당신은 엄마가 된다는 게 어떤 건지도 모를 텐데."(당시 난 임신하기전이었다.) 그리고 흥분에 떠밀려 그녀가 내처 말했다. "게다가 당신은 부모도 없는 거나 마찬가지였잖아요, 내 기억이맞는다면. 그러니 당신은 이해 못할 거예요."

언젠가 마리아에게 내 얘기를 들려준 적 있었다. 아주 조금뿐이라고 생각했지만, 그것조차 너무 많은 얘기를 한 셈이었다. 그녀가 내 표정에서 어떤 낌새를 읽었는지 모르겠지만, 하던 말을 멈추고 평정을 되찾으려 애썼다.

"잠시 제정신이 아니었던 것 같네요. 이런 말을 하는 게아니었어요. 죄송합니다."

우린 한동안 서로 아무 말도 하지 않았다. 나는 콧잔등이벌게지면서 눈가의 여린 피부가 부풀어오른 마리아를 보며그녀가 다시 울음을 터뜨리기 직전에 재빨리 내뱉었다. "그시간 동안은 보수를 두 배로 쳐줄게요. 그리고 한 달에 한 번더 오후에 쉴 수 있게 해주고요."

그러자 그녀는 두 손으로 얼굴을 감쌌고, 난 내가 이겼다는 걸 알 수 있었다. 그럼에도 난 수아뉴 부부와 한참이나 협상을 벌여야만 했다. 집 앞 공터든 공원이든, 그들의 시골 별장이든, 그들이 아이를 어디로 데려가든지 마리아가 늘 동행하는 조건을 받아들이도록 해야 했다. 언젠가 수아뉴 부부가 아이를 바닷가에 데려갔는데, 바캉스라는 걸 떠나본 적 없던 마리아는 코가 벌겋게 익은 채 만면에 미소를 띠고 내 앞에 나타났다. 그리고 그들 부부가 아이에게 장난감 물통과 삽, 오리 모양의 파란색 물놀이 기구를 사주었다며 자랑을 늘어놓았다. 그러고는 물속과 모래사장에서 마냥 즐거워하던 아들 얘기를 하다가 갑자기 얼굴이 굳어지더니 내게 인사조차 하지 않고 사무실을 떠났다.

난 그녀가 무슨 생각을 하는지 알고 있었다. 그녀는 내가 자신의 아들에게 자신은 제공해줄 수 없는 세상의 문을 열어주었으며, 그로 인해 언젠가는 아들에게 원망을 듣게 될 거라고 생각한 것이다. 난 물론 그녀의 마음을 이해할 수 있었다. 하지만 그렇다고 해서 수아뉴 부부와의 계약을 파기할 생각은 추호도 없었다. 그들은 내게 통상적인 요금의 무려 다섯 배를 지불했기 때문이다. 물론 마리아에겐 그 사실을 얘기하지 않았다.

그후, 수아뉴 부부는 점차 특별한 계약 조항을 추가해달라고 요구해왔다. 마리아는 집안에 함께 머무를 수는 있지만 자신들이 아이와 함께 있는 방에는 들어올 수 없다거나, 아이를 데리고 오자마자 자신들이 산 옷으로 갈아입히는 일에 대해 마리아가 왈가왈부할 권리가 없다고도 주장했다. 이제 두 살이 된 티투안은 마리아가 세일하는 가게에서 산 회색 점퍼를 다시 입히려 할 때마다 울음을 터뜨렸다. 어느 날인가는 수아뉴 부부가 티투안을 막심이라고 부르더라며 마리아가 일그러진 얼굴로 하소연을 늘어놓기도 했다. 그녀가 수아뉴 부부에게 이름에 관해 따져 묻자, 그들은 그건 수아뉴 씨의 아버지 이름이었다고 퉁명스럽게 대답했다. 자신들이 원하는 이름으로 아이를 부르지 못한다는 내용은 계약서 어디에도 없다는 걸 상기시키면서.

"그런 건 중요하지 않아요, 마리아. 아이는 자신이 막심이 아니라 티투안이라는 걸 잘 알고 있으니까요. 티투안은 자신이 그들의 아들이 아니라 당신 아들이란 걸 안 잊어버릴 거예요. 그러니까 아무 걱정 할 필요가 없다고요."

하지만 사실 난 내가 한 말에 확신이 없었다. 그리고 그 순간에는 그녀가 내게 심통을 부린 데 대한 대가로 조금 매정하게 말하고 싶었다. 엄마와 자식은 점차 멀어지게 돼 있어요, 마리아. 원래 그런 거예요. 그러니까 당신도 받아들여야 해요. 엄마가 더이상 자기 자식을 사랑하지 않는 때도, 그 반대인 때도 오는 거라고요.

마리아는 때로 사무실에 첫째와 둘째 아이를 데려오기도

했다. 아이들이 아프거나, 그애들을 봐주는 보모가 휴가를 간 경우였다. 하지만 내가 있을 때는 아이들을 데려오지 않으려 했다. 아마도 내가 그 아이들마저 자녀가 없는 부부에게 연결시켜주려 할까봐 두려워하는 듯했다. 남자아이는 네 살, 여자아이는 여섯 살이었다. 하루는 여자아이가 날 매섭게 노려보며 물었다. "아줌마는 왜 내 동생을 다른 사람한테 빌려줘요?"

난 미소를 지어 보이며 대답했다. "사람들을 행복하게 해주는 게 내 일이기 때문이란다."

그리고 내가 실제로 사람들을 행복하게 해주지 못한다고 반박할 수 있는 사람은 아무도 없었다. 고객이 날로 더 늘어났기 때문이다. 매일같이 새로운 고객들이 찾아왔고, 난 라일락 향 티슈를 건네며 그들을 맞이했다. 그리고 입가에 이해심이 가득한 미소를 띤 채 얘기했다.

"이제 필요한 것을 얘기해보세요. 뭐든지 들어드릴 수 있으니까요. 저런, 울지 마시고요. 이 티슈로 눈물을 닦으세요. 그리고 이제 제가 당신을 위해 뭘 해드리면 좋을지 말해보세요."

수아뉴 씨 내외 / 마리아, 티투안 제스카

월요일 / 수요일 / 금요일, 세 시간, 시간은 유동적임.

오후 시간 150유로. 추가 요금: 시간당 30유로.

식사 및 선물은 포함되지 않음.

아이의 청결 상태에 대한 고객의 불평이 있었음. 아이 엄
마 마리아 제스카에게 특별 수당: 20유로.

4

정말 내가 하는 일을 부끄러워해야 하는 건지 모르겠다. 사람들이 때로 나를 비난하는 것처럼, 내가 현실에 대해 별 생각, 혹은 이제 아예 아무 생각도 없는 건 아닌지 모르겠다. 사람들은 내가 꿈을 팔아먹는 장사꾼이라고 생각했다. 그건 나에게 칭찬이기도, 제일 심한 욕이기도 했다. 내 고객들의 눈에 나는 그들의 아픔을 위로하거나 치유해주는 사람이거나, 가장 중독성 강한 마약을 파는 사람이었다. 하지만 삶이 내게 가르쳐준 바에 의하면, 우리가 현실이라고 일컫는 것보다 더 비현실적인 것은 없다. 죽음이나 배신, 고통 같은 것은 관심을 다른 데로 돌리면 금세 사라져버린다.

하지만 이 모든 건 언젠가는 끝날 수밖에 없었다. 수개월 혹은 수년을 상상의 세계 속에서 살 수 있는 사람은 아무도 없기 때문이다. 나에게 계속해서 보수를 지불할 만큼 돈이 많은 사람도 없었다. 그렇다, 결국 그들은 그 사실을 받아들여야만 했다. 난 냉정하면서도 다정하게 그들에게 그 사실을 설명했다. 그들이 이성적으로 판단하도록 하려면 그 방법이 가장 좋은 듯했다. 내가 그들에게 제공하는 것은, 그들을 고통 없이 죽음의 문턱까지 몰아갈 수 있는 깊은 잠이 아니라, 마취 상태, 단순한 마취 상태와 같은 것일 뿐이라고 설명했다. 그럼 그들은, 물론 이해합니다, 당연히 이해하지요, 라고 나지막하게 대답했다. 하지만 사실은 이해하지 못하는 듯 보였다. 계약이 끝나고 한참이 지난 후에도 그들은 계속해서 나에게 연락해왔다. 내게 자신들의 소식을 전하고, 내가 그들에게 얼마나 힘이 되어주었는지 거듭 이야기했다. 난 전할 수 없었던 마지막 작별인사를 전하고, 내가 그들을 위해 꾸며낸 거짓 추억을 이야기했다. 그들은 그런 추억이 애초에 존재하지도 않았다는 사실을 까맣게 잊어버린 듯했다. 연결 끈을 끊어내질 못했다. 그렇게 몇 주가 지나면 난 더이상 전화를 받지 않았고, 그들이 자동응답기에 대고 혼자 말하도록 내버려두었다. 그들이 남기는 메시지는 점점 더 짧아졌고, 난 결코 전화를 다시 걸지 않았다. 그러다 보면 마침내 그들은 더이상 전화하지 않았다. 때로 내 침묵을 견디지 못한 이

들이 또다시 나를 만나기 위해 약속을 잡기도 했다. 또다른 작별인사와 또다른 추억을 만들기 위해서. 그 사람들에게 난 언제라도 거침없이 이렇게 얘기해줄 수 있었을 것이다. 이 일을 결코 멈추지 못할 거예요, 절대 끝이 없을 거라고요. 당신은 항상 무언가를 필요로 할 테니까요. 하지만 난 진실이 그들을 위로해줄 수 있을 거라고는 생각지 않았다. 게다가 '당신을 위해'는 그들의 절망으로 먹고사니까. 물론 그렇다고 해서 그들의 절망을 일부러 부추기지는 않을 터였다. 하지만 그들을 절망에서 완전히 건져올릴 수 있었다 하더라도 과연 정말 그랬는지는 자신할 수 없었다.

때로 호기심이 많거나 불편함을 느끼는 고객들, 혹은 커피 한 잔을 부탁하거나 돈을 세면서 시간을 벌어보려는 이들이 내게 이 일을 어떻게 시작하게 되었는지 물어오기도 했다. 내게 고마운 마음을 느끼면서도 이런 곳이 존재한다는 사실을 믿기 어려웠기 때문이었을 것이다. 자신들이 필요로 하는 환상과 꿈, 헛된 약속을 이뤄줄 수 있는 누군가가 있다는 사실을 말이다. 혹시 어머니가 딸에게 전수해주며 집안 대대로 내려오는 가업인지 궁금해하기도 했다. 영혼의 상처를 간파해내고, 상처를 완전히 치유하진 못해도 적어도 고통을 완화시킬 수 있는 연고 조제 비법을 전수해온 것은 아닌가 하고.

이제 표나기 시작한 나의 임신은 그들에게 더 많은 궁금증을 불러일으켰다. 하지만 임신에 대한 사람들의 질문과 의심을 피하기 위해 내가 왼손에 낀 은반지를 바라보면서도 그들은 차마 내게 물어보지 못했다. 그런데 당신 남편은 당신의 일에 대해 어떻게 생각하나요? 당신이 당신의 생각과 목소리와 얼굴을 팔고, 누군가에게 당신 어깨를, 때로는 육체까지 빌려주는 것에 대해 어떻게 생각하나요?

그러면 난 궁금한 게 많은 그들에게 커피를 따라주거나, 그들이 건넨 돈을 받아들면서 예의바르게 미소를 지어 보였다. 그리고 이렇게 얘기했다. "내가 이 일을 시작한 건, 내가 지금 하고 있는 이 일을 진정으로 원하는, 아니 절실하게 필요로 하는 사람들이 있다는 걸 깨달았기 때문이에요. 그래요, 누구에게나 잠깐의 휴식, 때로는 깊은 꿈도 필요하니까요. 오늘날 모두가 애도 작업에 대해서만 이야기하죠. 그치만 때론 다른 길로 돌아갈 필요도 있어요. 그런데 그런 서비스를 제공하는 곳이 없다는 걸 알게 됐고, 그래서 내가 이곳을, 이 '당신을 위해' 에이전시를 열게 됐답니다."

에이전시를 열자마자 수많은 고객이 찾아왔고, 나는 그들을 '환자'*라고 불렀다. 그들을 표현하기에 아주 그럴듯한 말

---

* '환자'를 뜻하는 단어 'patient'에는 '인내하는' '고통을 견디는'이라는 뜻도 있다.

이었다. 날 만나러 오는 사람들은 시간이 해결해주기를 기다
릴 만큼 인내심 있는 이들이 아니었으니까. 그들은 시간이
흐르며 그들의 크나큰 고통이나 욕망이 무뎌지고 약화되면
서 점차 사그라지기를 기다리지 못했다. 이 일을 시작할 무
렵, 난 야심차게 직원을 더 고용하고 싶었지만, 아직 그럴 만
한 자금이 없는 상태였다. 먹다 만 샌드위치 조각이나 맥주
병 바닥에 남은 맥주라도 건져보려고 술집 주위를 어슬렁거
리는 노숙자조차 고용할 돈이 없었다. 그래서 나 혼자서 때
로는 열세 살짜리 가출 소녀인 척하거나, 또 때로는 검은색
코르셋 차림으로 열여덟 살짜리 어린 애인인 척하면서 돈을
벌어 착실하게 모으기 시작했다. 그러면서 내가 제공할 수
있는 서비스의 영역을 최대한 넓혀나갔다. 그리하여 십여 년
전부터는, 정기적으로 구인광고를 내거나 일이 없어 동네 카
페에서 어슬렁거리는 사람들 중에서 따로 뽑아 그들에게 시
급이나 일당을 주며 단역 보조들을 고용할 수도 있게 되었
다. 그들의 나이는 상관없었다. 세상을 떠난 할아버지를 그
리워하는 이들을 위해서는 노인들도 쓸모가 있었기 때문이
다. 어떤 이들은 돈을 위해서, 또 어떤 이들은 즐거움을 위해
서 내가 시키는 일을 했다. 믿기 어렵겠지만 사실이었다. 그
렇더라도 난 그들에게 빚지지 않기 위해 약속한 보수를 꼬박
꼬박 지불했다. 그들은 어쩌면, 그들이 역할놀이라고 부르는

이 일을 하기 위해서라면 반대로 내게 기꺼이 돈을 낼 생각도 있었을 것이다. 그 일을 하면서 고객의 외로움뿐만 아니라 자신의 외로움도 달랠 수 있었을 테니까. 그러다가 마침내 이 년 전부터는 마리아를 풀타임으로 고용하게 되었다. 그녀는 비서 일과 간단한 임무를 맡았다. 하지만 난 방황하는 영혼들을 달래주기 위해 방황하는 또다른 영혼들에게 계속 도움을 청했다. 그렇게 해서 나만의 작은 회사를 만들었고, 그 사실이 자랑스러웠다. 그리고 매일 밤, 임시 일용직이거나 정기적으로 일하는 사람들의 사진을 붙여놓고 그들의 특징이나 그들이 맡은 역할 등을 기록해둔 파일을 들춰보았다. 그들은 내 직원personnel인 셈이었다. 이 역시, 우리가 하는 지극히 사적인 일을 생각해볼 때 무척 의미심장한 말이었다.*

고객들은 종종 다른 고객들이 어떤 부탁을 해오는지 알고 싶어했다. 자신과 유사한 부탁을 하는 사람이 있는지 궁금했던 것이다. 그러면서 외로움을 조금이라도 덜 느끼고, 겉으로는 안 그런 척 허세를 부리더라도 스스로 치부라고 생각하는 일을 조금이라도 덜 부끄러워하기 위해서였다. 그들이 내게 간접적으로 질문을 던질 때면 난 미소를 지으며 손바닥이 보이게 한쪽 손을 테이블 위에 올려놓았다. 그들의 손을 잡

---

* 프랑스어 'personnel'에는 '직원' '사적인' '개성적인' 등의 뜻이 있다.

고 위로하고 안심시키려는 듯. 하지만 그런 식의 신체 접촉을 허락하진 않았다. 적어도 그때까지는. 그리고 그들에게 말했다. "그럼요, 물론이죠. 얼마나 많은지 상상도 못하실 거예요. 우린 다 똑같은 존재들이니까요. 어떻게 다른 사람의 도움 없이 살아갈 수 있겠어요? 때로 자신을 향해 내민 손을 잡고 싶지 않은 사람이 있을까요?"

5

내가 호기심 많은 고객들에게 얘기하지 않은 사실이 있는데, 바로 드로비츠키 부인이 없었다면 이 모든 게 가능하지 않았으리라는 것이다. '당신을 위해'도, 임신도, 어쩌면 내가 틀렸을 수도 있지만 아무튼 사랑이라고 불러야 하는 것 모두가. 어릴 적부터 난 돈만 주면 갖고 있던 초콜릿빵부터 우정까지 뭐든 팔 수 있는 아이였다. 만약 공부를 그렇게 못하지만 않았더라면, 아마도 가장 좋은 조건을 제시하는 친구에게 내 숙제를 베낄 권리까지 팔았을 것이다. 나에게 열쇠를 쥐여준 사람, 직설적으로 말해 오늘의 나를 있게 해준 것은 바로 드로비츠키 부인이었다. 그녀는 내가 뛰어난 재능을 지닌 학생이란 걸 간파했던 걸까? 아니면, 살다보면 종종 그렇듯,

그저 서로 좋은 인연으로 만났던 걸까? 그녀가 없었다면, 아마도 난 이 세상에서 돈으로 바꿀 수 있는 유일한 것은 감정이 아니라 섹스라고 믿었을 것이다. 그녀를 만나지 않았더라면, 어쩌면 한밤중에 도시의 거리를 배회하며 살게 되었을지도 모르겠다.

언젠가 마리아에게 드로비츠키 부인에 관한 얘기를 들려준 적이 있었다. 내가 임신하기 얼마 전, 몹시 무기력한 어느 날이었다. 그건 사실 그녀를 어르려고 완곡하게 시작한 얘기였다. "있잖아요, 마리아, 세상사가 늘 보이는 그대로는 아니에요. 돈으로 뭘 사는 게 반드시 더러운 것만은 아니라고요." 그날 우린 힘든 오후를 보냈다. 난 에이전시의 문을 걸어 잠그고 블라인드를 내린 다음, 그녀를 내 사무실로 불러 술이나 한잔하자고 했다. "우리에겐 휴식 시간이 필요해요." 난 그녀에게 이렇게 말하면서 라일락 향 티슈처럼 고객들을 위해 마련해놓은 미니바에서 술잔을 두 개 꺼냈다. "뭘 마실래요? 포르토? 뮈스카?" 그녀는 머뭇머뭇 대답했다. "브랜디나 코냑이 있으면 한 잔 주세요." 마침 위스키가 있어서 한 잔 따라주자 마리아는 단숨에 들이켜더니 어색한 표정으로 날 바라보았다. 난 아무 말 없이 다시 한 잔을 따라주었다. 그녀는 다리를 쩍 벌리고 셔츠 단추를 과하게 풀어헤친 채 소파에 널브러져 있었다. 난 저속해 보이는 그녀의 모습에 다시금 실망을 금치 못했다. 그리고 고객들을 떠올리면서 불안한 마음이 들었다. 그녀가 얼마나 변신에 능한지 미처 깨닫지 못하고 있었던 것이다. 마리아는 언제라도 가정부에서 부잣집 사모님 같은 모습으로 변신할 수 있었다. 또한 지적 능력과는 아무런 상관이 없는, 남의 말에 귀기울일 줄 아는 능력도 있었다. 그리하여 그녀의 날카로운 콧날과 가운데로 몰린 눈매마저 선함과 인간미가 넘쳐 보였다. 그날 저녁, 두번째 술잔을 비워낸 마리아는 바로 그런 모습으로 날 바라보았다. 그러자 난 나도 모르게 그녀에게 드로비츠키 부인에 관한 얘기를 풀어놓기 시작했다. 열다섯 살 무렵부터 일을 시작하면서 빵집이나 문방구, 정육점 등에 테이프로 구직광고를 붙이고 다녔던 일, 그동안 다림질 등 온갖 집안일을 하고 유리창 수백 장을 닦고, 책 수천 권에 쌓인 먼지를 털어내고, 이젠 얼굴조차 기억나지 않는 아이들 수십 명을 돌보았던 일에 대해서도 이야기했다. 때로는 자식들조차 돌보기 꺼려하던 노인들을 보살피고, 주인한테 왕자 대접을 받던 개들을 산책시키던 일들도 모두. 호화로운 저택에서 일할 때도 있었고, 너무 낡고 작아서 그런 곳에서 살면서 가정부가 왜 필요한지, 내게 지불하는 돈은 어디서 구하는지 의문이 들 만큼 조그만 아파트에서 일할 때도 있었다. 나를 필요로 하는 곳이면 언제든 어디서든 가리지 않고 일했다. 심지어 특정인들의 사교모임에서 잡일도 해봤고, 얼마 전 아내와 헤어진 남자와 잠자리도 했었다. 애초 그는 자신을 떠나버린 아내의 옷과 신발을 쓰레기봉투에 넣어 내다버리는 일을 시키려고 날 고용했었다. 내가 땀을 뻘뻘 흘리면서 건물을 다섯 번이나 오르락내리락하다 마지막으로 다시 그의 집으로 올라왔을 때 그는 침대 위에 앉아 울고 있었다. 그러다가 애원하는 듯한 눈빛으로 날 바라보았다. 그리고 그의 옆에 놓인 돈을 가지러 다가가자 그가 두 팔을 내 허리에 두르고 부드럽게 자기 앞으로 이끌며 속삭였다. "제발, 이대로 있어줘요." 그리고 역시 부드럽게 뺨을 내 배에 갖다대면서 다른 한 손으로는 내 다리를 어루만졌다. 그 순간, 그와 함께 침대에 눕는 것이 지극히 자연스러운 일처럼 느껴졌다. 말하지 않아도 난 그가 그 일에 대한 대가를 내게 지불하리란 걸 알 수 있었다. 하지만 돈 때문이 아니었다. 물론 연민 때문이라고 말할 수도 없지만. 어쩌면 그 둘을 섞어놓은 것일지도 모르겠다. 어쨌거나 굳이 심각하게 받아들일 일도 아니라는 생각이 그가 내 안에서 부지런히 움직이는 동안 내 머릿속을 스쳐갔다. 일을 치르고 나자, 이제 그도 땀에 흠뻑 젖은 채 자리에서 일어났다. 그리고 내 치마를 내리고는 내 뺨에 달라붙은 머리카락을 떼어주었다. 그런 다음 협탁에 놓아둔 지갑에서 아주 자연스럽게 지폐를 몇 장 더 꺼내들고는 나를 바라보았다. 내가 고개를 끄덕이자 그는 이미 꺼내놓왔던 지폐들까지 한데 모아 내게 내밀었다. "고마워요, 델핀. 당신이 아니었다면 결코 안 됐을 거예요."

드로비츠키 부인. 그녀가 그녀의 집 우편함에 들어 있던 광고를 보고 내게 전화를 해서 우리는 처음 알게 되었다. 그때 나는 종이쪽지에 손으로 이렇게 써서 동네 아파트 집집마다 우편함에 넣어두었다. 정직하고 성실한 젊은 여성이 요리와 육아를 포함한 집안일 일체를 대신해드립니다. 때로는 자녀의 공부를 봐줄 수 있느냐는 문의가 오기도 했다. 그럼 난 그때마다 시간이 없다거나, 갑자기 지방으로 떠나게 되었다는 핑계를 대야만 했다. 열다섯 살에 학교를 그만두었다고 말할 수는 없었으니까. 그러고는 전화를 끊자마자 분노와 허기에 울음을 터뜨렸다. 열 살 남짓했던 소년을 아직도 잊을 수 없다. 어느 날 저녁 그 아이의 엄마가 갑자기 내게 아들의 수학 숙제를 봐달라고 했다. 소년은 당혹스러워하는 나를 점점 짓궂어지는 눈빛으로 한참 동안 응시하더니, 미처 내가 저지하거나, 겁을 주거나 혹은 사탕발림으로 무마하기도 전에 의자에서 튕기듯 일어나 부엌으로 내달았다. 그리고 간악한 기쁨에 차 숨을 몰아쉬며 자기 엄마한테 부랴부랴 일러바쳤다. "엄마, 엄마, 이 아줌마는 구구단도 모르나봐!" 난 아이의 엄마가 뭐라고 대답했는지 지금도 알지 못한다. 그 즉시 가방을 움켜쥐고서, 부엌으로 내닫던 아이만큼이나 재빨리 아파트를 도망쳐나왔으니까. 소리가 날까봐 현관문조차 닫지 않고 밖으로 나와 뒤도 돌아보지 않고 정신없이 뛰었고, 그날 일한 보수를 받으러 그 집에 다시 찾아가지도 않았다. 그리고 또다시 며칠 동안 허기와 분노의 시간이 이어졌다. 그후 난 그 집에 돌아가 초인종을 누르는 내 모습을 이따금 상상해보았다. 물론 그때 그 소년은 이제 얼굴에 여드름이 난 청년이 되었겠지만, 여전히 간악한 기쁨에 찬 눈빛을 번득이며 그 아이가 문을 열어주는 장면을 말이다. 작년에 새로 찍은, 형압 가공된 종이에 당신을 위해 대표, 델핀 M.이라고 쓰인 명함을 그에게 건네고, 그윽한 미소를 날리며 이렇게 말할 것이다. 자, 이거 잘 갖고 있어. 분명 넌 나를 자주 찾게 될 것 같아. 앞으로 네 삶이 그리 녹록지 않을 테니까. 그런 생각은 잠시 날 행복하게 해주고 기운을 북돋워주기도 했다. 하지만 그 기분이 결코 오래가지는 않았다. 마치 고장난 수도꼭지처럼 마르지 않는 끈질긴 슬픔이 다시 나를 사로잡았다. 이미 일어난 일은 그 어떤 것에 의해서도 흔적이 지워지지 않았다. 진줏빛 가짜 손톱 아래엔 피가 나도록 물어뜯은 진짜 손톱이 여전히 남아 있는 것처럼.

　드로비츠키 부인은 어느 날 밤, 영화가 시작하기 꼭 십 분 전에 내게 전화를 했다. 마치 우리 대화가 얼마나 걸릴지 정확하게 시간 계산이라도 하고 전화한 것 같았다. 하지만 그녀와의 대화는 그리 간단한 문제가 아니었다. 그녀는 이미 귀가 약간 어두웠기 때문이다. 부인은 가냘프면서도 고상한 목소리로 같은 말을 반복했다. "난 단지 장을 보러 갈 때 같이 가줄 사람이 필요해요. 지난주에 그만 넘어졌지 뭐예요. 비가 왔었잖아요, 그래서 미끄러진 거죠. 길에는 빗물이 흥건했고, 장바구니는 너무 무거웠어요. 아무튼 난 장을 보러 갈 때 같이 가줄 사람이 필요하답니다. 다른 건 다 나 혼자 할 수 있어요." 난 결국 이렇게 대답했다. "네, 알겠습니다. 내일 아침 여덟시까지 댁으로 찾아갈게요." 그녀는 여전히 작고 불분명하지만 고상한 목소리로 주소를 일러주었다. 그리고 우린 영화 오프닝 타이틀 음악의 첫 음이 울리는 순간 동시에 전화를 끊었다.

난 다음날 아침 여덟시 오 분 전에 부르주아 아파트 현관의 인터폰을 눌렀다. 드로비츠키 부인의 가냘픈 목소리가 들려왔다. "누구시죠?" 그러더니 이내 고쳐 말했다. "올라오세요, 6층이에요." 난 쇠창살로 둘러싸인 조그만 엘리베이터에 올라탔다. 그리고 거울 앞에 서서 손바닥으로 머리를 매만졌다. 당시 난 머리가 길었다. 그런 다음 눈 아래쪽에 번진 아이라인 자국을 닦아냈다. 드로비츠키 부인은 문 앞에서 기다리고 있었다. 예전에는 분명 큰 키였을 텐데 지금은 허리가 살짝 굽어 있었다. 라일락빛에 가까운 회색 머리칼은 목 뒤쪽에 동그랗게 말아올렸고, 여전히 멋스럽지만 유행을 한참 지난 옷을 입고 있었다. 난 그녀가 캐시미어와 모피 소재 옷만 입는다는 사실을 나중에야 알게 되었다. 큼지막한 반지들이 그녀의 바싹 마른 손가락에서 빙글빙글 돌아가고 있었다. 부인은 나를 잠시 빤히 바라본 후에야 안으로 들였다. 그녀의 눈빛에는 만족감과 실망감이 섞여 있었다. 나는 그로부터 한참이 지나서야 그 이유를 알았다. 그녀가 날 변화시키고 챙겨주기 시작했을 때에야. 그녀가 얘기했듯이, 그녀가 날 고용한 건 반대로 그녀가 돌봄을 받기 위해서였는데도. 난 그녀와 조금도 닮지 않았지만, 한편으론 그녀와 같은 부류였던 것이다. 그녀는 쇠시리와 커다란 거울들로 장식된 널찍한 아파트에 살고 있었다. 난 그녀가 가난하고 볼품없는 노인이 아니라는 사실이 마음에 들었다. 비용 문제로 실랑이할 일 없고, 정확하게 보수를 지급해줄 테니까. 물론 두고 봐야 아는 문제였다. 부자들이라고 다 너그럽지는 않으니까. 부인은 어느새 그녀의 머리칼처럼 조금 푸르스름한 모피 외투를 걸치고 문가에 놓여 있던 장바구니를 들고서 나에게 말했다. "자, 얼른 가자고요, 아가씨. 시장에 다 늦게 도착하고 싶지 않아요." 난 늘 그랬듯이 예의바르게 그녀의 말에 대꾸했다. 우선 계약 조건에 대해 서로 얘기하는 게 좋겠다고 하자, 부인은 도도하면서도 슬픔이 어린 미소로 내 마음을 누그러뜨리면서 대답했다. "얼마를 원하는지 말만 해요."

물론 부인은 잘 걷지 못했다. 하지만 도로가 젖었는데도 넘어지진 않았다. 그리고 그날의 일은 내가 의식하지 못하는 사이에 지금의 '당신을 위해'를 구상하게 된 계기가 되었다. 그날 그녀는 이렇게 말했다. "내가 뭐랬어요, 아가씨, 난 혼자서도 잘한다니까요. 우리 딸 말대로, 조심하기만 하면 아무 문제가 없다니까." 난 즉시 대답했다. "그렇네요, 부인은 혼자서도 정말 다 잘해내시네요." 그리고 내가 그녀의 팔짱을 끼고 부축하고 있다는 사실을 우리 둘 다 애써 모른 척했다.

난 나중에야 부인의 딸은 결코 그런 말을 한 적이 없다는 사실을, 아니 아무 말도 한 적이 없다는 사실을 알게 되었다. 수백 킬로미터나 떨어진 곳에 살고 있는 부인의 딸은 그녀를 찾아오지도, 전화 한 통도 하지 않았다. 부인의 다리에 힘이 하나도 없다는 것을 알아차렸을 때, 난 슬픔보다 실망감을 더 많이 느끼며 생각했다. 그녀와는 오래갈 수 없을 거라고, 아니, 이렇게 쉬우면서도 보수가 좋은 일은 결코 오래가지 않을 거라고. 하지만 내 예상은 완전히 빗나갔다. 우리는 삼 년이나 함께했고, 그 삼 년 동안 드로비츠키 부인은 오늘날 내가 알고 있는 모든 것을 내게 가르쳐주었다.

드로비츠키 부인

다게르가街 산책, 오전 여덟시~열한시.

햄버그스테이크용 다진 고기, 레물라드 소스를 곁들인 샐러리 한 팩, 바게트 반 개, 버터 한 덩어리, 우유 1리터, 윌리엄스 배 세 개 구매. 그러고 나서 이십 분간 산책. 잡지와 책 구매.

소요 시간: 세 시간.

200프랑.

6

당시 난 어느 회사의 사무실 청소도 맡아 하고 있었다. 그
건 밤에만 하는 일이었고, 드로비츠키 부인은 낮에만 날 불렀
기 때문에 별 어려움 없이 양쪽 일을 병행해나갈 수 있었다.
너무 피곤해서 버스에서 잠드는 일이 종종 있긴 했지만. 버스
안의 소란과 요동에도 불구하고 잠들 수 있는 것을 난 오히려
다행으로 여겼다. 청소할 회사가 교외에 있어서 집에 들어오
고 얼마 안 있다 곧바로 다시 나가야 했기 때문이다. 드로비
츠키 부인은 내가 야간 청소부 일을 계속하지 않아도 될 만큼
보수를 넉넉히 주었지만, 난 돈을 모아야 했기에 그 일을 계
속했다. 그리고 거의 매일 밤 그녀가 준 현금을 세고 또 센
다음 밀폐용기에 담아 개수대 밑에 숨겨놓았다. 나는 양쪽

일 모두 아무 차이 없이 똑같이 열심히 했다. 나태하지도, 그렇다고 오만하지도 않았고, 쓰레기통을 비우는 일이 노인의 팔을 부축하는 일보다 더 어렵지도 않았다.

얼마 지나지 않아 드로비츠키 부인은 내게 자신의 속내를 털어놓기 시작했다. 어쩌면 그녀는 내가, 이렇게 내밀하게, 아니 지극히 일상적인 방식으로 자신의 삶을 함께 나눌 수 있는 마지막 사람이리라 생각했던 것 같다. 그런 그녀가 고집스럽게도 내게 드러내 보이지 않으려 한 점이 딱 한 가지 있었다. 바로 일상에서 그녀 혼자 해낼 수 있는 일이 점점 더 줄어든다는 사실이었다. 하지만 난 그녀의 침묵과 거의 동물적인 생존 의지를 존중했고, 그래서 어느 날 잘못 넘어져서 생긴 얼굴 위의 푸르스름한 멍자국을 보고도 난 아무것도 묻지 않았다. 다만 탐폰이 필요하다고 둘러대고 약국에 가서 사온 아르니카 연고를 세면대 위 선반에 말없이 올려놓았을 뿐이다. 하지만 그 문제만 제외하고는 드로비츠키 부인은 그 누구에게보다 내게 많은 얘기를 털어놓았다. 얼마 지나지 않아 내가 그녀의 남편, 친구들, 그리고 딸보다도 그녀에 관해 더 많은 것을 알고 있을 거라는 생각이 들 정도로.

나와 함께하는 시간 외에 그녀의 삶에서 커다란 부분을 차지하는 게 한 가지 있었다. 연애소설이었다. 스스로 깔깔 웃으면서 고백했듯이, 그녀는 그중에서도 저속한 연애소설에 심취해 있었다. 예전에 일하던 상주 가정부가 자기 방 침대 밑에 잊어버리고 간 할리퀸 시리즈 책을 우연히 읽다가 연애소설에 빠져들게 된 것이다. 처음엔 가정부가 쓰고 버려둔 세면대 위의 화장솜과 서랍 속 스타킹 뭉치들과 함께 쓰레기통에 던져버리려고 했지만, 호기심에 책을 펼쳐든 드로비츠키 부인은 두 시간 후에도 여전히 더러운 침대 시트 위에 앉아 책을 손에서 놓지 못했다. 가정부도, 가정부가 쓰던 어질러진 방을 청소해야 한다는 생각도, 새로운 가정부 구인광고를 내야 한다는 사실도 모두 까맣게 잊어버린 채였다. 그러다가 어느새 밤이 깊었단 걸 깨닫고, 가족들 눈에 띄지 않도록 그 책을 거실 서가에, 그녀의 남편이 결코 펼쳐보지 않는 백과사전 뒤에 몰래 숨겨두었다. 그리고 부인은 그 책을 이틀 만에 다 읽어버리고 즉시 또다른 소설을 찾아 나섰다. 하지만 어디로 가야 할지 몰라 낯선 길을 무작정 돌아다니다가 우연히 눈에 띈 중고 책방에 들어갔고, 그곳 진열대에서 자신이 찾던 책들을 발견했다. 똑같은 핑크빛 표지에, 둥글게 휘어진 글씨체, 손가락에 잉크가 묻어나는 지나치게 얇은 종이까지 모두가 똑같은. 드로비츠키 부인은 두근거리는 가슴으로 헐값에 여덟아홉 권을 살 수 있었다. 서점 주인은 마치 바게트나 포도 한 송이를 싸주듯 밤색 종이쇼핑백에 책들을 넣어 그녀에게 건네주었다.

부인은 지금까지 누구에게도 자신의 이런 열정에 대해 털어놓은 적 없었다. 그녀의 남편이나 친한 친구들에게조차도. 그들은 자신을 이해하지 못할 거라고 생각했고, 그녀 자신도 그런 소설이 그녀의 삶에서 얼마나 큰 자리를 차지하는지 명확하게 설명할 수 없었던 터였다. 드로비츠키 부인은 교양 있는 여성이었다. 가정부 방에서 우연히 그 책을 발견하지 않았더라면 그런 저속한 책들을 읽게 될 일은 결코 없었을 것이다. 그렇다, 그녀 스스로도 무엇이 자신을 삼류 연애소설에 빠져들게 만들었는지 설명하기 힘들었다. 그 이야기들 속의 어떤 점이 존재조차 몰랐던 내면의 한 부분, 그녀의 또 다른 자아와도 같은, 단순하면서도 열정적인 한 여자의 환영을 일깨울 수 있었는지 알지 못했다. 나 또한 그런 감상적인 소설들이 어째서 드로비츠키 부인의 마음을 흔들어놓았는지 이해가 되지 않았다. 오랜 시간이 지난 후에야 비로소, 통속적이든 아니든 사랑 이야기들은 모두 비슷한 구석이 있다는 걸 깨달았다. 그건 드로비츠키 부인이 언젠가 한 말이다. 어쩌면 내 얼굴에서 권태를 읽었기 때문인지 모르겠지만, 그녀는 내게 미소를 지어 보이면서 나지막하게 말했다. "이런 내가 참 바보 같아 보이죠?" 그리고 내가 예의상 그 말을 부인하기도 전에 곧바로 말을 이었다. "하지만 언젠가는 알게 될 거예요. 결국 모든 이야기들은 다 같거든요, 아름다운 것이든, 그렇지 않은 것이든."

남편이 세상을 떠난 후, 부인은 가정부들이 묵던 방을 처분해야 했지만, 연애소설을 사 모으는 일을 중단하지 않았다. 그녀가 날 고용했을 때는 아직 미처 읽지 못한 책이 열 권 정도 남아 있었다. 내게 결국 책 이야기를 한 건 아마도 그 무렵부터 그녀의 시력이 급격히 나빠지기 시작했기 때문이었을 것이다. 함께 장에 다녀오고 나면, 부인은 소파에 길게 누워 담요를 덮고서 내가 책을 읽어주는 시간을 좋아했다. 그러다 내가 읽기에 서투르고, 쓰기는 더욱 못한다는 걸 알아차리고는 저녁에 글을 배울 수 있도록 따로 수업에 등록해주었다. 그녀는 수업료뿐만 아니라, 내가 수업을 듣는 시간을 일하는 시간으로 계산해서 보수까지 챙겨주었다. "수업 듣는 걸 시간낭비라고 불평하지 않았으면 해요." 그러면서 단호한 어조로 덧붙였다. "글을 읽고 쓸 줄 알아야 해요. 그것 역시 델핀 양 일의 일부예요. 그러니까 시키는 대로 해줘요." 내가 글을 제대로 읽고 쓸 줄 알게 된 것은 순전히 드로비츠키 부인 덕분이었다. 따라서 그녀가 아니었다면 이 이후의 이야기도 가능하지 않았을 것이다.

그렇게 몇 주가 지나자, 부인은 마치 그녀의 내면의 목소리를 반영하듯 나지막하고 조용한 목소리로 책 읽는 법을 내게 일러주었다. 난 처음에는 몇 페이지만, 그리고 시간이 갈

수록 조금씩 더 많이 읽다가 마침내는 한번에 여러 장章을 읽을 수 있게 되었다. 내가 책을 읽어나가던 중에 그녀가 다시 눈을 뜨고 미소를 지으면서 "고마워요, 델핀 양. 오늘은 그걸로 충분해요"라고 말하면, 난 책장 사이에 책갈피를 끼워넣었다. 책갈피로 표시해두지 않으면 나는 어디까지 읽었는지 절대 기억하지 못했지만, 드로비츠키 부인은 정확하게 기억했다. 혹시 내가 잘못 시작하기라도 하면 곧바로 낭독을 끊었다. "아니, 델핀, 거기가 아니에요. 그 부분은 어제 이미 읽어줬잖아요."

부인은 마지막 몇 달간은 초반에 읽었던 책들을 다시 읽어달라고 했다. 멋쩍은 웃음을 지으며 늙은이의 변덕 때문이라고 덧붙이면서. 난 아무래도 상관없었다. 어차피 전에 읽었던 이야기는 잊은 지 오래였으니까. 하지만 드로비츠키 부인은 그렇지 않았다. 촉촉이 젖은 그녀의 눈가와 담요 위에서 떨리는 손이 그 사실을 잘 말해주었다. 때로는 부인이 "좋아요, 델핀 양. 고마워요, 오늘은 그만하면 됐어요" 하고 말하기도 전에 나는 피로로 목이 쉬어버리기도 했다.

내가 드로비츠키 부인을 위해 처음에 한 일은 이런 것이었다. 그녀가 미끄러운 보도 위를 걸을 때 옆에서 부축하는 일, 나 외에는 누구에게도 이야기조차 꺼낸 적 없는 연애소설을 읽어주는 일.

7

크리스마스 연휴를 앞둔 어느 날, 드로비츠키 부인이 내게 말했다. 그 무렵 난 청소하는 회사에서 카펫 위에 떨어져 으스러진 과자를 쓸어담고 책상 위의 음료 자국을 닦으며 송년 칵테일파티의 흔적을 지우느라 일이 두 배로 늘어난 처지였다.

"델핀 양, 요즘 일이 너무 많은 것 같아요. 얼굴이 너무 창백하고 수척해요. 휴식이 필요해 보여요. 그리고 스스로를 좀 돌봐야 해요. 머리랑 손을 좀 봐요!"

난 얼굴을 붉혔다. 나 역시 드로비츠키 부인이 나보다 더 생기가 넘친다고 종종 느끼던 참이었다. 부인은 여든 살이고, 난 열여섯 살인데도 말이다. 난 입술이 부르텄고, 머리는 지저분했으며, 손가락 끝은 피가 날 때까지 물어뜯어 엉망이

돼 있었다. 내가 "죄송합니다, 부인. 요즘 제가 너무 바빠서요"라고 변명하기도 전에, 그녀는 갑자기 무슨 좋은 생각이라도 떠오른 양 들뜬 표정으로 손뼉을 쳤다.

"오늘 오후에 내 미용사가 집으로 올 거예요. 그때 델핀양 머리도 함께 다듬으면 좋겠네요. 몇 시간 정도 시간 낼 수 있지요, 델핀? 물론 비용은 내가 댈 거예요. 사양하지 말아요, 내가 크리스마스 선물로 해주는 거니까."

"안 그러셔도 되는데요, 부인." 난 작게 웅얼거렸다.

그 순간 나는 당혹스러웠다. 공짜라면 무엇이든 넙죽 받을 수 있던 나였는데. 난 누가 거리에서 동전 한 푼을 줘도 기꺼이 받았을 것이다. 물론 내 힘으로 일해서 돈을 버는 게 당연히 더 좋지만, 언젠가 거리에서 구걸을 하게 되더라도 난 아마 조금도 주저하지 않을 것이다. 하지만 이건 다른 문제였다. 특별히 따로 손질할 필요도 없을 만큼 언제나 정갈한 드로비츠키 부인의 머리를 감겨주고 매만져주던 누군가가 내 머리를 만진다는 생각 때문이었다. 그녀는 늘 연보랏빛이 도는 부드러운 회색 머리칼을 목 뒤로 틀어올려 고급스러운 자개 빗으로 깔끔하게 고정했다. 그런 그녀의 머리를 만지던 누군가에게 잡초처럼 뻣뻣하게 자란 내 더러운 머리칼을 맡겨야 한다는 사실이 날 몹시 당혹스럽게 했다. 불경한 행위처럼 느껴지기까지 했다. 내 속내를 알아차린 드로비츠키 부인은 내 손을 꼭 잡고서 평소와는 다른, 조금 낯선 표정으로 날 바라보았다. 그리고 마치 비밀이라도 고백하듯 말했다.

"걱정하지 않아도 돼요, 델핀. 아무 문제 없을 거예요. 내가 부탁해도 될까요? 날 위해서 그렇게 해줘요, 델핀."

이번에는 내가 그녀를 바라보았다. 그녀의 눈은 간절함과 일종의 흥분으로 가득차 있었다. 내가 그 사실을 깨달은 것은 어쩌면 바로 그 순간이었을 것이다. 그녀와 나 사이에는 겉으로 보기보다 훨씬 더 복잡한 무언가가 있다는 것을. 드로비츠키 부인은 내 예상을 훨씬 넘어서는 어떤 계획을 가지고 있었던 것이다. 난 속이 빤히 들여다보이는 그녀의 얄팍한 거짓말 너머로 그녀의 확고한 결심과 굳은 의지를 간파할 수 있었다. 그리고 마지못해 대답했다. "그럴게요, 부인이 원하신다면요."

미용사는 내 머리를 감겨주는 동안 머리칼이 더럽고 거칠다는 내색을 전혀 하지 않았다. 귓속으로 물이 흘러들어와서 그녀가 드로비츠키 부인에게 하는 말소리가 어렴풋이 들려왔다. "적갈색으로 염색해 광택감을 살려볼까요?" 염색약의 암모니아 냄새가 진하게 느껴졌다. 난 미용사가 날 다시 일으켜서 욕실 거울 앞 의자에 앉힐 때까지 계속 눈을 감고 있었다. 그녀의 숨결이 아주 가까이 느껴졌고, 내 얼굴 주위로 빠르게 움직이는 가위 소리가 들려왔다. 드라이어의 더운 바람 때문에 잠이 들 뻔했던 나는 머리가 다 마른 후에야 눈을 뜨고 고개를 들었다. 그러자 금색 테두리의 커다란 거울 속에서 아주 낯선 여자가 날 바라보고 있었다. 어깨 높이에서 잘린 머리는 더이상 칙칙한 붉은색이 아니었고, 매끈해 보이고 반짝이며 윤기가 났다. 입술엔 여전히 부르튼 흔적이, 눈가에는 다크서클이 남아 있었지만, 완전히 달라진 느낌이었다. 이제 난 마치 부자가 된 듯 행복한 표정을 짓고 있었다. 거울 속에서 드로비츠키 부인이 다가오는 게 보였다. 그녀는 완전히 달라진 내 모습에 만족해하는 듯 보였다. 그리고 내 어깨를 수줍은 듯 감싸면서 미소 띤 얼굴로 속삭였다. "정말 아름답네요, 델핀. 메리 크리스마스."

다음해 1월에 난 사무실 청소 일자리를 잃었다. 그 사실을 안 드로비츠키 부인은 내 보수를 더 올려주었다. 아마 내가 또다른 일자리를 구해서 아침마다 부인을 보러 오지 못할까봐 염려되었기 때문인 것 같았다. 난 매일 아침 여덟시 오 분 전에 그녀의 집에 도착해서 근처 광장에서 열리는 시장으로 부인과 함께 장을 보러 갔다. 우린 점심과 저녁 식사에 필요한 것만을 샀다. 그녀는 내가 일을 마치고 돌아갈 때면 종종 얇게 저며 포일에 싼 고깃점이나 바게트 반 개, 또는 산딸기 한 팩을 내 손에 쥐여주면서 작게 말했다. "받아줘요, 델핀.

델핀 양이 안 가져가면 죄다 버려야 할 거예요." 그리고 그 말은 사실이었다. 먹다 남은 음식들이 광고 전단에 엉성하게 싸인 채 쓰레기통에 버려져 있는 것이 종종 발견되었다. 우린 때로 장터 사잇길들을 돌아다니면서 마지막 쇼핑 품목인 브리치즈나 신선한 버터를 살 때까지 늑장을 부리며 일부러 집에 늦게 들어가기도 했다. 날씨가 좋은 날에는 특히 더 자주 그랬다. 사실 드로비츠키 부인은 아주 조금밖에 먹지 않기 때문에 이틀이나 사흘에 한 번만 장을 봐도 충분할 것 같았다. 난 그녀가 매일같이 장바구니를 들고 시장을 한 바퀴 돌면서 쓰는 돈을 떠올렸다. 물론 그녀에게 그런 이야기는 꺼내지 않았다. 그녀 역시 행여 같은 생각을 하면서 내게 이렇게 통고할까봐 두려웠기 때문이다. "이제부터는 일주일에 두세 번만 와줘도 되겠어요, 델핀. 그거면 충분할 것 같아요." 하지만 드로비츠키 부인은 결코 그런 말을 하지 않았다.

옷에 관한 얘기도 빼놓을 수 없다. 드물게 눈이 내리던 1월인가 2월의 어느 날, 낡은 외투를 입고 오들오들 떠는 나를 보고 부인이 물었다.

"내가 입던 오래된 모피코트를 하나 줘도 괜찮을까요, 델핀? 말이 오래된 거지, 사실은 겨우 한두 번 입었던 거예요. 델핀 양한테 아주 잘 어울릴 것 같아요. 특히 새로운 머리색하고 말이죠."

코트가 나한테는 좀 크고 나프탈렌 냄새가 나긴 했지만, 난 기꺼이 그녀가 주는 코트를 받기로 했다. 그것은 지금까지 내가 한 번도 입어본 적 없는 값비싼 옷이었다. 무엇보다 드로비츠키 부인의 눈빛에서 전과 같은 간절함이 느껴졌다. 단지 날 따뜻하게 해주려는 마음뿐만 아니라, 그녀만의 좀더 개인적인 의도가 담겨 있는 것 같았다. 부인은 내게 스카프와 부츠, 준보석이 박힌 금도금 반지도 주었다. 그러면서 얼마 안 하는 거라고 거듭 강조했다. 마치 내가 갑자기 경계할까봐 염려스럽고, 자신의 계획을 완성시켜야 할지 아직 망설이는 듯했다.

어느 금요일 아침, 부인은 냉랭한 태도로 날 맞이했다. 함께 장을 보는 동안에도 그녀가 다른 생각을 하고 있음을 느낄 수 있었다. 나는 어쩌면 몇 달간 해오던 일을 그만두어야 하는 게 아닐까 불안에 사로잡혔다. 그러면서 내심 그녀가 모피 코트나 부츠를 돌려달라고 하지 않기를 바랐다. 그런데 내가 우려하던 것과는 정반대의 일이 일어났다. 일을 마치고 떠나려는 순간 드로비츠키 부인이 조급하게 내게 물었다.

"내일 오후에 시간 좀 있나요? 어디 좀 갈 데가 있는데 델핀 양이 같이 가주면 좋을 것 같아서요. 물론 그래줄 수 있다면 말이에요."

난 무슨 일인지 묻지도 않고 그러겠다고 대답했다.

"내일 아침에는 안 와도 돼요. 그러니까 집에서 푹 쉬어요." 그러면서 부인은 그날 처음으로 내게 웃어 보였다.

난 무슨 일인지 몰랐다고 말할 수도 있었을 것이다. 하지만 정말 몰랐다면, 그토록 공들여 외출 준비를 하고, 봄치고는 쌀쌀하긴 했지만 그래도 모피코트까지 입고, 부츠와 반지, 내가 나에게 크리스마스 선물로 준 스카프를 둘렀을까? 그리고 그토록 긴장하며, 낯선 남자가 자기 아내의 빈자리를 달래려고 나를 안을 때조차도 느껴지지 않았던 두려운 마음까지 들었을까?

드로비츠키 부인이 문을 열어주었을 때, 날 뚫어지게 응시하는 그녀의 표정에서 난 내 생각이 틀리지 않았다는 걸 알 수 있었다. 그리고 부인이 종종 하던 대로 스카프를 이용해 자연스럽지만 정갈하게 머리를 하나로 묶기를 잘했다는 생각이 들었다. 드로비츠키 부인은 이미 모든 준비를 끝내고 모피코트만 걸치면 되는 상태였다. 그녀의 모피코트는 그동안 내가 한 번도 본 적 없는 것이었고, 내 것과 거의 똑같은 색조였다. 엘리베이터 거울에 비친 우리 두 사람의 모습을 보며 우리가 같은 부류 같다는 생각이 들었다. 수달이나 담비 혹은 금빛 밍크 두 마리 같았다. 난 부인이 준 코트가 무엇으로 만든 것인지 한 번도 궁금해하지 않았다. 버스를 기다리는 동안 드로비츠키 부인은 여러 번 시계를 들여다보았다. 약속이 몇시인지 묻자 그녀는 간결하게 대답했다. "세시." 곧 도착한 버스에 올라 부인은 한숨을 내쉬면서 자리에 앉고 난 서 있었다. 우리를 바라보는 승객들의 시선이 느껴졌다. 우리가 무척이나 화려하게 차려입은데다 드로비츠키 부인에게서는 짙은 향수 냄새가 풍겨왔기 때문이다. 그녀는 버스를 타고 가는 내내 한 손으로 코트 깃을 바짝 올려 잡고서 얼굴을 가리고 있었다. 눈만 내놓은 채였는데, 그마저 내내 감고 있었다. 달린 지 십오 분이 채 안 돼 내린 곳은 그녀가 사는 동네보다 훨씬 귀족적인 분위기가 풍기는 곳이었다. 부인은 또다시 시계를 들여다보더니 다소 긴장이 풀린 듯한 표정으로 중얼거렸다. "잘됐네요, 시간에 딱 맞춰 도착했어요."

우린 앙상한 플라타너스 아래로 10여 미터를 더 걸어가 경비가 지키고 있는 건물 안으로 들어갔다. 엘리베이터를 타고 올라가는 동안 드로비츠키 부인은 무언가 간절히 바라는 표정으로 날 바라보았고, 난 그저 말없이 멍하니 있었다. 어쩌면 그녀의 손을 잡고 이렇게 속삭여줄 수도 있었을 텐데. "걱정하지 마세요. 다 잘될 거예요."

4층에 도착하자 그녀가 노크하기도 전에 문이 열렸다. 우리를 맞이하러 나온 노부인은 그녀의 볼에 입을 맞추고는 나를 향해 돌아섰다. 그리고 날 꼭 안고는 한 치의 머뭇거림도 없이 열렬하게 볼에 입을 맞추면서 외쳤다.

"어서 와요, 얼른 들어와요. 다들 이렇게 와줘서 얼마나 기쁜지 몰라요. 코트를 이리 주세요, 폴리나 당신 것도. 내가 얼마나 오래전부터 로자의 딸을 만나고 싶어했는지 몰라요. 여긴 언제 왔어요? 오래 계실 건가요?"

드로비츠키 부인은 얼굴이 몹시 창백했다. 그녀는 마치 허물을 벗듯 코트를 벗어 여주인에게 건네주고 나지막하게 말했다.

"이런, 이애를 그냥 좀 내버려둬요. 그렇게 정신없이 질문을 해대니까 이애가 당황하잖아요."

거실 식탁에는 근사한 도자기 그릇들이 차려져 있었다. 그 앞에 둘러앉은 다섯 명의 노부인 중 둘은 각자 딸들과 함께였다. 그들은 경계하듯 날 위아래로 훑어보았다. 어쩌면 내가 드로비츠키 부인의 딸이 아니라는 것을, 아니 딸일 리 없다는 것을 간파했기 때문이었을 것이다. 내 나이로 가늠해보면 기껏해야 그녀의 손녀뻘이었다. 그동안 드로비츠키 부인에게서 포크와 나이프 등을 올바르게 잡는 법이나 말하고 미소 짓는 법을 익혔더라도 내가 겉으로만 세련된 척하고 있다는 걸 누구라도 금세 간파할 수 있을 터였다. 그녀 곁에 앉아 있는 동안 가장 힘들었던 건 평소처럼 그녀의 시중을 들지 않는 것이었다. 그녀의 잔에 차와 우유를 따라주지 않고, 브리오슈를 다 먹은 그녀에게 빵 접시를 추가로 건네지 않는 것. 따지고 보면 난 원래 그녀의 가정부일 뿐이었으니까. 하지만 난 최선을 다해 그들의 질문에 답했다. 어머니를 성가시게 하지 않으려고 그녀의 집이 아닌 동네 작은 호텔에서 지내고 있다고 설명했다. 드로비츠키 부인은 콜레트호텔이라고 서둘러 덧붙였고, 난 이곳에 얼마나 더 머물지 아직 잘 모르며, 어쩌면 아주 정착하게 될지도 모르겠다고 대답하면서 부인을 바라보았다. 그러면 그녀는 내 눈빛을 읽고 이렇게 부연하면서 거들었다. "그건 사위한테 달린 문제지요. 워낙 일이 많은 사람이니……" 그렇게 세 시간이 흘러갔다. 난 차를 마시고 브리오슈를 먹었다. 내게 질문하는 것에 싫증이 난 사람들이 자기들끼리 얘기하기 시작했다. 심지어 폴란드어로 수다를 떨기도 했다. 그러다가 그중 하나가 내게 질문을 했는지 모두가 나를 돌아보았다. 하지만 드로비츠키 부인은 살짝 웃어 보이면서 말했다. "이런, 내 딸은 모국어를 잊어버렸어요."

우린 밤이 되어서야 그곳을 나섰다. 난 참석했던 노부인들의 볼에 입을 맞추면서 인사를 나누었다. 우리를 초대했던 여주인은 문가에서 내게 작게 말했다. "당신이 돌아와서 기뻐요. 어머님이 아주 행복해 보이시네요."

엘리베이터에 탄 우리는 창백한 불빛 아래 말없이 서 있었다. 드로비츠키 부인은 1층의 홀을 가로질러 밤의 어둠 속으로 나설 때까지 기다렸다가 재빨리 말했다.

"미안해요, 델핀 양. 미리 허락을 구했어야 하는데. 용기가 없었어요. 델핀 양이 거절할까봐······"

"아니에요, 부인, 어차피 전 좋다고 했을 거예요. 하지만 먼저 얘길 해주셨더라면 좀더 수월했을 것 같아요. 그분들한테 무슨 얘기를 해야 할지 미리 알려주셨으면 나왔을 텐데."

"오, 걱정하지 않아도 돼요." 그녀의 목소리만 듣고도 그녀가 미소 짓고 있다는 걸 알 수 있었다. "아주 완벽했어요."

그후 이 년간 그녀에게 난 폴리나였다. 우린 이제 예전에 다니던 시장 말고, 더 많이 걸어야 하는 옆 동네 시장에 다녔다. 난 어디에서나 폴리나로 통했다. 쇼핑을 하러 다닐 때에도, 드로비츠키 부인이 나를 점점 더 자주 데리고 다닌 그녀의 친구들 집에서도 폴리나였다. 그녀는 그 어느 때보다도 보수를 후하게 쳐주었고, 내 옷장엔 새 옷이 점점 더 늘어갔다. 부인이 내게 옷을 계속 새로 사주는 이유는 나를 자신의 딸처럼 보이게 만들기 위해서이기도 했지만, 한편으로는 내 비위를 맞춰주기 위해서이고 내 침묵에 대한 대가라는 걸 난 잘 알고 있었다. 아마도 그녀 역시 내가 거짓말을 빌미로 그녀를 협박해서 재산을 몽땅 차지할 수도 있다는 걸 잘 알고 있었을 터였다. 하지만 그녀로서는 나를 믿는 것밖에는 다른 선택이 없었던 것이다.

"이게 바로 드로비츠키 부인과 있었던 일이에요." 그날 밤
난 마리아에게 그 얘기를 들려주었다. "모두 그렇게 시작됐
죠. 그 무렵 난 누군가를 곁에 둘 수만 있다면 기꺼이 비용을
지불하려는 외롭고 쓸쓸한 사람들이 많다는 사실을 깨달은
거예요. 딸이든 엄마든 애인이든 간에."

난 오직 나의 이야기일 뿐인 그다음 얘기는 그녀에게 하지
않았다. 내가 드로비츠키 부인을 마지막으로 본 건 12월의
어느 날이었다. 그다음날, 그녀의 집 앞에 도착해 벨을 누르
고 문을 한참 동안 두드렸지만 기척이 없자 난 그녀가 내게
맡긴 열쇠로 문을 열고 안으로 들어갔다. 아파트는 텅 빈 채
정적만 감돌고 있었다. 거실 한가운데에 옆으로 거꾸러진 안
락의자가 눈에 들어왔다. 나 없이는 결코 바깥출입을 하지
않는 부인이 어디에 있을지 궁금해하면서 그곳에 머무른 지
겨우 일 분 정도 됐을 때 누군가가 문을 두드렸다. 난 멍청하
게도 그녀이기를 기대하면서 문을 열었다. 그녀였다면 왜 열
쇠로 문을 열고 들어오지 않았겠는가. 문을 두드린 사람은
아파트 관리인이었다. 머리부터 발끝까지 뾰족해서 마치 박
제된 왜가리 같은 인상을 풍기는 여자였다. 어느 날 내가 드
로비츠키 부인에게 나지막하게 그 얘길 하자 그녀는 재미있
어하면서 웃음을 터뜨렸다. 관리인은 입술을 삐쭉 내밀며 날
경계하듯 뚫어지게 쳐다보았다. 그동안 계단에서 서로 수없

이 마주쳤는데도.

"당신이 관리실 앞으로 지나가는 걸 봤어요." 그녀가 이렇게 말하더니 입을 다물었다.

"드로비츠키 부인이 어디 계신지 혹시 아세요? 집에 안 계셔서요. 아무데도 안 보이시고요." 내가 마치 폐위된 여왕의 자리처럼 거꾸러진 안락의자를 가리키면서 물었다.

"드로비츠키 부인은 간밤에 심장마비를 일으켰어요." 관리인이 절제된 목소리로 대답했다. "그리고 간신히 문까지 기어와 구조를 요청했죠. 이웃 사람이 알려줘서 제가 구급차를 불렀고요. 지금은 병원에 계세요. 살 수 있을지는 아직 잘 모른다는군요. 하지만 깨어나신다고 해도 전신마비 상태일 거고, 정신이 온전히 돌아올지도 확실하지 않대요." 그녀가 손가락으로 관자놀이를 두드리며 말을 맺었다.

"지금 어느 병원에 계시나요?"

내 물음에 그녀는 팔짱을 낀 채 입가에 야릇한 미소를 띠며 말했다.

"이런, 그런 걸 저한테 물으시다니 참 이상하군요, 폴리나 양." 그녀가 말을 이었다. "당신 이름이 폴리나 맞죠? 드로비츠키 부인은 무슨 일이 생기면 제가 연락할 수 있게 당신 연락처를 알려주었어요. 이 소식을 전하려고 오늘 아침에 전화했는데 그걸 기억 못하시나요? 드로비츠키 부인은 집으로 다시 돌아오지 않을 거라고 당신이 말씀하셨잖아요. 진작 요양원으로 들어가셨어야 했다고요."

난 뭐라고 대꾸해야 할지 몰라 멍하니 서 있었다. 관리인의 얼굴에 일종의 승리감과 도덕적인 분노가 번져갔다. 마치 진실과 부단한 정직함이 거둔 승리를 미리 음미하는 듯했다. 난 그녀의 시선을 피하지 않고 똑바로 마주하면서도 이미 그녀의 상대가 되지 못한다는 것을 잘 알고 있었다.

"그리고 내일까지, 어쩌면 다음 주말까지는 여기 직접 못 온다고 하셨잖아요." 관리인이 말을 이었다. "그런데 생각보다 일찍 와주셨네요. 그건 뭐 좋아요. 병원으로 곧장 가시지 않은 게 참 이상하지만."

난 깊이 숨을 들이마시고는 문을 쾅 닫아버렸다. 다행히 관리인은 안으로 들어오지 않고 문가에 서 있었다. 하지만 잠시 놀란 듯한 침묵이 흐른 뒤 그녀는 주먹으로 문을 두드리면서 외쳤다.

"분명히 경고하는데, 경찰을 부를 거예요! 당신이 누군지는 모르겠지만 경찰을 부를 거라고요!"

관리인은 거듭 외쳤고, 서둘러 계단을 내려가는 발소리가 들렸다. 난 주춤하며 몇 발짝 뒤로 물러났다. 내게는 고작 이삼 분밖에 시간이 없다는 생각이 들었다. 난 드로비츠키 부인이 분첩을 두드리며 욕실에서 불쑥 나타나기라도 할 것처럼 아파트를 죽 둘러보았다. 그런 다음 거꾸러진 의자를 일으켜 본래의 자리인 낮은 탁자 앞에 세워놓고 침실로 향했다. 평소 침실에는 자주 들어가보지 않아서, 다른 가구들처럼 짙은 색 나무로 된 거대한 침대를 처음 보는 것 같은 느낌이 들었다. 머리맡 벽면에는 빛바랜 주석으로 된 조그만 십자가가 걸려 있었다. 난 미소를 지으면서 생각했다. 참으로 재미있는 생각을 하셨군요, 드로비츠키 부인. 당신이 무언가를 믿었다면, 그건 분명 신은 아니었을 거예요. 그 순간 난 그녀가 좋아하던 감상적인 연애소설을 챙겨 갈 시간이 없어서 안타까웠다. 부인은 분명 나 외의 다른 사람에게 백과사전 뒤에 숨겨놓은 책들을 들키고 싶지 않을 테니까.

마치 그 위에서 싸움이라도 벌인 것처럼 침대 시트와 이불이 마구 구겨진 채 어지러져 있었다. 다가오는 죽음의 그림자와 싸우면서 간신히 침대를 벗어나 문까지 기어가, 자신에게조차 거의 들리지 않는 작은 목소리로 구조를 요청하는 드로비츠키 부인의 모습이 머릿속에 그려졌다. 도와줘요, 살려주세요. 난 그녀가 결코 이곳으로 다시 돌아오지 못하리란 걸잘 알고 있었다. 다시 정신을 차리더라도, 자신의 근사한 아파트와 동양식 카펫이 다시 보고 싶더라도 그녀는 돌아오지 못할 터였다. 난 재빨리 그녀의 침대를 정돈했다. 모든 투쟁의 흔적을 없애기 위해 매트리스 커버와 침대 시트를 다시 매끈하게 매만진 다음 이불을 펼쳐 덮고 베개를 다시 폭신하게 해두었다. "자, 당신은 간밤에 편히 주무신 거예요. 단지 나쁜 꿈을 꾼 것뿐이라고요." 난 나지막한 목소리로 이렇게 속삭였다. 그것이 내가 드로비츠키 부인에게 선사할 수 있는 마지막 선물이자 마지막 환상이었다. 비록 그녀는 결코 볼 수 없겠지만.

그녀를 생각하자 슬픔과 일자리를 잃게 되는 두려움이 동시에 엄습했다. 앞으로 뭘 해야 하나. 다시 어느 회사 사무실에서 청소를 하거나, 신발을 팔거나 커피를 날라야 하나. 난 아주 잠시 고민하다가 협탁 위에 놓인 금팔찌와 금반지를 서둘러 주머니에 집어넣었다. "이해해주시겠죠, 드로비츠키 부인." 난 변명조로 크게 말했다. "앞으로 뭘 할지 생각할 시간을 갖기 위해서예요." 그리고 방에서 나와 거실 테이블 위에 열쇠를 내려놓은 다음 아파트를 떠났다.

드로비츠키 부인은 병원과 요양원에서 일 년을 채 버티지 못했다. 앞서 말했듯이 난 도둑질한 게 아니었다. 그녀가 이미 오래전에 내 앞으로 상당한 액수의 유산을 남겨놓았다는 것을 미리 알았더라면 난 반지를 가져가지 않았을 것이다. 내 것이 될 수 있으리라고는 한 번도 상상해보지 못했던 엄청난 금액이었다. 일을 그만두고 몇 달이 지났을 무렵 공증인이 내게 전화를 걸어 자기 사무실에 들러달라고 했다. 당시 난 드로비츠키 부인이 세상을 떠났다는 사실조차 모르고 있었다. 가짜 폴리나에 관해 해명해야 하는 난처한 상황을 만들지 않으려고 그녀의 친구들이나 딸, 관리인 그 누구와도 연락하지 않았기 때문이다. 짙은 색 양복 차림의 공증인이 지켜보는 앞에서 드로비츠키 부인이 남긴 편지를 읽으면서 비로소 그녀에게 작별인사를 하는 느낌이 들었다. 그녀는 내게 고마워하면서 그동안 내 서비스에 몹시 만족했고, 날 무척 사랑했다고 말했다. 난 편지를 접어 공증인이 건넨 수표와 함께 가방에 넣었다. 그가 나에 관해 무슨 얘기를 들었는지는 알 수 없지만, 나를 뻔뻔한 모리배로 여기는 것 같았다. 고독한 노인의 마음을 꾀어 그녀의 애정을 얻고 막대한 재산을 차지하려 했던 모사꾼쯤으로. 내가 그의 사무실을 떠날 때도 그는 내게 악수조차 청하지 않았다. 하지만 아무래도 상관없었다. 심지어 난 그후 그를 다시 찾아가기도 했다. 달리 아는 공증인이 없었으니까. 사무실과 주거를 겸해 내가 십오 년 전부터 살고 있는, 1층에 위치한 다섯 칸짜리 아파트 매입을 위해서였다. 그리고 현재 '당신을 위해'의 계약을 관리하는 사람도 바로 그 공증인이다. 난 그에게 매출액의 5퍼센트를 지불하고 있다. 가끔 그에게 이렇게 말하고 싶어질 때가 있다. "이제 아시겠어요? 당신은 내게 악수를 청할 수도 있었던 거라고요."

난 운이 좋은 편이었다. 매물로 나온 아파트는 가구가 이미 모두 갖추어진 집이었다. 난 그 이유에 대해선 아무것도 묻지 않았다. 주인이 죽었거나, 가구와 집기 들이 나쁜 기억을 떠올렸기 때문이라 할지라도 내겐 아무런 상관이 없었다. 난 침대와 그릇, 안락의자 등 모든 것을 그대로 양도받았다. 심지어 거실 스탠드와 냉장고에 든 멸균우유까지도. 내가 주거 공간으로 사용하는 쪽은 커튼과 침대 시트를 세탁하기만 했을 뿐 아무것도 손대지 않았고, 사무 공간에는 책상과 의자, 사무용품만 추가로 구입해 놓아두었다. 난 카탈로그를 뒤적여 물건을 고르고, 차분하고 조용한 분위기를 연출할 수 있는 것들, 의자 방석, 출입문 종, 이탤릭체로 '어서오세요'라고 쓰여 있는 소박한 발 매트 등을 주문했다.

그렇다, 이 모든 건 그렇게 시작되었다. 난 낯선 여인의 딸이고 손녀였으며, 수많은 이들의 누이이자 연인, 여자 친구, 속내를 털어놓을 수 있는 사람이었다. 그리고 지금은 진짜 내 자식이라고 말할 수 없는 아이를 뱃속에 품고 있다. '당신을 위해'는 모든 것을 구할 수 있는 커다란 요술 주머니이자, 어느 고객의 표현대로 판도라의 상자와 같은 곳이다. 사실 우리가 거래하지 못할 것은 아무것도 없다. 삶과 사랑, 그리고 죽음까지도.

그리고 이젠 솔직히 고백해야 할 것 같다. 이 세상 모든 것에는 빗장이 질러져 있고, 나는 범접할 수 없다고 생각했다. 스스로를 나무나 특별한 조직으로 만들어진 존재로 여겼고, 지금까지 그 누구도 진정으로 사랑한 적이 없었다. 나를 찾아오는 고객들이 하는 그런 의미에서의 사랑 말이다. 남자를 몇몇 만났지만, 그중 누구도 특별한 존재가 되지는 않았다. 어쩌면 고객들이 내 앞에서 눈물과 분노를 쏟아내는 광경에 질려서 그런 격정에 무감해졌는지도 모르겠다. 아니면 어느 날 화가 난 마리아가 내게 퍼부었던 것처럼 그저 내 마음이 너무 메마른 탓일지도.

난 오만했다. 아니 어리석었다. 라일락 향 티슈로 눈물을 훔치는 고객들처럼 언젠가 나 자신이 무장해제 상태가 되라라곤 꿈에도 생각지 못했다. 무엇보다 내가 나 자신의 고객이 되리라곤 전혀 예상치 못했다. 자신이 파는 사탕통 속에 손을 집어넣는 사탕가게 주인, 자신이 파는 마약의 효과를 보려고 자기 혈관에 주삿바늘을 찔러넣는 마약상처럼 말이다. 격언과 고사성어를 좋아하던 드로비츠키 부인이라면 이 상황을 두고 아마 자업자득이라고 했을 것이다.

드로비츠키 부인

다양한 서비스에 대한 보답으로 남긴 유증분:
685,000프랑.*

---

* 프랑은 옛 프랑스 화폐 단위로 약 105,000유로에 해당한다.

8

어떤 예감을 느낀다거나, 잠에서 깨어날 때 간밤에 꾼 꿈이나 잊고 있었던 두려움이 어렴풋이 기억 속에 되살아나는 경험을 해보고 싶었다. 그러다 화장실로 서둘러 달려가 토하거나, 테이블 구석에 머리를 부딪히기도 하면서. 하지만 그런 일은 한 번도 일어나지 않았다. 내 몸은 마치 유순한 서랍과도 같았다. 그날 난 배가 고팠고, 봄날 아침치고는 날씨가 쌀쌀했다. 침실 창문의 덧문을 열자 창살에 묶여 있는 끈 하나가 보였다. 한 번 휘감아 이중 매듭으로 묶어놓은 평범한 파란색 끈이었다. 묶인 끈을 풀려고 한쪽 끝을 잡아당겨보았다. 20센티미터 정도 되는 그리 길지 않은 끈이었고, 그 끝에 조그만 종이쪽지가 창살에 말려 있었다. 나는 곧 종이쪽지를

손에 넣었고, 그 안엔 서툰 글씨로 인간이라는 글자가 적혀
있었다. 그건 야롤이 다녀갔다는 신호였다.

　야롤은 자기 엄마의 감시가 소홀해진 틈을 타 일주일에 두
세 번 정도 에이전시에 들렀다. 그때마다 그는 창살에 색깔
리본으로 모눈종이 쪽지를 매어두었다. 쪽지에는 늘 단어 한
두 개가 적혀 있었다. 걸인, 생각하다, 신. 어느 날 그는 그 단
어들을 이어 붙이면 자기 인터넷 사이트에 접속할 수 있다고
내게 알려주었다. 야롤은 그곳을 자신의 집이라고 불렀다.
하지만 난 계속 나중으로 미루었다. 그 사이트에 접속해볼
일은 앞으로도 없을 터였다. 노닥거릴 시간도 없었거니와,
사실 조금도 관심이 생기지 않았다. 난 그가 그 단어들을 아
무렇게나 고르지는 않았을 거라고 생각하면서도, 그가 하려
는 말이 무엇인지, 혹은 그가 무언가를 말하려고는 했는지조
차 알 수 없었다. 그는 난독증을 앓고 있었다. 그의 엄마 말
로는 증상이 심하지는 않고, 많지는 않아도 몇몇 단어의 철
자는 정확하게 쓸 수 있다고 했다. 어쩌면 그가 고른 말들은
바로 그 얼마 되지 않는 단어들이었을지도 모르겠다. 어쨌거
나 난 그에게 한 번도 이렇게 물어보지 않았다. 무슨 말이 하
고 싶은 거니, 야롤? 그저 어린아이가 주워 온 조약돌이나
나뭇잎을 받아들 듯 그가 적은 단어들을 받기만 했다. 그리
고 그가 남긴 종이쪽지들을 문진 아래에 놓아두었다.

대문은 늘 잠겨 있는데 그가 어떻게 뒤뜰까지 들어왔는지 이해되지 않았다. 게다가 내 방 창문을 어떻게 알아냈는지도 의문이었다. 똑같은 창문이 여섯 개나 있었고, 야롤은 우리 집에는, 그러니까 내 아파트에는 한 번도 와본 적 없었다. 언제나 내가 그의 집이나, 이혼한 그의 엄마가 사는 저택으로 갔다. 어느 날 밤 뒤뜰에 몰래 들어와서는 내가 침실과 거실을 오가는 모습을, 텔레비전을 켜놓은 채 언제나 혼자 있는 내 모습을 지켜본 건 아닐까. 하지만 그런 건 개념치 않았다. 난 아무것도 감출 것이 없었으니까. 야롤이나 다른 누가 지켜보더라도 난 신경쓰지 않았을 것이다.

야롤은 팔 개월 전 내 고객이 되었다. 아니, 사실 고객은 그의 엄마로, 그녀는 돈이 많았고, 때로는 기벽 때로는 질병이라고 부르는 아들의 행동 때문에 심신이 지친 여자였다. 야롤은 열일곱 살 생일을 얼마 앞둔, 밤색 머리와 물처럼 창백한 녹색 눈을 지닌 소년이었다. 그리고 천재이자 동시에 지진아였다. 그의 엄마는 그런 표현을 쓰지 않았지만, 난 그렇게 이해했다. 사회적 부적응, 그리고 매우 특이한 자폐증의 한 형태라고 그녀는 내게 설명했다. 야롤은 형편없는 학업성적 때문에 사립학교 다섯 군데에서 쫓겨났다. 그리고 집에서 하루종일 복잡한 비디오게임을 만들면서 시간을 보냈다. 특이한 생물체와 괴상한 배경, 난관과 통과해야 할 단계가 수없이 등장하는 게임들이었다. 또한 자신의 게임을 만드는 데 그치지 않고 다른 게임들을 해킹해서 여기저기 기웃거리고, 자신이 만든 캐릭터들을 다른 게임 안으로 보내서 다른 세계에 혼란을 초래하기도 했다. 어느 날 그의 엄마가 말해주었다. "그건 불법이에요. 오타쿠라고 자칭하는 해커들이 하는 짓이죠. 그러다 발각되는 날엔 감옥에 가게 될 거라고요." 하지만 진정으로 염려되는 건 그런 게 아니었다. 야롤에게는 친구도 사회생활도 전혀 없었다. 그녀가 걱정하는 아들의 병이란 다름 아닌 그런 폐쇄적인 성향이었다.

그녀가 날 찾아와 계약서에 사인을 한 다음 야롤을 소개해주었을 때, 그는 나와 말을 섞으려 하지 않았다. 그렇게 삼 주가 흘러갔다. 그는 자기 컴퓨터 앞에 앉아 게임에 몰두하거나, 내 손에 이끌려 마지못해 이를 악물고 박물관이나 야외 축제, 놀이공원 등에 갔다. 난 그의 엄마가 내게 돈을 내고 부탁한 대로 그를 여기저기 데리고 다녔다. "그애를 집밖으로 나가게 해야 해요. 그애는 비디오게임 말고는 아무것도 관심이 없어요. 게임을 못하게 하면 불같이 화를 내서 어쩔수 없이 내버려두는 것뿐이에요. 이제 내가 할 수 있는 건 아무것도 없어요. 그 또래 아이들이 누가 엄마하고 다니려고 하겠어요. 하지만 당신은 큰누나나 사촌누나쯤으로 보이니까 할 수 있을 거예요. 옷을 갈아입게 하고 영화관이든 파티

장이든 어디든 데리고 가줘요. 그애는 이제 겨우 열여섯 살이에요. 또래 아이들과 어울릴 필요가 있어요."

하지만 야롤을 학교 근처 패스트푸드점에 데리고 갔을 때, 그는 초점 없는 눈으로 허공을 바라보며 손가락으로 테이블 위를 두드리기만 했다. 난 그가 컴퓨터 없이도 여전히 다른 세계에 살고 있단 걸 깨달았다. 그러다 몇 주가 지나고 차츰 내게 친밀감을 느꼈는지 자신의 방이나 정원에서 나를 기다리기 시작했다. 그는 이제 저멀리 철책을 멍하니 바라보는 대신, 마치 가까이에 있는 것만 알아볼 수 있는 양 바로 옆을 응시했다. 내가 그에게 "야롤, 우리 프렌치프라이 먹으러 갈까? 너 그거 좋아하잖아" 하고 물으면 그는 늘 손으로 입을 문지르면서 씨익 웃었고, 낡은 워크맨 이어폰을 귀에 꽂고는 여전히 미소를 띤 채 나를 따라나섰다.

어쩌면 그렇게 미소 짓는 모습이 아름다워 보였기 때문일까, 난 이따금 내가 열여섯 살이나 열여덟 살 때 야롤을 만났더라면 어땠을까 자문해보았다. 그때 이미 영혼과 육체를 팔던 나를 그가 좋아해주었을까? 내가 그런 짓을 하지 않도록 그가 나를 말릴 수도 있었을까? 그래서 어쩌면 우린 각자 지금과는 다른 존재가 될 수도 있지 않았을까? 개울가의 조그만 돌멩이를 하나하나 가지런히 늘어놓은 것 같은 그의 치아와 창백한 눈과 기다란 속눈썹을 바라보던 나는 곧장 시선을 돌렸다. 그리고 난 서른다섯 살이고, 한 번도 안아본 적도 없는 남자의 아이를 품고 있다는 사실을 떠올렸다. 그것이 내 삶이었고, 야롤의 삶은 회색 물질로 만들어진 컴퓨터 속에서 이어지고 있었다.

어느 날 야롤이 워크맨을 끄더니 엄숙한 어조로 말했다.

"델핀, 당신을 내 새로운 비디오게임에 등장시켰어요. 당신은 빨간 원피스를 입고 빨간 모자를 쓰고 있어요. 그리고 다른 세상을 발견하는 임무를 당신에게 맡겼어요. 당신이 내 특사예요. 날 대신해서 세상을 탐험하죠. 이제 당신을 디넬 프라고 부르기로 했어요."

난 그의 이야기가 못내 불편했다. 이유는 알 수 없었다. 나는 농담조로 그에게 말했다.

"난 게임 속 인물이 아니야, 야롤. 가상 인물이 아니라고." '가상', 그건 그가 자주 쓰던 말이었다. "난 네 게임하고는 아무 상관이 없다고."

그러자 그가 또다시 미소를 지으며 대꾸했다.

"하지만 그게 당신의 일 아닌가요? 다른 사람들의 세계에 개입하는 거요. 체스에서 기물을 움직이고, 게임 캐릭터들을 이동시키는 거. 내가 그 게임 이름을 뭐라고 붙인 줄 알아요? 바로 '유얼스Yours'예요."

난 말문이 막힌 채 그를 바라보았다. 그가 어떻게 그런 생각을 했는지, 그의 엄마가 내게 맡긴 역할을 어떻게 그렇게 예리하게 간파해낸 것인지 놀라웠다. 마치 우리의 전화 통화를 엿듣기라도 한 것 같았다. 당황한 나는 달리 할말이 떠오르지 않았고, 그저 어색하게 질문을 던졌다.

"그럼 야롤 넌 그 게임 속에서 어떤 역할인데?"

그는 아무 대답도 하지 않고 의미를 알 수 없는 미소를 지으며 날 응시했다. 그리고 워크맨의 재생 버튼을 누르더니 더이상 내게 눈길을 주지 않았다.

난 야롤이 진정한 친구를 만들 수 있게 도와달라는, 그의 엄마가 맡긴 일을 해내지 못했다. 몰래 그를 술집이나 다른 고객의 자녀의 생일파티에도 데리고 가보았지만, 꽤 잘생긴 편인 그에게 여자아이들이 다가와 말을 붙여도 그는 손가락으로 테이블을 두드리기만 할 뿐 아무 반응도 보이지 않았다. 그러면 여자아이들은 어깨를 으쓱하며 가버렸다.

그애 엄마는 한 달에 한 번쯤 가죽과 왁스 냄새가 나는 사무실로 나를 불러다 하소연했다.

"정말 답답해요, 델핀. 누군가에게 돈을 지불하면서 평생 아들을 맡길 순 없다고요. 그 아이에게 홀로 설 수 있는 법을 가르쳐줘야 해요. 제발 방법을 좀 찾아보세요."

난 그러겠다고 대답했다. 물론 방법을 알진 못했다. 야롤이 스스로 문을 열고 나와줄 때까지 그 누가 끈기 있게 기다려줄 수 있을지 아무런 생각이 떠오르지 않았다. 그가 다른 누군가를 자신의 세계에 들이고 싶어하거나, 들여야 할 필요성을 느낄 것 같지 않았다. 나를 제외하고는 아무도 없을 것 같았다. 누군가의 세계에 들어가는 것이 바로 내 일이었다. 그들이 원하건 원하지 않건 간에.

난 서둘러 이를 닦고 옷을 입었다. 야롤이 길에서 기다리고 있었기 때문이다. 미리 약속이 된 건 아니었지만, 계약서상 필요한 경우라면 언제든지 그를 챙기기로 했기 때문이다. 도시 반대편에서 전화가 오더라도 난 그를 데리러 가야 했다. 공원이나 철거중인 건물에서 이삼 일 전부터 어슬렁거리고 있던 그를 발견한 적도 여러 번이었다. 그런 곳까지 그가 어떻게 갔는지, 무슨 일로 갔는지는 결코 알 수 없었다. 난 택시를 불러 그를 집에 데려다주었고, 그는 순순히 날 따라왔다. 그러면 그의 엄마는 안도하며 그를 안아주었고, 때로는 뺨을 때리기도 했다. 하지만 그 무엇도 야롤의 유별난 행동을 막을 수 없었고, 그녀 또한 그 사실을 잘 알았다.

난 사무실과 개인 공간 사이의 문을 열고 창문 세 개의 블라인드를 올린 다음 현관문을 걸어 잠그고 밖으로 나섰다. 날씨는 포근한 편이었지만, 근처에 나무도 없는데 어디서 떨어졌는지 알 수 없는 나뭇잎들이 차도를 뒤덮고 있었다. 초록색 바지와 주황색 셔츠를 입은 야롤은 보도 위에 앉아 있었고, 마구 헝클어진 그의 밤색 머리칼은 펠트 천 같아 보였다. 세 번이나 불렀는데도 그는 소리를 듣지 못했다. 자동차 소음에 내 목소리가 묻혔거나, 늘 그렇듯 이어폰을 꽂고서 오래된 워크맨으로 음악을 듣고 있는 듯했다. 야롤은 마침내 나를 돌아보더니 자리에서 일어나 무심한 표정으로 다가왔다. 내가 거리 이름이나 근처 건물 위치를 물어보려고 그를 부르기라도 한 것처럼. 난 그에게 악수를 청했다. 난 언제나 그와 악수를 했다. 우리 사이에 어느 정도 형식적인 거리를 유지하는 게 중요하다고 생각했기 때문이다.

"들어와, 야롤. 커피 마실래? 아니면 핫초콜릿?"

머뭇거리던 그는 입을 문지르고는 한참 생각한 끝에 대답했다.

"커피요."

"대기실에 앉아서 조금만 기다려. 곧 커피를 가져다줄게. 비스킷도 줄까?"

"네, 비스킷 좋아요." 그가 고개를 끄덕였고, 난 커피머신을 작동시키러 갔다.

커피가 나오길 기다리며 부엌 전화로 그의 엄마한테 연락했다. 그녀는 신호음이 여덟 번이나 울린 후에야 약기운 탓인지 잠이 덜 깬 것 같은 목소리로 전화를 받았다.

"야롤이 지금 사무실에 와 있어요." 그러자 그녀의 한숨소리가 들려왔다. "열두시까지는 여기 있어도 되지만, 그전에 데리러 오셔야 해요. 오늘은 제가 약속이 있어서 집까지 데려다줄 수가 없거든요."

그녀는 잠시 침묵을 지키다가 대답했다.

"알았어요, 준비하고 갈게요. 한 시간 후에 거기서 봐요. 고마워요, 델핀."

야롤은 대기실의 벨벳 소파에 앉아 테이블 위에 놓여 있는 잡지에는 손도 대지 않고, 무화과 나뭇잎을 하나 뜯어 고도로 집중해서 그걸 갈기갈기 찢고 있었다. 난 커피잔과 비스킷 접시를 그의 앞에 내려놓았다.

"엄마가 곧 데리러 오실 거야, 야롤. 엄마가 도착하실 때까지 대기실에서 기다리자, 알겠지? 그동안 난 내 앞으로 온 우편물을 열어봐야 해. 하지만 문은 열어놓을게."

그는 고개를 끄덕이고는 비스킷을 하나 집어들었다. 그리고 워크맨의 재생 버튼을 눌렀다. 이어폰에서 둔탁한 음악소리가 새어나왔다. 난 사무실 책상 앞에 앉아 서류를 살펴보고, 전날 받은 편지들에 답장을 쓰고, 미팅 날짜를 잡았다. 그렇게 한 시간 남짓 지나서 야롤의 엄마가 도착했다. 도롯가에 주차한 차에서 내려 에이전시 문으로 다가오는 그녀의 모습이 보였다. 슬퍼 보이는 입매에, 여전히 미모를 유지하는 갈색 머리의 그녀는 항상 꽃모양 다이아몬드 귀걸이를 하고 있었다. 재빨리 자리에서 일어나 대기실로 향하는 순간, 문을 열고 안으로 들어서는 그녀와 마주쳤다. 그녀는 못마땅한 눈빛으로 나를 흘끗 쳐다보았다. 마치 야롤이 아침 일찍 집에서 빠져나온 것도, 그래서 그녀가 평소보다 일찍 일어나 차를 타고 그를 데리러 와야 했던 것도 모두 내 잘못이라는 듯이. 그녀는 억지웃음을 지어 보이면서 내가 내준 커피를 마셨다. 그리고 몇 주 만에 만났기 때문인지, 다른 고객들과 마찬가지로 눈에 띄게 커진 내 배에서 눈을 떼지 못했다. 배가 불러와 셔츠 단추가 떨어져나갔지만 나는 미처 수선할 시간도 없었다. 수아뉴 부부에게 임부복을 사달라고 해야겠다는 생각이 들었다. 원래 입던 옷들로는 이제 사람들의 시선을 피하기가 힘들었다.

나의 임신 사실을 알게 된 야롤의 엄마는 내게 이것저것 물어보았다. 아이를 가져본 엄마들 사이에 허물없이 오갈 수 있는 질문들이었다. 하지만 그녀는 모호한 내 대답을 듣고는 사무실에 놓여 있을 남자의 사진을, 남편이 됐든 동거인이 됐든, 아무튼 아이의 아빠가 될 만한 남자의 사진을 찾느라 여기저기 둘러보았다. 하지만 난 사람들을 속이려고 그렇게까지 할 생각은 없었다. 물론 수아뉴 부부는 계속 염려하며 날 채근했지만. "행여 다른 사람들이 자꾸 물어보게 하면 안 돼요, 델핀. 사람들이 혹시라도 뭔가 눈치채면 안 된다고요,

절대로."

야롤의 엄마는 자리에 앉지도 않고 선 채 커피를 마신 다음, 미소를 지어 보이며 책상 위에 찻잔을 내려놓았다. 그리고 아들에게 손짓을 하고는 돌아섰다.

야롤은 소파에서 일어나 문으로 향했다. 난 웃는 얼굴로 문가에서 그에게 손을 내밀었다. 하지만 그는 악수를 하는 대신 내 심장 부근에 손가락을 갖다댔다. 그애의 엄마가 알아차리지 못할 만큼 아주 잠깐 살짝 스쳤을 뿐이지만 난 몹시 놀라 얼굴이 붉어졌다. 야롤이 사람들을 만지는 것을 좋아하지 않는다는 걸 알고 있었기 때문이다.

"오늘 모든 게 시작되는 거예요, 디넬프." 야롤은 이렇게 속삭였다.

난 그가 무슨 말을 하려는 건지 궁금했지만, 그의 엄마가 몇 발짝 떨어진 곳에서 차 열쇠를 흔들며 재촉하는 바람에 그에게 아무것도 물어볼 수 없었다. 게다가 그는 또다시 허공을 바라보면서 워크맨 음악소리에 빠져들어 눈조차 마주칠 수 없었다.

야롤 드 브레트 / 세실 드 브레트 부인

대기실에서 기다리기. 커피, 비스킷. 브레트 부인에게 전
화. 잡지 빌려주기. 무화과나무 망가짐.
　소요 시간 : 두 시간.
　50유로.

9

열한시에 만나기로 약속한 고객이 조금 일찍 도착했다. 화요일은 마리아가 늦게 출근하는 날이었고, 현관문에 매단 종이 울렸을 때 난 사무실에서 우편물을 살피고 있었다. 난 열한시 정각이 되기를 잠시 기다렸다가 고객을 맞이하러 갔다.

그는 창문가에 서서 거리의 행인들을 눈으로 좇다가 내 발소리를 듣고 돌아보았다. 전체적으로 각진 얼굴에, 한쪽 얼굴의 균형이 다른 쪽보다 맞지 않아 보이는 남자였다. 한쪽 얼굴의 턱이 좀더 튀어나오고, 눈은 더 길게 찢어지고, 눈꺼풀은 더 늘어져 있었다. 이중적인 얼굴이라 못생겨 보여야 하겠지만 결코 그렇게 느껴지지 않는 남자. 난 그를 즉시 알아보았다. 예전에 공원에서 만났던 남자였다. 난 또다시 나비를 떠올렸다. 그리고 연보랏빛 금파리들을. 사랑과 죽음을 상징하는 곤충을. 물론 주변에 움직이는 그림자는 전혀 보이지 않았다. 하지만 그건 임신 초기부터 나타나기 시작한 증세였다. 아무 의미 없는 생각이 갑자기 머릿속을 스친다거나, 단편적인 문장이나 연결고리가 없는 단어들이 불쑥불쑥 떠오르곤 했다. 마치 태아가 꿈을 꾸기라도 하는 것처럼. 그리고 그 꿈들이 바닷속 해초나 물고기처럼 내 생각 속에서 부유했다.

"지난주에 전화드렸었는데요……"

"기다리고 있었습니다. 사무실로 가시죠."

그가 전등불 아래에 자리를 잡고 앉자, 처음 생각했던 것만큼 그렇게 젊어 보이지는 않았다. 피부는 칙칙했고 얼굴엔 주름이 많았다. 서른 살이 채 안 됐을 것 같지만 삶의 풍파에 침식당한 듯한 모습이었다. "지친 영혼이군요." 드로비츠키 부인이 그를 보았다면 아마도 이렇게 말했을 것이다.

난 예의바르게 미소 지으면서 그를 유심히 살펴보았다. 나는 늘 고객들의 얼굴을 세심하게 관찰했는데, 그들의 이야기를 들을 때만큼 그들의 얼굴에서 많은 것을 파악해낼 수 있기 때문이었다. 그리고 나직하고, 분명하고, 단호하고, 간청하는 그들의 목소리에 귀기울였다. 그는 머리에 젤을 듬뿍 바르고, 귀에 귀걸이를 하고 있었다. 왼쪽 뺨은 손바닥처럼 매끄러운 반면에 오른쪽 뺨은 피부가 얽어 있었다. 그는 내 눈을 똑바로 쳐다보면서 허락을 구하지도 않고 주머니에서 담배 한 개비를 꺼내 불을 붙였다. 난 그의 앞으로 재떨이를 밀어주었다. 지금까지 그토록 눈빛이 어두운 사람을 본 적 없었다. 젊음과 권태가 동시에 드리운 그의 얼굴은 세상을 너무나 잘 알아버린 사람의 술수 같아 보였다. 어쩌면 그 순간부터 그를 경계해야 했는지도 모르겠다. 그러지 않은 건 그를 알고 있었기 때문이다. 그때까진 아직 인지하지 못했지만, 그를 이미 알고 있었던 것이다. 그리고 나는 신중해야 한다는 평소 원칙을 잊어버렸던 것 같다.

처음 통화했을 때 그는 존스라는 이름으로 자신을 소개했다. 난 여느 고객들을 대하듯 그에게 용건을 물었다. 그는 육필 원고를 물려받았다면서, 그것을 타이핑해서 진짜 책처럼 만들어 간직하고 싶다고 했다. 그러고는 이렇게 덧붙였다. "더 자세한 얘기는 만나서 할게요. 아마 금세 이해하실 겁니다." 우리 에이전시를 어떻게 알게 되었느냐는 물음에 그는 대답을 얼버무리면서 지인 중 하나가 서비스도 다양하고 비밀 보장도 된다며 추천해주었다고 대답했다.

"제가 뭘 해드리면 되는지 말씀해주세요. 지난번 전화로는 타이핑할 원고가 있다고 하셨죠. 좀더 자세하게 설명해주실 수 있나요?"

그는 잠시 아무 말 없이 담배를 길게 빨았다. 다른 고객들은 대개 어쩔 줄 몰라하며 추한 절망감에 빠져 속내를 털어놓는데 그는 내게 미소를 지어 보였다. 순간 그의 이중적인 얼굴이 하나로 합쳐지는 듯했고, 거기서 풍겨나오는 야릇한 매력에 당혹스러웠다.

"이미 말했듯이, 공책을 몇 권 가지고 있어요. 모두 다섯 권이고, 시간순으로 기록돼 있습니다. 편지나 증언, 어떻게 부르든 상관없어요. 모두 합치면 정확하게 이백삼십칠 쪽이에요. 누군가가 손으로 쓴 거고요. 나를 위해서요. 나를 아주 많이 사랑한 사람이었죠."

그는 입가에 담배를 문 채 나를 응시했다. 난 그의 시선을 피해 눈을 내리깔았다. 순간 입술이 얼음장처럼 차가워지는 것 같았다. 참 이상한 일이었다. 혀로 핥아보았더니 입술은 오히려 바짝 말라 있었는데 물을 마실 수 없는 환자들에게 해주듯이 누가 입술에 얼음조각을 갖다댄 것만 같았다. 그제야 난 이 남자가 누군지 깨달았다. 그는 내가 이제 겨우 잊기 시작한 이야기를 다시 떠오르게 했다. 난 매일 아침 기억 속에서, 어두운 기억의 한구석에 병든 짐승처럼 웅크리고 있는 그 이야기를 쫓아내야만 했다. 훠이, 훠이, 저리 가, 다른 데 가서 죽어. 나는 번번이 발을 구르면서 그 짐승을 쫓아냈다. 무엇보다 그것이 반드시 죽어버리기를 바랐다. 심장이 세차게 방망이질하기 시작했다. 스스로도 그다지 확신이 없었지만, 난 애써 그게 다른 공책, 다른 기록물일 거라고 생각하려 했다. 어쩌면 한 여자나, 어머니 혹은 아버지가 가족들에게 남긴 그저 좋은 기억들로 가득하고, 무해하고 특별할 것 없는 유언장 같은 것일 수도 있지 않은가? 그가 내뿜는 담배 연기 때문에 두통이 일었다. 난 자리에서 일어나 창문을 조금 열어놓았다. 다시 책상 앞으로 돌아오자 습하고 차가운 공기 속에서도 그의 땀냄새와 포마드 냄새가 느껴졌다. 그는 담배 연기 때문에 내가 불편해한다는 걸 분명 알면서도 담배를 끄려 하지 않았다.

"난 여기 적힌 이야기가 멋진 표지에 작가의 이름이 적힌 책으로 만들어지길 원합니다. 진짜 책으로요. 이 세상에 딱 한 부밖에 없는, 오직 나만을 위한 책."

"왜 타이피스트 회사로 찾아가지 않으셨죠? 이런 일을 전문적으로 하는 곳이 있잖아요."

내 말에 그는 고개를 젓고는 꽁초가 된 담배를 비벼 껐다.

"난 이 공책을 아무에게나 맡기고 싶지 않습니다. 특히 일반 사무원들한테는 더욱요. 이미 말했듯이, 이건 일종의 연애편지예요. 그리고 때로는 아주, 뭐랄까, 아주 노골적이기도 하고요. 아주 개인적인 이야기예요. 그러니 이런 걸 아무에게나 보이고 싶진 않아요."

말하는 도중에 목소리가 잠기자 그는 잠시 멈추었다. 그리고 목소리를 가다듬고는 다시 말을 이었다.

"좀더 솔직히 말하면, 당신을 찾아온 또다른 이유가 있습니다. 이걸 쓴 남자는, 그래요 남잡니다, 어쩌면 이미 눈치챘을 수도 있겠네요. 아무튼 그는 이 글을 쓸 때 많이 아팠어요. 죽어가고 있었죠. 그래서 군데군데 읽기 어려운 글자도 있어요. 더러 단어들이 빠져 있기도 하고, 도무지 무슨 말인지 알 수 없는 부분도 있어요. 비몽사몽간이거나 제정신이 아닐 때 쓴 것처럼요. 아마 병 때문이거나, 약기운 탓이었을 거예요. 어쨌거나, 당신 에이전시와 이곳의 조금 특별한 서비스에 대해 전해듣고는 어쩌면 당신이라면 부족한 부분을 채워넣어줄 수도 있을 거라는 생각이 들더군요. 빠진 부분을 추측해내거나, 상상력을 동원해서 일종의 창작을 할 수도 있을 거고요. 내게 필요한 건 바로 그런 사람입니다, 단순히 타이핑을 해줄 사람보다는. 이해하겠어요?"

그는 내게 아도르노의 얘길 하고 있었다. 아도르노가 분명했다. 더이상 의심의 여지가 없었다. 그 순간 난 당시 잠시 일었던 충동에 따라 공책을 없애버리지 않은 걸 후회했다. 다른 사람이 치워주기를 바라면서 공책을 그곳에 그대로 놔두고 온 나의 나약함을 원망했다.

"당신의 의뢰를 받기는 힘들 것 같군요, 존스 씨. 지금 말쓸하신 친구분의 삶을 제가 지어내길 원하시는 것 같은데, 그런 일은 못합니다. 전 작가도, 점쟁이도 아니거든요. 게다가 저희 서비스에 관해 누구에게서 얘기를 들으셨는지 모르겠지만, 그분이 뭔가 오해하고 계신 것 같아요. 저희가 하는 일은 평범한 것들이랍니다. 아주 평범한 일이요……"

"정말요? 내 생각은 다른데요." 그는 다소 빈정대는 어조로 대꾸했다. "이런, 너무 겸손한 것 같군요."

"저흰 노인들이나 환자들을 돌봐요." 난 그의 말에 아랑곳하지 않고 계속 얘기했다. "아이들이나 반려동물들을 보살피기도 하고요. 좀더 복잡한 일을 맡을 때도 있죠. 예를 들면 이혼이나 장례식에 관련한 일요. 하지만 그게 전부예요. 마법사가 아니니까요."

난 손목시계를 들여다보고는 자리에서 일어났다.

"죄송하지만 다른 미팅이 있어서요. 유감스럽지만 존스 씨 일은 맡을 수가 없습니다."

하지만 그는 자리에서 일어나지 않았다. 그리고 다리를 꼬고 앉아 손톱으로 뺨을 긁으면서 말했다.

"물론 작가도 점쟁이도 마법사도 아니시겠지요." 그는 조금도 동요하지 않는 모습이었다. "하지만 만약 당신이 이 공책을 쓴 남자를 알고 있다면, 몇 달 동안 그의 곁을 지켰다면, 그리고 그가 글을 쓸 때 도와주었다면 부족한 부분을 채워넣을 수도 있지 않겠어요?"

그는 내게 대답할 틈을 주지 않았다. 게다가 내가 뭐라고 할 수 있었겠는가. 그가 진실에 가까이 다가갈수록 난 점점 막막해졌다. 그는 가지고 온 가방에서 굵은 고무줄로 묶어놓은 공책 뭉치를 꺼내 책상 위에 올려놓았다. 많이 뒤적거린 탓인지 공책들은 모서리가 접혀 있거나 거뭇거뭇했고, 표지는 지우개로 글씨를 여러 번 지운 탓인지 군데군데 보풀이 일어 있었다. 난 그 공책들을 즉시 알아보았다.

"이게 무엇인지는 굳이 설명 안 해도 되겠지요."

그는 결론짓듯 말하더니 몸을 가까이 기울이고 책상 위에 팔꿈치를 괸 채 내 얼굴을 빤히 보았다. 너무 가까워서 그의 숨결과 레몬 향이 나는 자극적인 싸구려 향수 냄새가 느껴질 정도였다. 그때 종소리가 울리면서 조용히 벽을 두 번 두드리는 노크 소리가 들려왔다. 마리아가 방금 도착했음을 알리는 신호였다. 존스도 그 소리를 들었는지 다시 뒤로 물러앉았다.

"저흰 일 년에 수백 명의 고객을 받아요." 난 자신 없는 목소리로 말했다. "그러니 어떻게 일일이 기억하겠어요?"

그러자 그는 내 말이 우습다는 듯 어깨를 으쓱하면서 픽 웃었다. 내 말에 코웃음치는 그를 보면서, 좀더 뻔뻔하게 거짓말하거나 맞서며 상황을 면하지 못한 스스로가 원망스러웠다.

"그런 경우라면 내가 도와줄 수도 있어요." 그가 대답했다. "이 글을 쓴 사람의 이름은 아도르노이고, 일 년 전에 세상을 떠났죠. 당신은 그를 잘 알고 있어요. 그를 위해 일했으니까."

내 에이전시를 어떻게 찾아낸 걸까, 순간 두려움이 엄습했다. 아도르노는 나와 그 사이의 연결고리는 모두 없애겠다고 맹세했었다. 그런 약속이 없었다면 당연히 그 일을 하지 않았을 것이다. 난 입술을 앙다물고 존스를 똑바로 쳐다보았다.

그러자 그가 누군지 비로소 알 것 같았다. 공원에서 마주친 적 있어서가 아니라, 언젠가 아도르노가 보여준 오래된 폴라로이드 사진에서 봤던 기억이 떠오른 것이다. 난 왜 한참이 지나서야 그를 알아본 건지 이해할 수 없었다. 평소에 사람을 금세 기억하고 절대로 잊어버리지 않는 편인데. 아도르노가 보여준 사진 속 존스는 겨우 열여섯 살이었지만, 이미 비대칭적인 얼굴과 영리한 바람둥이 같은 분위기를 갖고 있었다. 아도르노 곁에서 함께한 일 년 동안 그가 존스 이야기를 하지 않은 날은 단 하루도 없었다.

"당신 말이 맞아요. 그 사람을 알아요." 난 결국 시인했다. "그리고 당신이 누군지도 알아요. 당신은 그가 좋아했던 남자죠. 그가 자신의 지골로*라고 부르던 남자요."

그러자 존스는 활짝 웃었다. 우리가 마치 서로 오랫동안 만나지 못하다가 사람들이 붐비는 역에서 마침내 재회하게 된 친구 사이라도 되는 것처럼. 그의 미소는 적대적인 반응보다 날 더욱 당혹스럽게 했다. 그의 감정 상태를 예측하기가 힘들었고 그건 위협적이기까지 했다. 우린 서로 잘 몰라요, 앞으로도 절대 알 수 없을 거고요. 그 말이 목구멍까지 치밀어올랐다.

"저도 안타깝게 생각해요." 나는 말을 이었다. "거듭 말하지만, 전 도와드릴 순 없어요. 고객에 관한 정보는 비밀이거든요. 당신이 아도르노가 쓴 공책의 빈 곳을 채우도록 제가 돕는다면, 그건 비밀 유지 원칙 위반이고……"

"지금 내 말을 이해 못하는 것 같군요." 그가 내 말을 잘랐다. "아도르노는 내가 이 글을 읽기를 바랐다고요. 그가 이 글을 쓴 건 바로 그 이유, 오직 그 이유 때문이라고요."

"하지만 아무것도 그 사실을 입증해주지 않죠. 안 그런가요?"

그는 큰 충격을 받은 듯 당혹스러운 표정이었다. 그토록 명백한 사실을 의심받으리라고는 상상해본 적도 없다는 듯이.

"그러면 직접 읽어보면 알게 되겠죠. 아무 공책이나 펼쳐

---

* gigolo. 연상의 상대에게 얹혀살면서 연인 관계를 유지하거나 경우에 따라 매춘을 하는 젊은 남성을 일컫는 말.

서 첫 장을 읽어보면 알 겁니다."

"전 그럴 생각이 없습니다, 업무상 비밀이기 때문에요. 이
문제에 관해서는 아무래도 해결책이 없는 것 같군요, 존스
씨." 난 단호한 어조로 말하면서 대화는 끝났다는 걸 알리려
고 공책들을 그의 앞으로 밀었다.

그러자 그는 잠시 아무 말이 없었고, 곧 분노가 얼굴 가득
차올랐다.

"그게 지금 무슨 헛소리죠? 업무상 비밀? 당신이 무슨 의
사나 변호사쯤 되는 줄 알아요? 당신의 이 잘난 에이전시는
그저 위장막일 뿐이라는 걸 잘 압니다. 당신에 관해 조사를
좀 해봤어요. 경찰이 캐기 시작하면 당신은 아마 반나절도
못 갈 겁니다. 그러니까 나한테 협조하는 게 좋을 거예요."

격분한 그의 눈은 촉촉이 젖어 있었다. 그가 왜 매사에 이
토록 즉각적으로 강렬한 반응을 보이는지 의문스러웠다. 그
순간 내 뱃속에서 순간적이고 재빠른 움직임이 느껴졌다. 어
항 속 물고기가 원을 그리면서 헤엄치는 듯한 느낌이었다. 혹
시 유산의 기미일까봐 두려웠다. 핏방울이 다리를 타고 흘러
내리거나 바닥에 떨어지지는 않았는지 고개를 숙이고 살펴
보았다. 하지만 내 종아리나 카펫에는 아무런 흔적도 없었다.

"지금 단지 당신이 남자와 침대에서 몇 번 뒹군 얘기를 하
는 게 아니에요." 그가 신랄한 어조로 말을 이었다. "몇 주

전부터 당신을 지켜봤어요. 당신을 만나러 와서는 오로지 당신 배만 쳐다보던 여자 얘기를 해볼까요? 당신이 그 여자하고 무슨 거래를 하는지는 점쟁이가 아니라도 알 수 있어요. 그들을 위한 선한 일을 하는 거라고 변명할지도 모르겠군요. 아니면 일종의 속죄를 하고 있다거나. 세상에 새 생명을 내보낸다는 건 분명 좋은 일이다, 그렇게 생각하면서 말이죠. 내 말이 틀렸습니까?"

"실례하겠습니다."

난 그렇게 말하고는 힘겹게 자리에서 일어나 재빨리 문으로 향했다. 그리고 복도로 나와 간신히 화장실 문을 열고 세면대에 누런 담즙을 토해냈다. 머리가 빙글빙글 돌았다. 이런 일은 처음이었다. 임신 기간 동안 단 한 번도 구토나 현기증을 일으킨 적이 없었다. 난 입가를 닦은 다음 한참 동안 흐르는 찬물에 손을 대고 서 있었다.

어떻게 지금까지 내게 아무 문제도 생기지 않을 거라고 생각했을까? 감정을 사고파는 일을 하면서 고작 욕설 몇 마디와 손찌검 정도만 견디면 된다고 믿었던 걸까? 난 존스가 무엇을 요구할지, 침묵을 대가로 얼마를 원할지 생각해보았다. 그리고 에이전시를 위태롭게 하지 않고 내가 그에게 줄 수 있는 돈이 얼마나 되는지 계산해보았다. 그의 말이 옳았다. 그가 경찰서로 가도록 내버려둘 수는 없었다. 어떤 법정도

'당신을 위해'의 효용을 인정해주지 않을 터였다. 물론 나는 우리가 심리상담가나 사회복지사, 혹은 고독의 무게를 도저히 감당할 수 없을 때 이용하는 무료 상담 전화만큼이나 꼭 필요한 존재라고 생각했지만. 법의 잣대로 판단하면 우리는 단지 사기꾼이나 남의 불행을 이용해먹는 파렴치한들일 뿐이었다. 그때 갑자기 문 뒤에서 마리아의 걱정스러운 목소리가 들려왔다.

"델핀 씨? 괜찮아요?"

난 심호흡을 하고 집게손가락에 비누를 묻혀 이를 닦은 다음 문을 열었다.

"괜찮아요. 느낌이 좀 이상했거든요." 그러면서 내 배를 가리켰다. "수축이 일어나서 혹시 유산되는 건 아닌지 걱정했어요. 그런데 아무 문제 없는 것 같네요."

마리아는 내 배를 바라보았다. 셔츠와 재킷으로 가려진 배가 움직이는 걸 직접 볼 수 있길 기대하는 듯했다. 마치 물 위에 돌멩이를 던지고서 수면 위에 퍼져나가는 파동을 가만히 지켜보려는 사람 같았다. 그리고 속으로 숫자라도 세듯 입술을 조금씩 움직거리더니 마침내 미소를 지으며 말했다.

"태동을 느낀 거예요. 정상이에요, 벌써 오 개월이잖아요. 축하해요, 아이가 건강하단 증거니까요." 그녀가 고개를 들어 나를 보면서 말했다. "그런데 안색이 너무 창백하네요."

"난 괜찮아요." 나는 다시 한번 대답했다. 그리고 사무실로 돌아가려는 순간, 마리아가 내 팔을 붙잡았다.

"잠깐만 기다려요. 설탕을 조금 갖다줄게요. 안 그러면 또 어지러워질지도 몰라요."

난 그녀가 부엌에 간 사이 복도 벽에 기댔다. 찬장을 여는 소리와 설탕통 뚜껑을 여는 소리가 들려왔다. 난 눈을 감았다. 약아빠진 조숙한 소년 같은 표정을 짓고 있는 존스를 사무실에 내팽개쳐두고, 문 반대편의 내 집으로 도피할 수 있었으면 좋겠다는 생각이 들었다. 그러면 기다리다 지쳐 그냥 가버릴 테니까. 만약 다시 연락을 해오면 마리아에게 그의 전화는 받지 말라고 지시하고, 혹시 찾아오더라도 대기실 너머는 못 들어오게 하면 되지 않을까.

마리아는 희뿌연 액체가 반쯤 담긴 컵을 들고 돌아왔다.

"물에 각설탕 두 개를 탔어요. 티투안을 가졌을 때 늘 이렇게 해서 마셨거든요."

그녀는 내가 설탕물을 마실 때까지 지켜보았다. 또다시 구토가 일 것 같았지만 꾹 참고 컵을 비운 후 그녀에게 건넸다. 그런 다음 손을 얼굴로 가져가자 차갑고 축축한 피부가 만져졌다. 마치 낯선 이의 얼굴 같았다.

"지금 사무실로 와줄 수 있어요? 당신 말대로 지금 컨디션이 별로 안 좋은 것 같아요. 저 고객이랑 얘기를 끝낼 때까지

같이 있어줄 수 있나요?"

"얼마든지요." 마리아는 이렇게 말하면서 약간 의아한 표정으로 날 바라보았다. 지금까지 고객과의 첫번째 면담에 그녀와 동석한 적이 없었기 때문이다. 그녀에게 어떤 일을 맡길지는 나 혼자 결정했고, 보통의 경우 그녀에게는 가정부나 간병인들이 할 수 있을 만한 일들만 맡겨왔다.

나와 함께 사무실로 들어선 마리아가 내 뒤에 마치 경호원처럼 버티고 서자 존스는 놀란 눈으로 그녀와 나를 번갈아 쳐다보았다. 그리고 이해했다는 듯 미소를 지어 보였다. 우리의 대화는 끝났고, 마리아 앞에서 무모하게 아도르노의 이름을 입 밖에 꺼내지는 않겠다 서로 합의라도 한 것처럼. 그는 공책을 가방에 집어넣으면서 경쾌한 목소리로 말했다.

"이만 가봐야겠군요. 서로 충분히 이해했을 거라고 믿습니다. 나머지 얘기는 제 집에서 하시죠. 내일 오후에 괜찮은가요?"

"시간을 한번 보죠. 아마 세시나 네시쯤?"

그러면서 마리아에게 눈짓하자 그녀는 재빨리 자기 책상으로 향하더니 수첩을 뒤적여 보고는 소리쳤다.

"네, 델핀 씨, 내일 세시에 다른 미팅은 없어요."

"그럼 내일 세시에 뵙죠." 나는 작은 목소리로 대답했다.

그는 고개를 끄덕이고는 자리에서 일어났다. 그가 책상 쪽으로 몸을 숙이자 또다시 레몬 향 싸구려 향수 냄새와 담배 냄새가 코를 찔렀다. 그는 내게 악수를 청했지만, 난 응하지 않고 말을 이어갔다.

"전화로 말씀드렸듯이 첫번째 면담은 유료입니다. 고객과 다음 일 진행 여부와 상관없이요. 100유로입니다."

존스는 어색한 미소를 지으며 한쪽 눈을 찡긋하더니 바지 주머니에서 지갑을 꺼냈다. 지폐를 넣는 지갑이 아니라 알록달록한 무늬의 여성용 동전지갑이었다. 아도르노가 선물했을 거라는 생각이 들었다. 아도르노는 붉은색과 노란색, 밝은 초록색을 무척이나 좋아했다. 존스는 20유로짜리 지폐 다섯 장을 테이블 위에 내려놓고는 빈정거리듯 몸을 굽혔다. 난 자리에서 일어나 말했다.

"배웅해드리죠."

밖에는 비가 내리기 시작했다. 경쾌하면서도 조밀하게 내리는 봄비였다. 보도에서 풀냄새가 풍겨왔다. 존스는 문가에 선 채 웃옷에 달린 후드를 썼다. 그리고 쏟아지는 소나기를 바라보며 잠시 그대로 서 있었다. 더이상 위협적이거나 당당한 태도는 보이지 않았다. 오히려 슬퍼 보였다. 그러자 미소를 지었을 때처럼 그의 얼굴이 매력으로 채워졌다. 그러니까 이 남자는 행복하거나 불행할 때만 아름답구나, 결코 중립적인 상태일 때는 그렇지 않고. 문득 이런 생각이 머릿속을 스처갔다. 그리고 예상치 못한 일이 벌어졌다. 그는 내게 악수를 청하려는가 싶더니, 갑자기 몸을 기울여 바짝 다가왔다. 내 뺨에 그의 후드가 스치더니 입술이 순식간에 닿았다 떨어지는 느낌이 들었다. 난 오늘 오전 야롤의 행동이, 내 가슴을 살짝 스치던 그애의 손길이 떠올랐다. 그날 두 번의 신체 접촉이 있었고, 번번이 똑같이 놀라웠고, 똑같은 친밀함이 생겨났다 사라졌다. 존스는 이내 뒤돌아 멀어져갔다. 회색 후드에 그늘져 얼굴은 보이지 않았다.

어쩌면 난 바로 그 순간부터 그를 좋아하기 시작했는지도 모르겠다. 아니, 사랑했다는 말이 맞을 것이다. 열정적인 사랑에 대한 기억과 두려움이 만들어낸 강박적인 방식으로.

존스 씨

첫번째 면담. 요구 사항 파악: 육필 원고 다섯 권을 타이핑하고, 누락된 부분 추측해서 채워넣기.

소요 시간: 이십오 분.

첫번째 면담 비용: 100유로.

고객 의뢰를 받을 경우 견적을 새로 내야 함.

서류에 클립으로 끼워놓은 종이쪽지에 이렇게 메모: 최대한 빨리 공책 내용 읽어보기. 존스는 오늘 내게 얘기한 것 외에 내가 아도르노를 위해 한 일에 대해 얼마나 알고 있나?

10

난 다시 사무실로 향했다. 뒤따라온 마리아는 문을 잡고 기다렸다. 그녀는 또다시 설탕물이 담긴 컵을 내 책상 위에 내려놓으면서 물었다.

"저 고객은 누군가요? 존스 씨라고요? 예전에 에이전시에 찾아온 적 있는 사람인가요?"

난 고개를 저었다.

"그 사람 이야기는 석연치 않은 데가 있어요, 마리아. 난 이 일을 맡을 생각이 별로 없어요. 내일 그를 만나러 갈지도 확실하지 않아요."

마리아는 내 얼굴을 보면서 어깨를 으쓱했다. 내가 더이상 얘기하고 싶어하지 않는다는 걸 알아차린 듯했다.

"그 남자가 맘에 안 들어요." 마리아는 아주 솔직하게 말했다. "그 사람 일은 맡지 않는 게 좋겠어요. 이걸 마셔요."

그녀는 내 손에 잔을 쥐여주다시피 했다. 설탕물 냄새를 맡기만 해도 역겨웠지만 내가 마실 때까지 포기하지 않으리란 걸 잘 알고 있었기에 억지로라도 마셔야 했다. 들쩍지근한 맛이 느껴졌다.

"고마워요, 마리아. 훨씬 낫네요."

"그래도 여전히 몹시 창백해요. 그러다 쓰러질까봐 겁나네요. 잘 챙겨 먹고 있는 거죠?"

"그럼요. 수아뉴 부인이 거의 매일 저녁 먹을 걸 갖다주잖아요."

마리아는 고개를 끄덕였다. 하지만 그녀의 눈빛은 날카로웠다. 난 그녀가 무슨 생각을 하는지 잘 알고 있었다. 그녀는 내가 입덧이나 그 외에 별다른 문제로 고생하지 않고 잘 지내는 모습을 보고 내심 놀라워했다. 그녀 자신은 임신중에 음식을 한입도 삼키기 힘들었으니까. 마리아는 스스로 누차 밝혔듯이, 원칙을 중요시하고 도덕적으로 엄격한 사람이었다. 독실한 천주교 신자인 그녀는 처음 내 계획에 대해 듣고 엄청난 충격을 받은 듯했다. 언젠가 사무실 바닥에 피를 흘리며 쓰러져 있는 나를 발견하게 된다면, 한편으로는 마음 아파하면서도 마침내 신이 응당한 형벌을 내린 거라고 생각하지 않을까 싶을 정도로.

내겐 남편도 없었고, 아이의 아버지도 없었기 때문이다. 내 옷장 속에는 아기의 배내옷도, 곰인형도 딸랑이도 없었다. 나에겐 오직 '당신을 위해'를 더 크게 키우고자 하는 욕망 외에는 아무것도 존재하지 않았다. 내 책상 서랍 속에는 자와 계산기를 가지고 내가 원하는 공간과 실내장식을 그려본 새로운 사무실 도면이 감춰져 있다. 난 오래전부터 이 동네를 떠나 다른 곳으로 사무실을 옮기고 싶어했다. 내 고객들이 사는 아파트처럼 층고가 높고, 벽난로와 카펫이 있고, 창문으로 공원이 내다보이는 사무실로. 그러기 위해서는 돈이 필요했다, 많은 돈이. 돈은 이미 꽤 많이 벌어두었지만 그보다 훨씬 더 많이 필요했다. 그 돈을 벌기 위해 무슨 짓을 해야 했는지 마리아가 알았다면, 아마도 악마의 돈이라고 말했을 것이다. 하지만 난 수아뉴 부부가 일주일에 네 시간씩 티투안을 돌보는 일에 지극정성을 다하는 모습을 보면서 또다른 가능성을 발견했다. 아이를 갖는 일은 다른 것들과 마찬가지로 단지 하나의 꿈일 뿐이라고 나처럼 생각하는 이들에게서 많은 돈을 벌어들일 수 있다는 걸 깨달은 것이다. 아이는 뼈와 살로 된 존재라는 게 좀 달랐지만.

난 그 문제에 관해 오랫동안 생각했지만 계획을 포기해야 할 아무런 이유도 찾지 못했다. 내 몸을 이용해서 돈을 버는

데 이미 익숙했으니까. 법망을 피하는 일 또한 내겐 새삼스
럽지 않았다. 내가 계획하고 있던 것은 전혀 실현 불가능한
일이 아니었다. 단지 몇 달만 불편을 감수하면 되는 일이었
다. 수아뉴 부인은 나보다 나이가 조금 많을 뿐이었고, 나처
럼 붉은 머리였다. 비슷한 체격이고, 어디서도 튀지 않는 평
범한 얼굴도 비슷했다. 그녀가 머리를 자르고 신분증을 새로
만들기만 하면 내가 그녀인 척 행세하는 데는 아무 문제가
없어 보였다.

어느 날 아침, 난 마리아를 내 사무실로 불러서 얘기했다.

"다음번에 수아뉴 부부를 보면 내가 얘길 좀 하고 싶어한
다고 전해줘요."

그녀는 의아한 눈빛으로 날 응시하다가 어색한 미소를 지
어 보였다. 아마도 그녀의 아들을 빌려주는 계약을 끝내려
한다는 걸 눈치챈 것 같았다. 난 마리아에게 내 계획에 대해
설명해주었다. 그래요, 이제 몇 주나 몇 달 후면 티투안을 수
아뉴 부부에게 빌려주지 않아도 될 거예요. 하지만 그녀는
안도하기는커녕 눈에 눈물이 그렁한 채 날 바라보았다. 그
순간 난 그녀가 나에 대한 존중심을 상실했음을 깨달았다.
나의 지성에 대한 믿음은 없었겠지만, 적어도 내 도덕성에
대해 품었던 믿음이 깨져버린 것이다.

"말도 안 되는 일이에요." 그녀가 평소와는 다른 목소리로

말했다. "그런 짓을 하면 안 돼요."

"이건 당신이 생각하는 것보다 훨씬 더 간단한 일이에요, 마리아. 내 아이를 주는 일과는 다르다고요. 난 단지 수아뉴 부인 대신 아이를 품는 것뿐이에요. 내 건강이 허락하는데 그렇게 못할 이유가 없잖아요. 하지만 당신이 도와주지 않으면 난 이 일을 할 수 없어요."

차가운 눈길로 날 응시하던 마리아는 고개를 끄덕이고는 작게 말했다.

"어쨌거나, 그렇게 해서 더이상 그 사람들에게 티투안을 빌려주지 않아도 된다면 원하는 대로 해요. 내가 할 수 있는 한 도울게요."

그녀는 엄숙한 어조로 얘기했다. 마치 내 영혼이 지옥에라도 떨어질 거라고 믿고 있는 듯했다. 다른 때 같으면 그녀의 그런 태도에 웃음이 터졌겠지만, 내겐 그녀의 도움과 공모가 필요했다. 그녀가 날 고발하지 않는다는 보장이 있어야 했고, 그리고 그녀는 이미 임신을 경험한 사람이었기 때문이다.

마리아는 그후 이틀 동안 그 얘기를 다시 꺼내지 않았다. 나는 그녀가 수아뉴 부부에게 '안녕하세요' '안녕히 가세요' 같은 의례적인 인사 외에 다른 말을 꺼내지 못하고 있다는 걸 알아차렸다. 그러다 어느 목요일 아침, 내 시선을 피하는 그녀의 초췌한 얼굴을 보면서 때가 왔음을 깨달았다. 그녀는 점심때까지 기다렸다가 어린이집에 맡긴 아들을 데리러 가려고 재킷을 입으면서 내게 물었다.

"수아뉴 부부에게 오늘 얘기할 생각이에요. 그새 생각을 바꾼 건 아니겠죠? 저녁에 시간을 낼 수 있는 날이 언젠가요?"

마리아는 턱을 치켜든 채 나를 흘끗흘끗 쳐다보았다. 수아뉴 부부에게 그녀의 아들 대신 내가 아이를 주려는 계획을 번복하길 바라는 것처럼.

"아무때나 괜찮아요, 마리아. 하지만 그들이 혹시 물어보더라도 무슨 일 때문인지는 말하지 말아요. 계획에 대해서는 내가 직접 얘기하는 게 좋겠어요."

"어차피 난 얘기 못해요. 어떻게 그런 얘길 하겠어요?" 마리아는 웅얼거리듯 말하고는 내게 눈길조차 주지 않고 밖으로 나가버렸다.

그녀가 날 어떻게 판단하든, 심지어 날 절대 이해하지 못한다고 해도 난 개의치 않았다. 나를 감정도 없는, 심장이 돌로 된 사람쯤으로 여긴다고 해도 아무 상관 없었다. 마리아는 이미 예전에 내게 전화로 그런 얘기를 한 적 있었다. 어떻게 그런 얘길 하느냐고요? 오, 마리아, 그런 얘길 하는 게 얼마나 쉬운지 알면 놀랄 거예요. 그리고 그보다 훨씬 더 나쁜 얘기를 하는 것도 얼마나 쉬운지 알게 된다면.

정말 그 일은 아주 쉬웠다. 난 마리아가 알려준 임신과 검진, 시청에서의 출생신고 등에 관한 메모를 참고하며 수아뉴 부부에게 내 계획을 설명했고, 그들은 내 제안을 즉시 받아들였다. 내가 계약서를 작성하는 동안 그들은 서로 눈길을 주고받았다. "이건 본인들이 스스로 원해서 하는 일이란 걸 잊지 마세요." 난 그들에게 다짐을 받았다. 사실 그들이 에이전시를 찾아오면서 원했던 게 바로 이런 게 아니었을까 하는 의문이 이따금 들기도 했다. 어떻게 얘길 꺼내야 할지 몰랐지만, 결국 그들이 원했던 건 그녀 대신 아이를 낳아줄 사람이 아니었을까.

하지만 막상 임신에 대해 언급하자 잠시 어색한 침묵이 흘렀다. 수아뉴 부인은 갑자기 당황한 빛을 보이면서 인공수정을 시술하는 벨기에의 어느 병원 얘기를 꺼냈다. 난 차분하게 그런 건 시간과 돈 낭비일 뿐이고, 피차 성인들 사이의 일이니 가능한 한 은밀하게 일을 진행하는 게 좋다고 대꾸했다. "이 일이 합법은 아니라는 사실을 잊으시면 안 됩니다. 이 일에 관해 아는 사람이 적을수록 서류를 작성할 일도 줄어들 테고, 그럴수록 문제의 소지도 줄어들 테니까요. 비용이 적게 드는 건 말할 필요도 없고요. 두 분이 상의해보시는 게 어떨까요? 충분히 시간을 갖고 생각해보시고, 마음의 결정을 내리시는 대로 저한테 전화로 알려주세요. 실행에 옮기는 데는 아주 잠깐이면 된다는 걸 잊지 마세요. 중요한 건 결과니까요, 아이 말이죠."

그들은 다음날 저녁 전화를 걸어왔다. 그렇게 하기로 결정했다며 남자는 다소 거북한 목소리로 선언하듯 말했다. 그랬다, 그게 가장 은밀한 최선의 방법이었다. 이제 가능한 한 빨리 결과를 얻을 수 있기만 바랄 뿐이었다. 우린 바로 다음주 월요일로 약속을 잡았다. 날짜를 계산해보니 그날이 최적이었다. 약속일 저녁, 난 옷을 완전히 벗지 않아도 되도록 일부러 치마를 입었다. 그 차림 그대로 팬티만 벗고 침대에 누웠다. 수아뉴 부인은 내게 물 한 잔과 수건을 가져다주었고, 문 앞에서 잠시 머뭇거리던 그녀는 문을 닫고 멀어져갔다. 얼마 후 옆방에서 그녀의 울음소리가 들려왔다.

우린 운이 좋았다. 세 차례 시도 만에 임신에 성공한 것이다. 수아뉴 부부는 축하 케이크를 사고, 내게 샴페인을 한 잔 따라주었다. 수아뉴 씨가 말하기를, 아기에게 해가 되지 않도록 아주 조금만이라면서. 아직 성별은 알 수 없었지만, 난 그들에게 아기 이름을 뭐라고 지을 건지 물었다. 뱃속의 태아를 단지 '아기'나 '아이'라고 부르고 싶지 않았기 때문이다. 처음 넉 달 동안은 임의로 안리즈 또는 막심이라고 불렀고, 세번째 초음파 검사 후부터 아기 이름은 안리즈로 굳어졌다. 난 한 번도 안리즈가 내 아이라고 생각하지 않았다. 아니 심지어 아이라고 생각해본 적도 없었던 것 같다.

수아뉴 부부는 산전 검사 때마다 병원에 함께 가겠다고 고집했다. 초음파 사진도 그들이 보관했다. 그들은 동요 카세트테이프와 동화를 읽는 그들의 목소리가 녹음된 카세트를 주었고, 나는 계약서에 명시된 대로 적어도 이틀에 한 번은 그 카세트들을 청소나 설거지를 하면서 들었다.

수아뉴 부인은 한참 고민한 끝에 아기가 태어날 때까지 티투안을 계속 집으로 보내달라고 했다. 어쩌면 내가 유산할까봐 걱정스러웠거나, 안리즈를 자신들의 삶에 맞이할 준비를 하려는 것 같았다. 마리아 역시 그들 부부만큼이나 초조하게 아이의 탄생을 기다렸다. 우리 넷 중 가장 태연한 사람은 바로 나였다. 별로 자각도 못할 만큼 순조롭게 배가 불러왔고, 수아뉴 부부는 계약서에 약정한 금액을 매달 보내주었다.

내가 안리즈에게 어쩌면 이토록 무심할 수 있는지 그 누구도 이해하지 못할 터였다. 마리아는 분명 그랬다. 오히려 내게 고마워했어야 할 그녀는 일종의 미신적인 두려움을 품고 나를 향한 원망을 풀지 못했다. 마음이 언짢았지만 입을 다물 수밖에 없었던 수아뉴 부부도 이해하지 못할 것이고, '속죄'라는 말을 했던 존스 역시 그럴 터였다. 누구 때문에, 무엇 때문에 속죄한단 말인가? 지금까지 내가 한 일이라곤, 좋은 일이건 나쁜 일이건 상관없이 다른 이들의 욕망을 실현

해준 것밖에 없었다. 그러니 어느 누가 날 판단할 수 있단 말인가?

11

매달 첫번째 월요일이면 그래왔듯, 그날 오후엔 메시지 전달자 역할을 하러 가야 했다. 마리아는 내 얼굴이 백짓장 같다며 침대에 누워 쉬는 게 좋겠다고 거듭 만류했다. "내가 대신 갈게요. 나도 할 수 있다니까요. 그렇게 어려운 일도 아니잖아요." 난 두 시간이면 된다고, 길어야 세 시간이라며, 바람을 좀 쐬는 게 나한테도 좋을 거라는 말로 그녀를 설득했다. 실제로 그건 정말 아주 간단한 일이었다. 삼 년 전부터 난 한 남자와 여자 사이에서 메시지 전달자 역할을 해왔다. 그들은 각자 결혼을 한 기혼자들이었고, 수년 전부터 사랑하는 사이였다. 하지만 결코 만나지는 않았다. 마리아는 그들의 사연이 적힌 서류를 읽어보고는 감탄하며 소리쳤다. "둘이 정말 사랑하는군요!" 마리아는 그 나이에도, 더구나 세 아이의 아버지에게 버림을 받았으면서도 여전히 사랑이란 것을 믿고 있었다. 난 그녀의 말에 맞받아쳤다. "아직 잘 몰라요, 마리아. 어쩌면 그럴지도, 또 어쩌면 전혀 그런 게 아닐 수도 있어요."

나를 고용한 것은 남자였다. 회색 양복을 입고 머리가 듬성듬성 난 사십대인 그는 분명치 않은 말들로 상황을 설명하고자 했다. 하지만 난 그의 말을 재빨리 끊었다.

"자세한 건 설명 안 하셔도 됩니다. 전 단지 의뢰인의 지시를 따를 뿐이에요. 제가 무슨 일을 하면 되는지만 상세하게 알려주세요."

그는 안경을 벗고 한숨을 내쉬더니 다소 퉁명스럽게 말했다.

"우리가 다시 얼굴을 볼 일은 없을 겁니다. 하지만 혹시 모르니까 매번 안내원에게 확인해주세요."

난 그 이상은 아무것도 알지 못했다. 그들이 왜 이제 만나지 않는지, 어떤 이유가 그들을 가로막고 있는지, 각자의 배우자에게 들킬까봐 두려워서인지, 아니면 그 반대로 한 번 더 만나게 되면 영영 헤어질 수 없을까봐 겁이 나기 때문인지. 하지만 그런 건 내게 아무 상관 없었다. 여자가 내가 계단을 오르는 그 순간만을 기다리며 살고 있단 걸, 그런 기다림이 그녀를 지탱해주고 있단 걸 그녀의 표정을 통해 알게 됐지만 난 개의하지 않았다. 난 내게 주어진 지시사항을 세심하게 이행한 다음 수표를 받아 챙길 뿐이었다. 그러면서 고객들 모두를 위해 늘 바라왔듯, 그들의 환상이 가능한 한 오래도록 지속되기를 바랐다. '당신을 위해'가 존재할 수 있는 건 바로 그들의 그런 환상 덕분이니까.

그후 나는 남자를 딱 한 번 다시 만났다. 여자의 가까운 누군가가 세상을 떠났을 때였다. 그녀의 아버지인지 여동생인지 자세한 것은 알 수 없었다. 그날 안내원은 "당신을 만나고 싶어하십니다"라며 나를 그의 사무실로 데려갔다. 그는 내게 인사도 건네지 않고 기다리다가 안내원이 나가서 문을 닫자 그제야 서랍에서 촉감이 아주 부드러운 검은 가죽장갑을 꺼내 내게 내밀었다.

"이걸 직접 포장해주세요. 미처 그럴 시간이 없었어요."

그런 다음 창문을 향해 돌아선 채 한참 동안 침묵을 지키더니 무언가 떠오른 듯 불쑥 말했다.

"이리 가까이 와요. 보여줄 게 있으니까."

내가 장갑을 손에 든 채 그에게 다가가자 그는 두 팔로 내 어깨를 어색하게 감싸더니 날 바짝 끌어당겨 내 뺨에 자신의 뺨을 갖다댔다. 그에게서 애프터셰이브와 담배 냄새가 느껴졌다. 또다른 냄새도 섞여 있었다. 분명 그의 아내의 것일 듯한 여성적인 향기였다. 한동안 그렇게 있다가 그가 내 귀에 속삭였다. 마치 그가 아닌 다른 사람의 목소리처럼 느껴졌다.

"내 마음이 몹시 아파, 내 사랑, 당신이 슬픔에 잠겨 있을 생각을 하니."

그러더니 갑작스레 감싸 안았던 팔을 거두고 뒤로 한 걸음 물러서서는 다시 평소의 차가운 목소리로 말했다.

"됐어요, 이제 가보세요."

난 근처 문구점에서 크레이프페이퍼를 사서 장갑을 포장한 다음 다리를 건너갔다. 마치 죽은 사람처럼 안색이 창백한 여자는 평소처럼 초조해하며 3층에서 날 기다리고 있었다. 그녀는 계단을 올라오는 나를 지켜보면서도 내가 아닌 다른 누군가를 바라보는 듯했다. 난 그녀의 손을 잡고 장갑이 든 상자를 쥐어주었다. 그런 다음, 남자가 내게 했던 것처럼 두 팔로 부드럽게 그녀의 어깨를 감싸 끌어안고 내 뺨을 그녀의 뺨에 갖다댔다. 그녀에게서는 아주 다른 냄새가 풍겨왔다. 눈물과 갑작스러운 노화의 냄새가 뒤섞인 듯했다. 하지만 그녀의 몸에서도 남자와 마찬가지로 결혼생활의 체취가 느껴졌다. 난 다정함까지 똑같이 재현하고자 노력하면서 남자가 했던 말을 그녀에게 속삭였다. "내 마음이 몹시 아파, 내 사랑." 그 순간 여자가 나를 꼭 끌어안는 바람에 난 잠시 비틀거렸다. 그리고 그녀는 큰 소리로 흐느끼기 시작했다.

마치 그녀 앞에 서 있는 사람이 메시지 전달자인 내가 아니라 바로 그 남자인 양, 그가 자신을 위로하기 위해 몸소 다리를 건너 이곳에 오기라도 한 것처럼.

오후 두시쯤 난 강을 건너고 있었다. 날씨는 포근했고, 햇살이 안개에 가려져 강물 위에 반사된 빛에 눈이 부실 정도는 아니었다. 마치 전등갓 위에 머플러를 덮어 희미해진 전등불 같았다. 난 먼저 강 우안右岸에 있는 남자의 사무실로 향했다. 그곳에 받아가야 할 크라프트 봉투가 있었다. 안내원은 미소를 지으며 날 반겨주었다. 심부름꾼 모두를 그렇게 대하는 건지, 아니면 내가 찾아온 이유를 알고 있기 때문인지는 분명하지 않았다. 그곳 사무실은 고급스럽게 꾸며져 있었는데, 나중에 새로운 에이전시를 열게 되면 그렇게 꾸미고 싶다는 생각을 종종 했다. 대기실에 있는 근사한 중국풍 도자기 화병에는 아룸이나 난초 같은 새로운 꽃들이 매달 종류를 바꿔가며 꽂혀 있었다. 하지만 크라프트 봉투는 언제나 똑같았다. 봉투 가운데에는 라벨에 타이핑한 내 이름이 붙어 있었다. 아마도 괜한 호기심을 유발시키지 않기 위해서인 듯 에이전시 이름은 빠져 있었다. 봉투 속 내용물 역시 언제나 똑같았다. 수표 한 장과 지시사항이 적힌 종이 한 장이 전부였다. 지시사항들 역시 늘 비슷했다.

난 매번 그래왔듯 안내원에게 물었다. "X 씨가 절 만나길 원하시나요?" 그녀는 크라프트 봉투를 내밀면서 고개를 저었다. "아뇨, 오늘은 아니에요." 내가 봉투를 집어들면 그녀는 늘 똑같은 말로 인사했다. "잠시 후에 뵙죠, 부인." 난 계단을 내려와 건물 아래에 멈춰 서서 봉투를 열었다. 그 안엔 수표와 벨벳 반지함과 편지 한 장이 들어 있었다. 편지를 읽은 다음에는 잘게 찢어서 쓰레기통에 버렸다.

나는 길을 건넌 다음 또다시 다리를 건넜다. 그리고 강 건너편 꽃집에서 아마 하루도 채 못 가서 시들어버리고 말 듯한 장미꽃 네 송이를 샀다. 편지에 적힌 대로 오렌지색 장미였다. 남자의 사무실이 마주보이는 곳에 있는 건물로 들어갔다. 한쪽 창문을 통해 건너편 건물 창문이 정확히 내다보일 수도 있을, 거의 정면에 있는 곳이었다. 이렇게 사람을 오고 가게 하면서 복잡하게 선물과 메시지를 전달하느니 차라리 서로 빛이라도 쏘아 보내는 게 훨씬 더 간단하고 돈도 적게 들 거라는 생각이 들었다. 하지만 그들은 다른 방식을 선택한 것이다. 문 앞에서 기다리고 있던 여자는 나를 보자 얼굴이 환해졌다. 난 그녀에게 장미꽃을 내밀고는 주머니에서 반지함을 꺼내 건네주면서 편지에 적힌 대로 메시지를 읊었다. "우리의 기념일을 축하해. 앞으로 이런 날들이 오랫동안 이어지기를." 여자는 손톱이 망가질 정도로 조급히 상자를 열어 무엇인지 보더니 기쁨의 탄성을 질렀다. 그러고는 "잠깐만 기다려주세요" 하고 집안으로 들어갔다. 다시 나온 그녀의 손에는 화지和紙로 싼 물건이 들려 있었다. 그녀는 상을 당한 날 이후 처음으로 자기 이야기를 했다. "오늘은 우리가 만난 기념일이에요. 꼭 육 년이 되는 날이죠." 그녀의 말에 뭐라고 대답해야 할지 난감했다. 난 포장된 상자를 가방에 집어넣고 공손하게 인사를 건넸다. "내내 행복하시길 바랍니다, 부인." 그러자 그녀는 내가 그저 심부름꾼일 뿐이라는 사실을 새삼스레 깨달은 듯 보였다. 그리고 마치 팁이라도 찾는 것처럼 기계적으로 주머니에 손을 집어넣더니 말했다. "안녕히 가세요, 부인." 그리고 집안으로 들어가 문을 닫았다.

X 씨 / X 부인

첫번째 코스: 에이전시/사무실. 물건 수령(반지함).

두번째 코스: 사무실/아파트. 오렌지색 장미꽃 네 송이 구입. 물건 전달. 종이에 싼 또다른 물건 수령.

세번째 코스: 아파트/사무실. 물건 전달.

소요 시간: 오십 분.

80유로.

12

  난 곧바로 에이전시로 돌아가지 않았다. 마리아와 한 약속
이 있었지만 강가를 거닐며 강물에 휩쓸려가는 쓰레기들을
눈으로 좇았다. 나뭇가지, 플라스틱 조각, 때로는 공도 보였
다. 그 배들—난 물위에 떠다니는 것들을 언제나 '배'라고
불렀다—을 바라보다 말고 존스를 떠올렸다. 그가 에이전시
에 찾아온 일, 나를 향한 비난의 말, 그의 요구사항 등을. 그
러자 격한 감정이 날 사로잡았다. 난 재빨리 눈으로 또다른
빈병을 좇았다. 강물 위에 무지갯빛으로 번득이며 둥둥 떠
있는 얼룩도. 그래, 저것도 배라고 볼 수 있다는 생각이 들었
다. 난 나만의 배 리스트에 하나를 더 추가했다. 아무것도 하
지 않고 빈둥대는 게 익숙하지 않아서 괜히 죄를 짓는 느낌

이었다. 정처 없이 돌아다니는 시간을 합리화하려는 듯 난 딸기 아이스크림과 설탕 코팅을 한 땅콩을 사서 남김없이 먹어치웠다. 그리고 입과 손에 설탕을 잔뜩 묻힌 채 카페로 가서 손을 씻고 박하 시럽을 넣은 우유를 한 잔 마셨다. 그러다가 어느덧 밤이 되어 버스를 타고 에이전시로 향했다. 멀미가 조금 났다. 사무실 창문에는 불이 모두 꺼져 있었다. 출입문 가까이 다가가자 누군가의 실루엣이 보였다. 난 방금 에이전시 문을 닫고 나온 마리아일 거라고 생각했다. 그녀의 목소리가 들려오기 전까지는.

"델핀? 대체 어딜 갔던 거예요? 당신을 이십 분이나 기다렸어요."

수아뉴 부인이었다. 따로 약속이 되어 있진 않았지만, 특별히 자리를 비운다고 미리 알리지 않는 한 여섯시 이후 내가 항상 에이전시에 있다는 것을 그녀는 알고 있었다. 수아뉴 부인은 나를 걱정한다기보다 언짢은 표정이었다. 마치 이곳에 얼마든지 올 수 있는데 나 때문에 그 권리를 몇 분이나 박탈당했다는 것처럼. 그러더니 곧바로 쏘아붙였다.

"얼른 문 좀 열어요. 어떻게 그렇게 오래 쏘다닐 수가 있는지 정말 믿을 수가 없군요. 그러는 게 아기한테 좋을 거라고 생각해요? 얼른 들어가자고요."

난 열쇠를 찾아 가방 안을 뒤졌다. 시간을 확인하지 않고 수아뉴 부인에게 이런 모습을 들켜버려 몹시 후회됐다. 그녀는 분명 볼멘소리를 하면서 나의 부주의를 비난할 터였다. 이 주 전에 비닐봉지를 밟고 미끄러져 넘어지는 바람에 무릎이 까졌을 때처럼. 그녀는 아직 김이 폴폴 나는 수프와 스테이크와 야채가 담긴 용기를 넣은 장바구니를 양손에 들고 내 옆에 서 있었다. 난 마침내 열쇠를 찾아내 문을 열고 불을 켰다. 수아뉴 부인은 아무 말 없이 부엌으로 가서 상을 차렸다. 그녀는 적어도 일주일에 한 번씩은 우리집으로 와 이렇게 식사 준비를 했다. 그녀의 표현을 빌리자면 우리의 공동 저녁 식사를 위해서였다. 장바구니에서 용기를 꺼낸 그녀는 서둘러 수프를 그릇에 덜었다. 가스파초*였다. 들척지근한 냄새 때문에 또다시 구역질이 날 것 같았다. 하지만 난 외투를 벗고 얌전하게 식탁 앞에 앉았다. 그녀는 잠시 서 있다가 내 앞에 마주앉았다. 난 숟가락을 집어 수프를 한술 떴지만 도저히 먹을 수가 없었다.

"깨작거리지 말고 어서 먹어요, 델핀." 수아뉴 부인이 퉁명스럽게 쏘아붙였다. "오늘 한 위험한 행동만으로도 이미 충분해요. 나한테 알리지도 않고 말이죠. 내게 전화라도 할 수 있었잖아요."

---

* 토마토, 마늘, 올리브유, 오이 등을 넣어 만든 스페인식 수프.

임신 초기에 수아뉴 부부는 그들 명의의 휴대폰을 내게 주었다. 내가 적어도 하루에 한 번씩은 그들에게 전화를 하고, 문제가 생길 경우 그들에게 즉시 알릴 수 있도록.

수아뉴 부인은 영양을 더하기 위해 가스파초에 크루통*을 넣었다. 난 억지로 한 숟가락을 삼켰다.

"걱정하지 않으셔도 돼요." 난 애써 변명을 시도했다. "그저 잠깐 산책을 한 것뿐이에요. 위험한 짓은 아니었어요."

"오늘 오후에 마리아에게 전화했었어요. 아까 당신 몸이 안 좋았다고 하더군요. 왜 그 얘길 나한테 하지 않는 거죠? 정말 아무 문제 없는 것 맞아요?"

"임신이 조금 버거워진 것뿐이에요. 태동이 시작됐어요. 기쁜 소식이죠. 아주 튼튼한 아이인가봐요."

수아뉴 부인은 여전히 믿을 수 없다는 표정으로 잠시 날 응시했다. 마치 그동안 날 한 번도 완전히 믿은 적 없었고, 내가 거짓으로 배를 부풀리고 초음파 검사마저 꾸며낸 건 아닌지 의심하는 듯한 표정이었다. 마침내 그녀는 자리에서 일어나면서 나지막이 말했다.

"그래요? 의자를 뒤로 빼봐요, 델핀. 그리고 괜찮다면 상의를 좀 올려볼래요?"

---

* 작은 주사위 모양으로 썰어 기름에 튀기거나 오븐에 구운 빵조각.

난 순순히 그녀의 말대로 했다. 수아뉴 부인은 식탁을 돌아 내 뒤로 와서 섰다. 그녀가 아직 차가운 손으로 내 배를 문지르자 몸이 부르르 떨렸다. 내 의지와는 상관없는 몸의 반응을 그녀가 혹시 태동으로 여기지는 않을까 염려되었다.

"태동은 딱 한 번밖에 못 느꼈어요. 아주 잠깐 동안이었고요. 앞으로는 좀더 자주 느끼게 되겠죠. 원하시면 저녁이나 오후에 약속을 정해서 보러 오셔도 좋아요. 직접 확인하고 싶으시면요."

그녀는 손바닥을 쫙 펴서 한참 동안 내 배에 대고 있다가 아쉬운 듯 뒤로 물러나 다시 자리로 가서 앉았다. 그리고 갑자기 실망스럽고 슬픈 표정을 지었다. 마치 아이가 그녀의 부름에 몸을 숨기고 일부러 반응하지 않는다는 듯이.

"너무 길어요." 그녀가 한숨을 내쉬면서 말했다. "정말 이렇게 오래 걸릴 줄 몰랐어요."

수아뉴 부인이 화를 내는 대신 다른 방식으로 자신의 불안과 불만을 표현하는 것은 극히 드문 일이었다. 난 그녀를 진정시키기 위해 다시 숟가락을 들어 수프를 뜨면서 미소를 지어 보였다.

"아홉 달이에요. 제가 아니라 부인이었다고 해도 기간은 달라지지 않아요."

"하지만 내가 아니잖아요." 그녀는 어두운 얼굴로 대꾸했다. "만약 내가 임신했더라면, 그 모든 걸 맘껏 즐겼을 거라고요. 배가 점점 불러오고, 첫번째 태동을 느끼는 일 같은 걸 말이죠."

"전 즐기고 있지 않아요. 저도 부인과 똑같아요. 얼른 이 순간이 지나가기만 바라고 있어요. 전 단지 제 일을 할 뿐이에요."

수아뉴 부인은 다소 위안이 된 듯한 표정으로 고개를 끄덕였다. 마치 내가 자신의 아이를 품은 이 순간을 남몰래 즐기고 있을까봐 두려웠다는 듯이.

"당신이 잠자리에 들 때까지 있고 싶어요, 델핀. 당신이 완전히 잠들면 갈게요. 괜찮겠죠?"

난 조금 놀랐지만 고개를 끄덕였다. 그녀는 내가 이를 닦고 세수를 하고 잠옷으로 갈아입는 동안 부엌에서 기다리다가 나를 따라 방으로 들어왔다. 그리고 내가 이불 속으로 들어가자 침대 가에 걸터앉았다.

"내가 이야기 하나 들려줘도 될까요?" 그녀가 약간 어색한 미소를 지으면서 물었다. "내가 어렸을 때 우리 어머니가 자주 들려주던, 내가 가장 좋아하는 이야기예요."

내가 또 한번 좋다고 하자 그녀는 목소리를 가다듬고서 얘기를 시작했다. 난 몰래 곁눈질로 그녀를 살펴보았다. 우리가 정말 많이 닮았다는 생각이 새삼스레 들었다. 갸름한 얼굴과 매끄러운 붉은 머리, 섬세한 입모양까지. 내가 병원이나 여러 관공서에서 그녀인 척 행세하는 데 아무 무리가 없던 것도 놀라운 일이 아니었다. 그녀는 결혼을 해서 아이를 여럿 낳게 된다는 공주 이야기를 해주었다. 이야기 속 공주는 아름다운 웨딩드레스를 일찍이 마련해두었는데, 그걸 옷장에서 매일 꺼내서 의자 등받이에 조심스럽게 걸쳐놓고는 마치 가장 가까운 친구를 대하듯 말을 걸었다고 했다. 수아뉴 부인은 즐거운 기색 없이 이야기를 기계적으로 읊어댔다. 자신과 자신의 아이 사이에 내가 존재한다는 사실을 여전히 잊기 힘든 듯 보였다. 난 그녀가 이야기를 편하게 이어가도록, 그리고 그녀가 지쳐서 돌아가기를 바라며 일부러 잠든 척했다. 하지만 그녀는 점점 더 슬프고 메는 목소리로 말을 이으면서 계속 내 머리맡에 머물렀다. 내가 진짜로 잠들어버릴 때까지.

잠에서 깨어났을 때 불은 이미 꺼져 있었다. 조금 전 수아뉴 부인이 앉아 있던 자리를 더듬어보니 아직 온기가 남아 있었다. 난 힘겹게 옆으로 돌아누워 베개에 얼굴을 파묻었다. 조금 전 그녀가 들려준 이야기를 꿈으로 꾼 것 같았다. 그러다 이내 그게 아니라는 걸 깨닫자 나도 모르게 눈물이 솟구쳤다.

언젠가 어느 젊은 여자가 웨딩드레스를 고르는 걸 도와주었던 일을 꿈으로 꾸었던 것이다. 그녀는 프랑스어를 할 줄 몰랐고, 에이전시에 전화를 해온 것은 그녀의 약혼자였다. 그는 약혼녀가 쇼핑을 하는 동안 안목 있는 여성에게서 세 시간 정도 도움을 받기를 원했다. 중매결혼이지만 신부는 행복해 보였다. 예비 신부와 나는 몸짓과 표정으로 의견을 나눈 끝에 진주가 달린 새틴 드레스로 결정했다. 그리고 드레스가게 밖으로 막 나선 순간 자동차 브레이크 소리와 함께 둔탁한 충돌음이 들려왔다. 한 남자가 바로 우리 발밑의 차도에 쓰러졌다. 그의 머리는 마치 죽은 새의 머리처럼 가슴 위에 놓여 있었다. 목이 부러진 게 분명했다. 그는 눈을 반쯤 뜨고 옆으로 길게 누운 채였고, 강한 충격으로 인해 그의 한쪽 손은 뺨 아래 깔려 있었다. 그 모습을 바라보던 난 갑자기 딸꾹질이 나기 시작했다. 이유는 알 수 없었다. 어쩌면 아도르노가 죽었을 때 모습과 똑같았기 때문인지도 몰랐다. 아직 기억이 너무나 생생해서 새삼스레 애써 떠올릴 필요조차 없었다. 난 속으로 눈물을 삼키느라 가슴이 미어지는 것 같았다. 깜짝 놀란 젊은 여자는 나를 안고 낯선 언어로 달래주려고 애썼다. 난 그녀가 사고와 내 눈물에서 불길한 징조를 느끼지 않도록 냉정을 찾으려고 노력했다. 프로처럼 행동하고 싶었지만 마음대로 되지 않았다. 그녀가 입어본 열 벌도 넘는 웨딩드레스가 내 머릿속을 스쳐지나갔다. 그리고 그 장면에 피로 얼룩진 시트가 겹쳐졌다. 그러자 그 순간 큰 소리로 외치고 싶었다. 지금 눈물로 얼룩진 베개에 대고 중얼거리는 말을. 아도르노, 오, 아도르노.

13

아도르노는 이 년 전 처음 에이전시에 찾아왔다. 다른 많은 고객들이 그랬듯, 그도 곧바로 진실을 말하지 않았다. 그의 병에 관한 얘기가 아니다. 자신의 병에 관해서는 곧바로 이야기해주었으니까. 게다가 그가 말해주지 않아도 짐작할 수 있었다. 바싹 마른 몸이나 기침, 피골이 상접한 얼굴만으로도 충분히 알 수 있었다. 그의 동성애 취향에 관한 얘기도 아니다. 그는 그 사실을 거리낌없이 드러냈다. 화려한 원색 옷을 입고, 눈화장을 했으며, 때로는 립스틱을 바르기도 했다. 그가 돌아가고 나면, 대체로 사람들에게 호의적이긴 해도 편견이 있는 마리아는 노크도 없이 내 사무실로 들어와 입을 비죽거리면서 선언하듯 말했다.

"난 저 남자 일은 맡지 않을 거예요. 그러니까 나한테는 아예 물어볼 필요도 없어요. 그냥 지금 분명히 말해둘게요, 난 맡지 않을 거예요." 그리고 그녀의 말에 나는 대답했다. "알겠어요, 마리아, 내가 직접 할게요."

그는 4월의 어느 날, 조그만 반려견을 겨드랑이에 끼고 에이전시를 찾아왔다. 머리칼은 가늘고 듬성듬성했고, 인위적인 금발이었다. 햇빛에 지나치게 노출이 된 탓인지, 아니면 염색을 한 건지는 잘 구분되지 않았다. 그는 창백한 푸른 눈에, 피부는 전형적인 이탈리아인처럼 가무스레했다. 눈에 잘 띄는 암청색 벨벳 재킷을 입은 그는 키가 크고 말랐으며 각진 얼굴에 치아는 하얬고, 종종 흡연자들의 검지가 누렇게 되듯 담배 때문에 조금 착색돼 있었다.

"앉으세요, Z. 씨." 난 평소처럼 인사를 건넸다. "잘 오셨습니다. 무엇을 도와드리면 될까요?"

"오, 그냥 아도르노라고 불러주세요." 그는 조바심치듯 손을 내저으며 대꾸했다. "친구들은 날 그냥 아도르노라고 부르거든요. 우리가 친구가 되지 말란 법이 없잖아요? 앞으로 몇 달간 친구가 필요하거든요."

주머니에서 담배물부리를 꺼낸 그는 눈짓으로 내게 허락을 구한 다음 박하향이 나는 가늘고 긴 담배에 불을 붙였다.

"난 개인 비서가 돼줄 사람을 찾고 있어요. 장도 봐주고,

집안일도 어느 정도 도와주면서 이 녀석, 엘링턴도 산책시켜 줄 수 있어야 하고요." 그는 귀한 도자기를 대하듯 책상 위에 내려놓은 반려견을 가리키면서 덧붙였다. "나한테는 모든 게 점점 더 어려워질 테니까요. 하지만 내가 가장 바라는 건, 일종의 비서 역할을 해주는 겁니다. 그러니까, 내가 구술을 하면, 내 말을 받아쓰는 거죠. 타이핑할 줄 몰라도 됩니다. 난 컴퓨터도 타자기도 없으니까요. 물론 내가 직접 할 수도 있겠지만, 금세 지치거든요."

"무슨 말씀인지 알겠어요. 그런데 Z. 씨…… 아니, 아도르노, 저희 서비스 비용이 꽤 비싼 편이라는 말씀을 미리 드려야겠어요." 난 잠시 침묵을 지키다가 '당신을 위해'에서 제공하는 서비스와 비용이 상세하게 적혀 있는 안내책자를 내밀며 그에게 설명했다. "그리고 어떤 서비스든 비용은 크게 차이나지 않아요. 우린 하나밖에 없는 아주 특별한 에이전시이고, 앞으로도 계속 그럴 테니까요. 단순한 비서나 가정부를 고용하는 것보다 훨씬 더 비용이 많이 들 거라는 걸 알아두셔야 해요."

하지만 그는 안내책자를 펼쳐볼 생각조차 하지 않았다. 그저 어깨를 으쓱해 보이면서 다시 담배를 한 모금 빤 다음 희미한 미소를 띠며 대꾸했다.

"난 여태까지 내가 가진 것 이상을 누리며 살아왔어요. 늘

호화로운 취향을 유지하면서요. 당신은 내가 병들었으니 달라져야 한다고 생각하나요?"

난 그의 눈을 똑바로 마주보면서 미소를 지었다. 고객이 언성을 높이거나 불편한 기색을 보일 때면 난 늘 그런 식으로 대응해왔다. 그리고 지금이 그런 경우였다. 아도르노는 침착함과 활기를 잃어버린 듯 갑자기 늙고 고독한 환자처럼 보였다.

"물론 절대 아니죠. 그럼 이제 서류를 작성하시지요."

내가 신청 양식과 펜을 집어들자 그는 내가 뭐라고 적어넣는지 보려고 몸을 숙였다. 마치 내가 자신의 말을 왜곡할까봐 걱정하는 것 같았다. 직업을 묻자 그는 또다시 어깨를 으쓱하더니 담배 연기를 내뿜으면서 말했다.

"아무렇게나 원하는 대로 적어요. 난 이것저것 조금씩 안 해본 게 없으니까. 서커스단 광대도 해봤고, 거리연극도 했고 무대에서 배우로도 일했어요. 지금은 책 같은 걸 쓰고 있고요." 그는 내게 이해를 구하는 눈길을 보내면서 말을 이었다. "좀더 구체적으로 말하면, 아주 긴 편지를 쓰고 있지요. 사랑하는 사람을 위해서요. 그래서 그걸 정리하는 걸 도와줄 비서가 필요한 겁니다. 글의 순서를 바로잡는 일도 해줄 수 있는."

난 잠시 망설이다가 '작가'라고 적어넣었다. 그는 그것이 마음에 든 것 같았다. 반복해서 이렇게 말하긴 했지만. "난 사실 작가라고 할 순 없어요, 델핀. 일종의 연애편지를 썼을 뿐이니까."

그랬다, 그는 자신의 병을 숨기지 않았다. 심지어 그 사실을 들먹이며 농담을 하기도 했다. 언젠가 그에게 이렇게 물은 적 있었다. "정말 내가 담배를 사러 가길 원해요? 오늘만 해도 벌써 세 갑이나 피웠잖아요." 그러자 그는 웃으면서 대답했다. "난 지금 망할 폐암을 앓고 있는 게 아니야, 델핀." 하지만 그 역시 존스처럼 나를 찾아온 이유를 모두 솔직하게 털어놓진 않았다. 그는 에테르 냄새와 약 냄새를 풍기는 하얀 가운을 입은 간병인이나, 죽음의 냄새를 풍기는 건장한 체격의 중년 여자를 원하는 게 아니었다. 그는 냄새에 무척 민감한 남자였다. 그의 얘기를 듣다보면 커다란 향수 회사의 조향사로 일해도 될 것 같다는 생각이 들 정도였다. 그가 담배를 피우기 시작한 건 불과 얼마 전, 병에 걸리고 그의 지골로를 만난 후부터였다. 담배가 그의 후각을 둔하게 만들었지만 이제 그에게 그런 건 중요하지 않았다. 그는 오래된 향수 스프레이들을 모으고 있었다. 그리고 선반마다 향수 병들을 죽 늘어놓았는데, 팔꿈치로 건드려 떨어뜨리지 않게 조심해야 했다. 그를 보러 갈 때마다 그는 내게 새로운 향수를 뿌려보라고 고집스럽게 권했다.

"당신에게 어울리는 향수를 찾아야겠어, 델핀. 우리 각자에게 어울리는 고유의 향기가 있거든. 당신에게 어울리는 건 꽃향기가 아니야. 아마 꽃향기보다 훨씬 더 복잡한 어떤 물질일 거야." 우리 사이에 그것은 하나의 의식처럼 되어갔다. "손목을 이리 내밀어봐, 델핀." 내가 그의 집에 들어서면 그는 늘 이렇게 말했다. 그러면 난 소매를 걷어올리고 팔꿈치 안쪽의 창백한 부분을 그에게 내보였다. 그가 마치 주사를 놓아주는 간호사라도 되는 것처럼. 그는 향수 몇 방울을 뿌린 다음 내 소맷자락을 다시 내려주면서 진지한 표정으로 말했다. "자, 이제 기다려보면 돼. 조금 이따 확인해보자고."

그가 진실을 얘기하지 않은 것에 대해 내가 따져 물은 적이 있었다. 하지만 난 정말 아무것도 몰랐을까? 그의 마지막 순간이 다가왔을 무렵, 빨대를 사용해 마시거나, 영양 공급을 이유식으로 대신하는 일조차 불가능해졌을 때 난 궁금함을 참지 못하고 그에게 물었다. "이것 때문에 에이전시에 찾아온 거였어요, 아도르노? 이젠 얘기해줄 수 있잖아요." 그러자 그는 나른한 표정으로 대답했다. "난 카드놀이를 한 거야, 델핀. 단순한 카드놀이를 한 것뿐이라고."

그리고 다소 사나운 어조로 덧붙였다. 그가 내게 그런 식으로 말한 것은 처음이었다. "어쨌거나, 난 강요 안 해. 당신은 얼마든지 거절할 수 있어. 다만 난 운좋게도 돈이 있고, 당신은 그 돈이 필요한 것 같으니까."

처음엔 사흘에 한 번, 그다음엔 이틀에 한 번, 그리고 나중엔 매일 아침 아도르노를 보러 갔다. 그의 집에 도착하면 엘링턴에게 가슴줄을 채우고 산책을 나가는 일부터 시작했다. 매끄러운 베이지색 털이 난 그 개가 짖는 소리를 난 한 번도 듣지 못했다. 산책을 마치고 다시 아파트로 돌아오면, 엘링턴은 자기 바구니로 가서 잠을 자거나, 때로는 발톱 소리를 내면서 아도르노에게 다가가 주둥이를 치켜들고 조용히 그를 쳐다보았다. 그러다가 아도르노가 손을 뻗어 그를 무릎 위에 앉히면 몸을 공처럼 말고 잠이 들었다.

한번은 그냥 예의상 아도르노에게 언제부터 엘링턴을 데리고 있었는지 물었고, 그는 이렇게 대답했다. "아, 그리 오래되진 않았어. 아마도 일 년 반 정도. 원래 다른 친구가 기르던 개인데 그 친구는 세상을 떠났어. 그 친구 역시 또다른 친구에게서 입양해왔고. 엘링턴은 지금까지 모두 네다섯 명의 주인을 거쳤지. 엘링턴은 우리 세계에선 유명해. 이 주인에게서 저 주인에게로 옮겨 다니는 데 이미 익숙하지. 내가 죽으면 누가 입양할지도 난 이미 알고 있지." 그가 엘링턴의 양쪽 귀 사이에 입을 맞추면서 농담처럼 덧붙였다. "뜨거운 감자처럼 서로 떠넘기는 엘링턴. 우리 모두를 땅에 묻을 엘링턴." 그사이 엘링턴은 눈을 감고 꼬리를 콧등 위에 올린 채 잠이 들어 있었다.

아도르노는 무릎을 세우고 소파에 길게 누워 다리 위에 공책을 올려놓고 그가 말한 그 책을 쓰면서, 그가 사랑하는 남자에게 보내는 길고 긴 편지를 쓰면서 대부분의 시간을 보냈다. 공책의 두께로 볼 때 이미 오륙십 쪽은 족히 돼 보였다. 난 그를 지켜보면서 궁금해졌다. 대체 그 남자한테 무슨 할말이 있는 것일까? 어떻게 할말이 그렇게 많을 수 있을까? 그러자 드로비츠키 부인과 그녀가 즐겨 읽던 저속한 연애소설이 떠올랐다. 그리고 드로비츠키 부인과 아도르노 사이에 어떤 공통점이 있다는 생각이 머릿속을 스쳤다. 그들은 각자의 방식으로 어떤 비밀스러운 열정을 이어가고, 로맨스와 감상적인 이야기를 즐기고 있었다. 그리고 이 세상엔 큰 소리로 말할 수는 없는, 단지 읽거나 쓰는 것으로 만족할 수밖에 없는 것들이 있다고 믿었다.

때로는 아도르노가 날 고용한 이유가 단지 그가 농담처럼 지골로라고 부르던 존스라는 남자에 관한 얘기를 하고 싶어서였지 않을까 하는 생각이 들었다. 첫날부터 그는 소파의 자기 옆자리에 날 앉히고는 진지한 표정으로 얘기했다.

"당신한테 존스에 관해 얘기해주고 싶어, 델핀. 말 편하게 해도 되겠지? 당신에게 그 친구 얘기를 해줘야겠어. 내 책은 온통 그 남자 얘기뿐이거든. 그러니까 그에 대해 조금이라도 더 알고 있으면 좋을 거야."

그는 몸을 숙이더니 낮은 탁자 위에 놓인 조그만 사진 액자를 집어들었다. 액자 속엔 본래 더 큰 사진에서 잘라낸 것 같은 네모반듯한 사진이 들어 있었다. 여자인지 남자인지 모르는 누군가가 사진 속 소년의 목덜미에 손을 올려놓고 있었다. 소년은 열대여섯 살쯤 돼 보였고, 햇볕에 붉게 달아오른 얼굴엔 여드름 자국도 있었다. 관자놀이에 달라붙은 머리칼과 도발적인 눈매, 그리고 그보다 훨씬 더 도발적인 입술이 눈에 들어왔다. 아도르노는 내 표정을 읽었는지 어색한 웃음을 지으며 액자를 도로 가져갔다.

"이 사진 속의 그는 훨씬 어렸지. 아마 나와 만나기 칠팔 년 전쯤이었을 거야. 이것 봐, 마치 불한당 같기도 하고, 지골로 같기도 하면서 얼마나 매력적인가. 사실 그는 지골로나 다름없었지. 그가 집을 나왔을 때가 열여섯 살이었고, 그때부터 그를 좋아해준 사람들한테 얹혀살았으니까. 남자건 여자건 그런 건 그에게 중요하지 않았어. 그는 언제나 그들이 원하는 것을 해주었지. 때때로 섹스도 하고 애정을 주기도 하고. 그리고 그들의 집을 떠나면서 서랍을 털었던 것 같아." 그는 미소를 띠면서 덧붙였다. "하지만 아무도 고소를 안 했지. 누가 지골로를 고소할 수 있었겠어?"

그는 사진을 다시 한번 흘끗 쳐다보고는 탁자 위에 올려놓았다. 그리고 나를 돌아보면서 손가락으로 내 콧등을 훑어

내렸다. 그가 즐겨 하는 친근함의 표현이었다.

"아마 당신도 그를 좋아하게 될 거야, 델핀. 어찌 보면 두 사람은 서로 닮았거든. 날 그런 눈으로 쳐다보지 마. 그럼 당신이 뭐라고 생각했어? 당신이 지골로 같은 게 아니면 뭔데?"

그는 그후에도 똑같은 말을 수차례 했다. 그러면서 무마하려는 듯 내게 윙크를 했다. 그러면 난 아무 대꾸도 하지 않고 그저 어깨를 으쓱해 보였다. 하지만 마음속으로는 그의 판단이 틀렸다고 생각했다. 난 그런 것과는 거리가 멀었다. 난 도둑질이나 매춘을 하지도 않고, 나름대로의 원칙과 도덕을 가지고 있었으니까. '당신을 위해'는 자선단체 같은 것이었다. 그렇지 않으면 어떻게 지금까지 존속할 수 있었겠는가?

"어느 파티에서 그를 처음 만났어. 바나나나무와 오렌지나무, 덩굴나무와 꽃덤불이 자라는 거대한 정원이 딸린 빌라에서. 마치 아프리카 어느 나라에 온 것 같았어. 나무 마다 촛불과 줄줄이 이어지는 조명으로 장식돼 있었고. 펀치를 가지러 오던 그와 바$_{bar}$에서 세 번 정도 마주쳤는데, 그때마다 날 바라보는 눈빛에 반해버렸지. 그는 권태로워 보였고, 모든 초대 손님들 중에서 단연코 가장 잘생기고 가장 젊었어. 마치 부모의 감시를 피해 숨어 있는 주인집 아들 같았지. 그리고 그날 밤 내가 처음으로 기절을 한 거야. 정신을 차려보니 셔츠엔 풀이 붙어 있었고, 나뭇가지에 뺨이 긁힌 채 바닥에 누워 있었어. 그리고 쓰러진 내 주위로 모여든 사람들 맨 앞줄에 그가 있었지. 그는 나에게 집에 데려다주길 원하는지 물었고, 난 그렇다고 했어. 원한다고 말이지. 그때 그는 당시 잘나가던 중년 여배우와 함께 와 있었는데, 그녀가 그의 손목을 붙잡으니까 그 손을 가만히 떼어놓더라고. 그렇게 그가 날 여기 데려다주었고, 그다음주에 난 그의 이름으로 새 계좌를 열어서 돈을 보내주었지. 얼마 전에 받은 재산이 좀 있었거든."

"난 그가 내 인생의 마지막 사랑이 되리라는 걸 잘 알고 있어." 아도르노가 좀더 나지막한 목소리로 말했다. "죽기 전 마지막으로 사랑하는 사람. 누구나 그런 행운을 만날 수 있는 건 아니거든. 마지막이라는 사실을 아는 행운 말이지. 난 그를 볼 때마다 이런 생각을 해. 그의 눈은 내가 마지막으로 사랑할 눈이고, 그의 몸은 내가 마지막으로 만지는 몸이 될 거라고. 그는 내가 곧 죽는다는 걸 알아. 난 그에게 내 재산을 물려주겠다고 말했고, 그는 마지막 순간까지 내 곁에 머물겠다고 약속했어. 내가 돈이 아주 많은 건 아니지만, 적어도 몇 년간 먹고살 수 있을 만큼은 될 거야."

한동안 말이 없던 그는 낮은 탁자 위의 사진 옆에 놓인 보라색 공책을 가리키며 말했다.

"그런데도 내가 이 책을 쓰는 건, 그가 내겐 지골로 이상의 존재라는 걸 알려주고 싶어서야. 내 마지막 여행을 위해 카탈로그에서 찾아낸 단순한 섹스 파트너가 아니었다는 걸 말이지. 그가 내 마음을 이해할까, 델핀?" 그가 불안해 보이는 표정으로 물었다. "내가 무슨 얘길 하려는 건지 그가 알아줄까? 이게 사랑 이야기라는 걸? 나는 비록 병들었고, 그는 지골로라고 할지라도?"

그의 물음에 난 대답했다. "물론이죠, 아도르노. 이해하고말고요."

하지만 내 진짜 생각은 대답과는 달랐다. 다가오는 죽음이 당신을 그렇게 순진하게 만드는 건가요? 당신은 내가 알던 노부인보다 상태가 훨씬 더 나쁘군요. 그분은 단지 감상적인 연애소설에 푹 빠지는 데 그쳤지만, 당신은 그런 사랑이 정말로 존재한다고 믿고 있네요. 하지만 난 침묵을 지켰다. 그런 말을 하라고 고용한 사람이 아니었으니까. 게다가 내가 어떻게 그를 판단할 수 있겠는가? 나야말로 환상을 파는 사람이 아니던가?

아도르노의 아파트에 도착했을 때 그는 공책을 내려놓고 인상을 찌푸리면서 두 손을 문지르고 있었다. 그러다 첫번째 마디가 마치 반지처럼 툭 튀어나온 손가락들을 하나씩 잡아당겼다. 그는 눈꺼풀이 벌게지고 눈에 눈물이 그렁그렁한 채 내게 물었다. "나 대신 이걸 좀 해줄 수 있어, 델핀? 이젠 점점 더 빨리 피곤해지네."

난 공책과 펜을 들고 몇 미터 떨어진 테이블이나, 그가 목소리를 높이지 않아도 되도록 좀더 가까이 있는 의자에 앉아 무릎에 양 팔꿈치를 괴었다. 그러면서 또다시 드로비츠키 부인을 떠올렸다. 손에 종이 뭉치를 들고 손가락에 잉크를 묻혀가며 앉아 있는 이 순간, 그녀 곁에서 보낸 수많은 시간이 어떻게 떠오르지 않겠는가? 그녀는 내게 이야기를 읽어달라고 했고, 아도르노는 자신의 이야기를 글로 옮겨달라고 했다는 차이점만 있을 뿐.

그는 때때로 이야기를 한참 구술하다 내게 어색한 웃음을 지어 보이며 갑자기 말을 끊기도 했다. "그다음부터는 내가 쓰는 게 좋겠어, 델핀. 아주 개인적인 순간에 관한 내용이라서 말이야. 그 부분이 끝나면 다시 당신을 부를게."

사실 그가 내게 받아 적어달라고 한 것은 매일 반복되는 단순한 일상의 기록에 불과했다. 그 나머지, 그들이 서로를 불태웠던 은밀한 순간, 그가 개인적인 순간이라고 말한 부분들은 그가 낱장에 따로 써서 내가 쓴 다른 페이지들 사이에 끼워넣고 스테이플러로 철했다. 난 그 페이지들을 한 번도 읽어본 적이 없었다. 몇 시간 동안 글을 쓰고 난 아도르노의 잿빛 얼굴과 공허한 눈빛을 보면서 그게 어떤 의미인지, 그가 자신의 감정을 어떻게 비워냈는지 상상해볼 뿐이었다. 그는 마치 피를 흘리는 것 같았다. 그런 그를 지켜보면서 머지 않아 그의 혈관 속에 물밖에 남지 않을 것 같다는 생각이 들기도 했다.

난 그가 지골로라고 부르는 남자에게는 한 번도 관심을 가져본 적이 없다고 말하고 싶다. 하지만 그건 사실이 아니었다. 그리고 아마 그게 업무상 실수의 시작이었다고 할 수밖에 없는 것 같다. 때로는 아도르노의 말이 완전히 틀리지는 않았다는 생각이 들기도 했다. 그의 지골로와 나 사이엔 분명 어떤 공통점이 있었다. 사람과 상황에 맞춰 적응해나가는 능력, 그러기 위해 어떤 일이든 가리지 않는다는 점, 그리고 물론 메마른 마음까지도. 하지만 그런 생각을 깊게 하고 싶진 않았다. 그러면 곧 나 또한 도둑이자 불한당이며, 일종의 지골로라는 걸 인정하게 되었을 테니까. 그리고 '당신을 위해'가 저 깊고 어두운 시궁창 속 시커먼 물 위를 한 겹 덮은, 빛나는 얇은 막일 뿐이라는 사실을 인정하게 되었을 테니까.

아도르노는 때로 며칠 혹은 몇 주 동안 상태가 나아지기도 했다. 그러면 머지않아 자신이 죽는다는 사실을 잊어버리는 듯했다. 그럴 때는 글쓰기를 멈추고 다시 외출을 하고, 자신의 지골로와 함께 여행을 떠나기도 하면서 짧은 시간 동안 허락된 이 유예 기간을 마치 굶주린 사람이 먹어치우듯 한껏 즐겼다. 내게 그 사실을 미리 알리는 일도 드물었다. 그에겐 매 분이 아까운 듯 보였고, 실제로 매 분이 아까웠다. 난 내 음성사서함에서 그의 메시지를 확인하거나, 급하게 써서 아파트 문 앞에 압정으로 붙여놓은 메모를 발견하곤 했다. 친애하는 델핀, 오늘 난 외출해. 돌아오는 대로 연락하지. 아도르노.

하지만 대부분은 그 사실을 알지 못하고 문짝에 입술을 바짝 붙인 채 문을 두드리며 "아도르노, 아도르노!" 하고 부르다가, 아무런 대답이 없으면 이번에는 "엘링턴, 엘링턴?" 하고 불렀다. 아도르노가 술과 약에 취해서 그대로 깊이 잠들어버릴 때가 종종 있었기 때문이다. 그럴 때는 엘링턴이 앞발로 문짝을 긁어대며 낑낑거리는 소리가 들려왔다. 또 때로는 옆집에 사는 노인이 문을 열고 나와 알려주기도 했다. "이탈리아인 신사분은 어제 여행가방을 챙겨서 자기 강아지를 데리고 어디론가 떠났다오." 또는 퉁명스러운 어조로 이렇게 경고하기도 했다. "어제 밤새도록 파티를 여는 것 같더군. 아주 끔찍했어, 음악소리에 고성까지. 또 한 번만 더 그러면 다음번엔 경찰을 부를 거라고 꼭 전해요." 하지만 그 이웃 노인의 삶을 채워주는 유일한 것이 바로 이런 게 아닐까 하는 생각이 들었다. 조그만 문구멍으로 아도르노가 오가는 것을 몰래 훔쳐보거나, 잠이 달아나버린 상태로 침대에 누워 그들의 아파트 사이 벽으로 새어드는 소란스러운 소리에 귀기울이는 일만이.

　이웃 노인이 아도르노가 집에 있다고 알려주거나 집안에서 엘링턴이 낑낑대는 소리가 들려오면, 난 계단참의 창문 근처 갈라진 벽 틈에 숨겨놓은 열쇠를 찾아 문을 열고 들어갔다. 거실엔 빈 술병과 여기저기 엎어진 술잔, 어쩌면 날 위한 향기를 찾으려고 시험해본 것 같은 희귀한 풀 냄새를 풍기는 꽁초가 가득한 재떨이, 음식찌꺼기가 담겨 있는 종이접시들이 어지럽게 흩어져 있었고, 거실을 가로지르면 아도르노가 옷을 그대로 입은 채 침대나 소파 위에 누워 있었다. 그의 숨소리를 듣고 그가 그저 잠들어 있거나 아직 술이나 약에 취한 상태라는 걸 확인하고 나면 엘링턴에게 가슴줄을 채우고 밖으로 데리고 나갔다. 때로는 집 근처 광장에 가서 줄을 풀어주기도 했지만 엘링턴은 결코 다른 개들과 어울리지 않았다. 내 곁에 앉아 귀를 쫑긋 세운 채 코로 바람을 들이마실 뿐이었다. 엘링턴은 단순한 강아지라기보다는 그의 마지막 날들을 함께하는 동반자에 가까웠다. 그리고 엘링턴도 그 사실을 알고 있는 듯 보였다. 몇 분이 지나면 난 다시 엘링턴에게 줄을 채우고 아파트로 되돌아갔다.

　그후 두 시간 동안은 환기를 위해 창문을 열어놓은 다음 청소를 하고 종이접시와 빈병 등을 모아 버렸다. 그러면서 엉망으로 구겨진 시트 속에서 아도르노가 아직 잠들어 있는지 틈틈이 확인했다. 마침내 그가 주름진 얼굴로 인상을 찡그리며 잠에서 깨어나면 그에게 아스피린을 가져다주었다. 그는 내가 청소기를 돌리는 동안 화장을 지우고 샤워를 했다. 파티를 앞두고서 그는 자주 화장을 했는데, 현란한 색깔의 가짜 속눈썹을 붙이고, 립스틱을 바르고 아이섀도도 칠했다. 그래서 그의 집에 다녀온 후에는 한참 동안 내 옷가지와 손톱 밑에까지 그 무지갯빛 흔적이 남아 있곤 했다.

난 그의 지골로를 한 번도 보지 못했다. 그가 파티를 여는 기간에도, 아파서 소파에 누워 책을 쓰던 때에도. 우리가 서로 마주치지 않게 그가 왜 그토록 신경쓰는지 궁금해하지도 않았다. 솔직히 말하면, 난 그 지골로란 남자가 실재하는 인물인지, 고독을 메우기 위해 아도르노가 만들어낸 허상, 죽음을 기다리는 동안 그를 위로해줄 환상 같은 것은 아닌지 의문이 들 때도 있었다. 하지만 그에게 결코 묻진 않았다. 내가 보기엔, 그 어느 쪽이든 달라질 건 없었다.

우린 그렇게 첫번째 공책을 다 채웠다. 그리고 두번째, 세번째, 네번째 권을 완성했다. 공책은 전부 다섯 권이었는데, 아도르노가 세상을 떠났을 때는 이 다섯번째 공책을 채워가던 중이었다. 다섯번째 공책은 열 쪽 정도가 채워지지 않은 채 백면으로 남게 되었다. 미완으로 남은 아도르노의 삶처럼.

아도르노

반려견 돌보기. 청소, 설거지, 세탁.
약통에 일주일 치 약 넣어놓기. 구술하는 말 공책에 받아
적기.
소요 시간: 세 시간 삼십 분.
100유로.

14

 아도르노의 상태가 점점 더 악화되고 있다는 것을 미처 깨닫지 못했다.

 그의 행동이 어딘가 이상했지만 알아차리지 못했다. 봄이 가까워오는데도 그는 점점 더 추위를 많이 탔고, 두툼한 스웨터를 겹쳐 입고 목에 머플러를 두른 채 환기를 시키려는 나에게 소리쳤다. "창문 닫아, 델핀, 내가 죽기라도 바라는 거야?" 그는 갑작스레 열이 오르고, 입속 점막에는 아구창이 생겼다. 땀을 너무 많이 흘리는 통에 침대 시트를 매일 갈아야 했고, 유아용 이유식을 사서 그를 일으켜 등뒤에 베개를 받쳐준 다음 숟가락으로 떠먹여야만 했다.

 "고마워, 델핀." 그의 팔을 내 목에 둘러 욕실로 부축해 갈 때면 그는 이렇게 말했다. "당신은 바위 같아." 어느 날은 욕실 문 앞에 서서 그가 변기에서 일어나기를 기다리던 나에게 이런 말도 했다. "바로 그거야, 델핀. 당신은 작은 바위 같아, 돌멩이 같다고. 그래서 당신 향기를 찾아내지 못한 거야. 돌은 향기가 없으니까. 지금까지 이런 적은 한 번도 없었거든." 그는 그후에도 그 돌과 향기에 관한 얘기를 또 했다. 하지만 그건 더이상 나를 향한 찬사가 아니었다. 심신이 쇠약해진 그가 내게 한 말은 이전에 다른 고객들에게서도 종종 들었던 것처럼 나를 향한 비난이자 힐책이었다. 그러다 어느 순간 열이 다시 내리면 모든 게 정상으로 돌아온 듯 보였다. 적어도 난 그렇게 믿었다. 그런 것들이 죽음으로 향하는 과정이라는 것을 결코 알지 못했다.

하지만 그가 마지막으로 일시적인 차도를 보인 어느 날, 그의 마지막이 된 파티가 끝나고서 욕실에 있는 그를 언뜻 보게 되었다. 가슴팍 부분이 살짝 벌어진 목욕가운 사이로 보이는 그의 몸은 앙상한 뼈밖에 남아 있지 않았다. 사춘기도 채 되지 않은 어린 소년이 영양실조라도 걸린 것 같은, 새의 가슴뼈를 연상시키는 모습이었다. 수건을 달라는 그의 말에 난 아무 말 없이 수건을 건넸다.

그가 거실로 왔을 때 난 집으로 돌아가려고 웃옷을 입던 중이었다. 그는 미소가 사라진 불안한 얼굴이었고, 입가에 언제나 새겨져 있던, 시간이 그의 살갗에 새겨놓은 듯한 쉼표처럼 생긴 특이한 주름마저도 보이지 않았다. 그가 내게 물었다.

"좀더 함께 있어줄 수 있어, 델핀? 당신한테 할 얘기가 있어."

"물론이죠."

그가 넉넉한 바지와 두툼한 터틀넥 스웨터를 입으러 간 동안 안락의자에 앉아 그를 기다렸다. 난 오랫동안 그의 옷이 만들어내는 겉모습에 속아왔다. 그의 옷 속에 감춰져 있는 것을 진정으로 알고 싶지 않은 사람이라면 누구나 그랬을 것이다. 그의 지골로가 정말 존재한다면, 나는 이것이 묻고 싶었다. 아도르노가 여전히 자신의 몸을 만지도록 허락하는지, 혹은 어느 카페 테이블에 마주앉아 있을 때는 다른 손님들의 이목 때문에 서로 바라보기만 하는지. 어쨌든 테이블 아래에서는 서로 손을 어루만질 터였다. 눈먼 식인귀가 잡아먹으려는 어린아이의 손을 더듬듯 지골로는 그의 손을 더듬을 것이고, 그러다가 앙상한 뼈밖에 남지 않은 그의 손에 질겁하면서 옷소매 아래서부터 그의 팔을 더듬어 올라가지 않았을까? 그러면 아도르노는 지골로의 손을 뿌리치면서 자기 손을 서둘러 등뒤로 감추었을 것이다. 마치 선물이라도 감추는 것처럼. 그리고 어느 손에 있게……? 하고 물을 것이다. 하지만 그 깜짝 선물은 바로 죽음이었다.

그런 생각을 하자 놀랍게도 몹시 슬퍼졌고, 그 순간 나 자신이 아도르노에게 무척 애착을 느끼고 있다는 걸 깨달았다. 그에게 애정을, 아니 어쩌면 그 이상의 감정, 믿기 어렵고, 느닷없는 상황 때문에 생겨났다고밖에 할 수 없는 어떤 감정을 품게 되었는지도 모르겠다. 여장 남자, 호모, 그는 이따금 웃으며 그런 말들을 했다. "생각해봐, 델핀. 만약 당신 부모님이 당신이 호모를 위해 일한다는 걸 알면 뭐라고 하실까. 아마도 절대로 안 된다고 하실걸." 그러면 난 아무 말 없이 웃어 보였다.

열린 창문 근처에 앉아 잠시 그를 기다렸다. 언젠가 아도르노는 맞은편 건물 뒤에 정원이 딸린 오래된 수도원이 있다고 얘기했다. "가끔씩 등나무꽃 향기가 여기까지 실려와. 아마 봄이 되면 당신도 느낄 수 있을 거야." 그때 석양의 온화한 기운 속에서 어디선가 새 지저귀는 소리가 들려왔다. 그 순간 난 그동안 내 고객들이 수없이 어떤 순간에 대해 얘기했던 것처럼, 앞으로는 새소리를 들을 때마다 아도르노를 몹시 그리워하며 이 순간을 떠올리게 되리라는 걸 깨달았다. 그리고 고통의 시간이 되기 전 아직은 여유가 있을 때 하는 것처럼, 체념하듯 미리 그 순간을 준비했다. 나는 새소리에 귀기울이며, 아도르노가 곧 세상을 떠날 것이고 또 그가 무척 그리워지리라는 걸 동시에 깨달아버린 이 순간이 앞으로 새소리가 들릴 때마다 떠오르리라 생각했다.

그러다가 더이상 새소리에 집중하지 않으려고 노래를 흥얼거리기 시작했고, 그러자 스스로가 우스꽝스러웠다. '당신을 위해'는 지금까지 백쉰여섯 명의 고객에게 서비스를 제공해왔다. 아니, 드로비츠키 부인을 포함하면 백쉰일곱 명이었다. 드로비츠키 부인을 알게 된 것은 공식적으로 에이전시를 열기 전의 일이지만, 난 그녀를 우리의 첫번째 고객으로 간주했으니까. 고객과의 일정은 앞으로 육 주 후까지 빼곡하게 차 있었다. 최근 몇 달간 아도르노에게 시간을 많이 할애해야 했고, 이제부터는 다른 고객들에게 좀더 신경을 쓸 수 있게 될 것이었다. 석 달 전에 삼십대 여자를 파트타임으로 고용했는데, 마리아가 그녀에 대해 불평을 늘어놓았다. 태도가 진지하지 않고, 고객들 이야기를 듣는 법을 모른다는 이유에서였다. "그저 남자들하고 잠이나 자거나, 거리에서 빵이나 파는 데 제격인 여자라니까요." 마리아는 경멸조로 빈정거리면서, 그녀 때문에 업체가 명성을 잃게 될 거라고 주장했다. 마리아는 '당신을 위해'를 '업체'라고 불렀다. 마리아가 질투심으로 부풀린 이야기와 사실을 구별할 순 없었지만, 우리 일을 탄탄하게 하려면 그 여자를 내보내고 내가 좀더 에이전시 일에 몰두해야겠다는 생각이 들었다. 아도르노는 내게 하나의 경고이자 위협인 셈이었다. 남자와 동침하거나 거리에서 빵이나 파는 데 제격인 파트타임 여자만큼이나 나 역시 프로답지 못했음을 인정해야만 했다.

아도르노가 거실로 돌아왔다. 그는 이제 일부러 두툼한 스웨터를 껴입는 수고를 하지 않았다. 아마도 더이상 힘겹게 비밀을 유지할 필요가 없어졌다는 것을 깨달았기 때문인 듯했다. 그의 팔과 상반신이 과도하게 길고 가늘어 보였다. 예전보다 좀더 가늘어지긴 했지만 입가에 쉼표 모양 주름도 다시 보였다. 아무런 예고도 없이 사라졌다가 다시 나타나는 주름이 참으로 기이하게 느껴졌다. 그가 안락의자를 내 앞으로 잡아끌자 난 창문을 닫기 위해 무심코 손을 뻗었다.

"아냐, 델핀, 그냥 둬. 등나무 철은 아직 이르지만." 그는 이미 어둑해진 하늘을 흘끗 쳐다보면서 덧붙였다. "오늘 저녁엔 좋은 향기가 느껴져, 그런 것 같지 않아?"

그는 대답할 틈도 주지 않고 같은 어조로 계속해서 말을 이었다.

"그를 어제 마지막으로 봤어. 그는 그게 마지막이었다는 사실을 아직 모르지만." 그는 잠시 침묵을 지키다가 다시 이어 말했다. "나 역시 오늘 아침 일어날 때까지만 해도 몰랐지. 사실 한 시간 전까지도 몰랐으니까. 그런데 조금 전 욕실에서 당신 표정을 봤을 때 비로소 깨달았어. 그리고 생각했어, 아도르노, 이젠 때가 된 거야. 이미 너무 오래 끌어온 거라고."

그 순간, 그의 노력에도 불구하고 그의 목소리가 달라진 걸 느낄 수 있었다. 난 얼굴이 화끈거렸고, 항변하기 위해 입을 열었다. 그에게 거짓을 말하고, 그가 무슨 말을 하는지 모르겠다고 말하려 했다. 하지만 그는 손을 뻗어 가만히 내 손을 잡았다. 그러자 마녀가 잡아먹기 위해 살찌우는 어린 소년의 손처럼 가냘픈 그의 손가락이 느껴졌다.

"아니, 아무 말도 하지 말아줘." 그는 다정함이 느껴지는 목소리로 자신의 얘기를 계속했다. "바로 그런 이유 때문에 당신을 고용한 거야. 그 순간이 언제인지 알기 위해서. 내 친구들은 나한테 아무 얘기도 해주지 않을 게 뻔했거든. 하지만 당신은 그걸 감출 수 없을 거란 걸 알았지. 언젠가 당신 눈빛만 봐도 알 수 있을 거라고."

그러자 그동안 그에게 속아왔다는 느낌이 들었다. 난 그에게 쏘아붙이고 싶었다. '당신을 위해'는 온갖 서비스를 제공하지만, 고객은 의뢰하기 전에 모두 솔직하게 털어놔야 한다는 한 가지 조건만은 반드시 지켜야 한다고. 그가 자기 병의 위중을 알아채려고 여러 달 동안 내 표정을 살폈다는 생각에 마음이 몹시 언짢았다. 그런 내 속내를 알아차린 듯 그는 내 손을 더욱 꼭 쥐었다.

"내가 만약 당신한테 미리 그런 얘길 했더라면, 아마 지금과 같지 않지 않았을 거야. 당신은 지금처럼 솔직하지 못했을 거라고. 당신은 물론 철저한 프로 의식을 갖춘 사람이야, 델핀." 그는 아이러니하게 말했다. "하지만 당신이 할 수 없는 일도 있는 거야. 아무리 돈을 많이 준다고 해도 당신은 물론 그 누구라도 할 수 없는 일도."

그는 여전히 내 손을 잡고 있었고, 난 어느새 그의 앙상한 손이 낯설지 않았다. 따뜻한 온기가 느껴져 뼈가 드러난 앙상한 촉감도 금세 잊어버렸고, 부드럽고 친숙한 느낌이었다. 난 미소를 지으면서 그에게서 손을 거두었다. 그러자 그 역시 나를 향해 다소 슬픈 미소를 지으면서 다시 내 손을 잡았다. 마치 홀로 스스로를 위로하는 어린아이처럼.

"당신이 이곳에 계속 와줄 수 있는지 알고 싶어." 그는 무척 신중하게 말을 고르면서 얘기를 이어갔다. "아마 조금은 어려울 수도 있을 거야. 하지만 그동안 아픈 날 돌봐주었던 것 이상은 아닐 거야."

"물론이에요. 당신이 날 필요로 한다면 언제까지라도 올 거예요, 아도르노."

내 얼굴을 찬찬히 살피던 그는 또다시 희미한 미소를 지었다. 하지만 그 미소에서는 고마운 마음이 전혀 느껴지지 않았다. 예의를 갖춰 기계적으로 응답하는 듯한 내 목소리를 듣고 그는 우수에 잠긴 것 같으면서도 조금 거리를 유지하는 듯했다. 내가 의자에 앉아 그를 기다리는 동안, 내 얼굴을 보며 내가 무슨 생각을 했는지 간파한 게 분명했다. 나를 스치고 지나간 슬픔과 그를 떠나보내려는 결심을 알아차린 것이다. 그가 병으로 앓던 동안 얼마나 많은 사람들이 그러했을까 하는 생각이 들었다. 난 그의 눈을 마주보며 스스로에게 말했다. 부끄러워할 필요 없어. 넌 그가 고용한 사람일 뿐이고 그도 다른 사람들과 똑같은 고객일 뿐이야.

"잘됐어. 난 앞으로도 당신이 필요할 거야. 이제 전처럼 자주 외출을 하지 못할 테니까. 무척 유감스러운 일이지만." 그가 창문을 바라보며 덧붙였다. "이제 곧 봄이 올 텐데. 하지만 내가 뭘 할 수 있겠어? 어쩌면 당신은, 기적을 만드는 당신 에이전시라면 할 수 있지 않을까? 겨울이 더 길게 이어지도록, 내가 아쉬움을 느끼지 않도록 말이지."

그리고 이따금 그랬던 것처럼 웃음을 터뜨리기 시작했다. 그는 홀로 공허하게 웃다가 이내 껄껄댔고, 그가 그렇게 웃을 때면 그에게 전염된 듯 나도 따라서 웃음을 터뜨리곤 했다. 그러다가 갑자기 웃음을 그친 그의 얼굴엔 지친 기색이 역력했다.

"이제 그만 가봐, 델핀. 난 할일이 좀 있거든."

"그럴게요." 난 작게 대답했다.

그리고 내 가방을 가지러 갔다. 그는 내가 설거지하는 소리와, 장을 봐온 후 물건들을 정리하는 소리, 유리병에 건조 파스타와 쌀과 강낭콩을 부을 때 나는 요란한 소리를 듣는 걸 좋아했다. 입안에 또다시 도진 아구창 때문에 먹을 수도 없는 그런 것들을 그는 계속 사오라고 시켰다. 그런 점에서도 그는 매일 아침 괜히 장바구니 가득 장을 보는 드로비츠키 부인과 비슷했다. "당신이 라디오보다 나아, 델핀. 텔레비전보다 당신이 낫다니까." 그는 때로 내 몸짓의 리듬에 맞추어 노래를 만들기도 했다. 프랑스어나 이탈리아어로 된 동요 같은 것이었다. 그는 내게 가사를 해석해주었고, 그럴 때면 아무런 거리낌 없이, 슬픔의 그림자 한 점 없이 한껏 웃어젖혔다.

그에게 인사를 하고 문으로 향하는 동안 우린 서로를 똑바로 쳐다보지 않았다. 애써 눈을 피하면서 각자 허공을 향해 미소 지을 뿐이었다. 내 의지와는 상관없이 엄청난 슬픔이 몰려왔지만, 난 여전히 다른 곳만 보면서 입가에 예의바른 미소를 띤 채 밖으로 나와 문을 닫았다.

그후의 나날은 비슷비슷하게 흘러갔다. 다음날부터 그는 자신이 일어나지 않아도 되도록 내게 복도 벽 틈에 넣어둔 열쇠를 꺼내 직접 문을 열고 들어오라고 했다. 난 그를 깨우지 않도록 아주 조용히 문을 열고 들어갔다. 하지만 매번 그는 소파에 길게 누운 채 무릎 위에 공책을 올려놓고 있었다.
그리고 고개를 약간 들어 미소를 지으며 안부를 물었다. "안
녕, 델핀, 오늘은 어때?" 하지만 그의 시선은 결코 나에게까
지 닿지 않았다. 좀더 정확히 말하면, 그의 얼굴은 나를 향하
지 않았다. 마치 시력을 잃어버린 듯, 내가 방안 어디에 있는
지 정확히 알지 못하는 듯했다. 어쩌면 정말 그런 건지도 몰
랐다. 그는 내가 어디 있는지, 무엇보다 내가 누구인지 알지
못했다. 청소를 하고, 집으로 돌아가기 전 죽을 끓여 용기에
담아 랩을 씌우고 마지막으로 냉장고에 넣어둘 때까지도 우
린 서로 한 마디도 나누지 않았다. 며칠이 지나면 그가 남긴
죽 대여섯 통이 그대로 나란히 놓여 있었다. 그러면 난 크기
와 빛깔이 똑같은 통들 중에서 가장 오래된 것부터 차례로
쓰레기통에 버렸다. 그런 다음 소파 아래에 쪼그리고 앉으면
그가 내게 공책과 펜을 건넸다. 난 그가 불러주는 대로, 그가
자신의 지골로와 함께 보낸 날들의 이야기를, 극도로 쇠약해
진 상태에서도 여전히 그의 얼굴에 화색이 돌게 하는 사랑의
노래를 써내려가기 시작했다. 이야기 속에서 계절은 가을에
서 겨울로 넘어갔다가, 어느덧 겨울도 끝이 다가오고 있었
다. 그러던 어느 날 아침, 난 그것이 바로 지난겨울의 이야기
란 걸 알아차리고는 몹시 당황했다. 우린 마지막에 가까워지
고 있었던 것이다.

때로 아도르노가 내게 사야 할 물건 목록을 적어주면 난 엘링턴에게 줄을 매어 데리고 나갔다. 그가 부탁한 것들을 산 다음에는 거리를 조금 더 거닐다가 돌아왔다. 과연 봄이 다가오고 있었다. 예년보다 훨씬 더 빨리, 훨씬 더 강렬하게. 아도르노의 마지막 소원이 이루어지지 않는 것이 나를 슬프게 했다. 이 도시에서 종종 그렇듯이 여름이 시작될 때까지 비라도 줄기차게 내려주기를 바랐건만. 하지만 보도에 늘어선 가로수에는 어느새 꽃이 피기 시작했고, 아도르노는 수도원의 정원에서 실려오는 등나무꽃 향기를 맡았을 것이다. 그가 아무리 창문을 닫고 커튼을 꼼꼼히 쳐놓았더라도 어쩔 수 없었으리라. 어쩌면 그는 아름답고도 잔인한 봄날로부터 그렇게 스스로를 지키고 있다는 생각이 들었다. 그러던 어느 날 아침, 내 맨다리와 샌들을 신은 발에 그의 눈길이 머무는 것이 느껴졌다. 그는 단순한 디자인의 내 플라스틱 샌들에서 한참 동안 눈을 떼지 못했다.

그리고 또 어느 날 그의 집에 도착했을 때 무언가가 달라진 느낌이 들었다. 난 처음엔 무엇이 달라진 건지 알아차리지 못하다가 잠시 후에야 깨달았다. 엘링턴의 밥그릇과 물그릇, 잠을 자는 바구니와 입구의 옷걸이에 걸려 있던 가슴줄이 모두 사라져버린 것이다. 내가 엘링턴을 찾아 집안을 돌아다니자, 상황을 감지한 아도르노는 고개도 들지 않은 채 나에게 말했다.

"맞아, 어제 당신이 돌아가고 나서 엘링턴의 새 주인이 데리고 갔어. 엘링턴에게 작별인사라도, 마지막으로 쓰다듬어 주기라도 하고 싶었던 거야?"

"아뇨, 난 아무래도 상관없어요."

난 그렇게 대답했다. 하지만 설거지를 하는 내내 다시는 보지 못할 작은 강아지의 모습이 눈앞에 어른거렸다. 그리고 명확하게 설명할 수는 없지만, 아도르노가 샌들 속의 내 맨발을 처음 봤을 때 이런 느낌이 아니었을까 하는 생각이 들었다.

15

어느 날 아침 그의 집에 도착했는데, 소파에 누워 있어야
할 그가 보이지 않았다. 그가 쓰던 공책 마지막 권도 사라지
고 없었고, 의자는 바닥에 거꾸러진 채 거실이 텅 비어 있었
다. 난 즉시 드로비츠키 부인을 떠올렸다. 그리고 현관문을
닫자마자 그의 방으로 달려갔다. 가슴이 쿵쾅거렸지만, 의식
을 잃거나 이미 숨이 끊어진 채 침대에 쓰러져 있는 아도르
노를 발견하게 되리라는 생각은 들지 않았다. 그보다는, 침
대 아래로 떨어진 구겨진 시트와 텅 빈 방을 마주하게 되리
라 예상했다. 그러면 난 거실로 돌아와 쓰러진 의자를 바로
세운 다음 거기에 앉아, 누군가, 이웃이나 관리인이 와서
문을 두드리고 아도르노가 간밤에 병원에 실려 갔다고 말해

주기를 기다릴 거라고. 하지만 내 생각과는 달리 그는 거기 있었다.

그는 옷을 제대로 갖춰 입은 채 침대에 누워 있었다. 멋진 파티에 참석할 때처럼 그가 가장 좋아하는 인디고 블루 재킷에 구두까지 신고서 베개에 얼굴을 파묻고. 그는 햇살을 받으면서 반쯤 잠들어 있었다. 하지만 술을 마시지도 약을 먹지도 않은 듯 내가 침대 가장자리에 앉자마자 눈을 떴다. "델핀, 당신이구나." 그가 속삭이듯 말하면서 기계적으로 내 손을 더듬어 잡았다. 그러자 며칠 전 우리가 주고받은 말들 때문에 우리 사이에 깊게 파였던 거리감이 단번에 사라져버렸다. 그는 햇살에 눈이 부신지 다시 눈을 감았다. 차분하게 숨을 쉬는 그의 모습이 평화로워 보였다. 난 처음으로 그의 다리를 한쪽으로 밀치고 그의 옆에 눕고 싶다는 생각이 들었다.

"온 지 오래됐어?"

"아뇨, 방금 왔어요." 난 작게 대답했다. "당신이 떠난 줄 알았어요." 그리고 그가 오해할까봐 서둘러 자세하게 덧붙였다. "그러니까 제 말은, 집에 안 계신 줄 알았다고요. 외출하셨나 했어요."

이렇게는 얘기하지 않았다. '사람들이 당신을 병원으로 데리고 간 줄 알았어요. 어쩌면 당신이 집으로 다시 돌아오지 못할 수도, 영영 의식이 돌아오지 않을 수도 있겠다 생각했

어요.'

"두 시간 전쯤 잠든 것 같아." 그가 베개에 대고 하품을 하더니 또다시 속삭이듯 말했다. "편지를 마저 쓰느라 밤을 새웠거든. 여기 있어, 한번 봐봐." 그는 주변을 더듬어 시트 아래에서 두꺼운 보라색 공책을 꺼냈다. "모두 끝냈어. 정말 믿을 수가 없어. 내가 끝을 보았다는 걸 믿을 수가 없어." 난 그가 무슨 얘길 하는 건지 정확히 가늠하지 못한 채 그를 응시했다. 그의 기록물에 대한 말인지, 아니면 다른 무언가, 즉 죽음이 꺾어버릴 그의 사랑, 혹은 그의 삶에 대한 말인지 알 수 없었다. 그는 굵은 고무줄로 한데 묶어둔 공책들을 내 손 가까이에 내려놓았다.

"당신이 이걸 그에게 전해주었으면 해, 델핀. 우편으로 보내지 말고. 첫째 권 표지에 연필로 그의 주소를 써놓았어. 그에게 전할 말도 적어서 봉투에 넣어두었고. 그렇게 해주겠다고 약속해줘, 델핀."

"언제 전해주면 좋을지 말만 해요. 내일이라도 전해줄게요. 당신이 원한다면 오늘이라도요."

다시 눈을 뜬 그는 한 손으로 햇빛을 가리면서 나를 바라보았다.

"아니, 오늘은 아니야. 잘 들어봐, 델핀. 당신한테 할말이 있어. 내 말을 끊지 말고 끝까지 들어주길 바라. 내 말이 다

끝날 때까지 기다리겠다고 약속해줘."

난 그러겠다고 약속하고, 그의 말에 가만히 귀기울였다. 그가 내게 한 말을 모두 그대로 옮기진 않을 것이다. 그가 날 설득하기 위해 얼마나 언쟁을 벌여야 했는지도. 그러다가 어느 순간 그의 얼굴에 햇살이 내리쬐자 그는 내게 커튼을 쳐달라고 부탁했다. 방안이 별로 덥지 않았는데도 그는 식은땀을 흘리고 있었다. 난 그가 열이 있다고 생각했다. 어슴푸레한 빛 속에서 내가 다시 그의 곁에 가서 앉자 그는 내 손을 잡고 다신 놓지 않았다. 아마도 내가 또다시 멀어질까봐, 또다시 그와 나 사이에 깍듯하게 거리가 생길까봐 두려워하는 것 같았다. 어쩌면 그는 단지 누군가가 곁에 있어주길 바라는 건지도 몰랐다. 난 그가 진정으로 내 감정에, 적어도 내가 그에게 느끼는 연민의 감정에 호소하려던 것인지 의문이 들었다. 그가 이내 돈 얘기를 꺼냈기 때문이다.

그의 말을 들으면서, 그가 이 말을 오래전부터 준비했다는 것을 알 수 있었다. 며칠 전부터, 어쩌면 몇 주 전부터 결심했을지도 모른다는 생각이 들었다. 그는 그 혼자 힘으로 할 수 없는 일을 내가 대신해주는 데 대한 보상으로 아주 비싼 값을 치르려 했다. 필요한 만큼, 내가 요구하는 만큼 많이. 마침내 말을 마친 그에게 난 물었다. "그것 때문에 에이전시로 찾아온 건가요, 아도르노? 처음부터 염두에 두고 있던 게 바로 이거였어요?" 그러면서 난 감정 없이 기계처럼 말을 늘어놓았다. "'당신을 위해'가 하는 일에 대해 뭔가 잘못 생각하고 계신 것 같아요, 아도르노. 우린 사람들을 도우려는 거라고요. 그들이 더 나아질 수 있도록, 그들이……"

"그런 얘긴 그만둬, 델핀." 그가 부드러운 어조로 말했다. "제발 그런 장황한 말은 넣어둬. 난 시간이 없어. 사람들을 도와준다고 했나? 내가 지금 당신한테 바라는 게 도움이 아니라면 뭔데?"

난 그를 가만히 바라보았다. 어슴푸레한 빛 속에서도 그의 얼굴의 두드러진 뼈와, 돌이나 담장 같은, 아무튼 이제 더는 인간의 피부 같지 않은 표면에 군데군데 있는 갈색 반점이 눈에 들어왔다.

"당신이 죽음에 이르도록 도와달라는 거잖아요." 난 매몰차게 대답했다. "그게 바로 당신이 내게 원하는 거예요, 아도르노. 그럴싸한 말로 날 속이려 들지 말아요. 난 있는 그대로 직설적으로 말할 줄 아니까요."

"당신이 에두른 표현을 충분히 이해해줄 거라고 생각했는데." 그가 낙담하며 대답했다. "한 가지 현상을 다양한 관점으로 보고, 다양한 방식으로 해석하는 힘 말이야. 바로 그런 원칙 덕분에 당신 에이전시가 굴러가는 게 아니었던가?"

난 숨을 깊이 들이마셨다. 그는 내게 대답할 틈도 주지 않고 얘기를 계속했다.

"저기 있는 봉투 보이지? 협탁 위에. 저 봉투 안에 돈을 좀 넣어뒀어. 그 정도면 내가 당신한테 부탁하는 일의 대가치곤 꽤 괜찮은 것 같은데."

그가 말한 액수는 나를 갈등하게 만들기에 충분했다. 아도르노는 그 사실을 간파하고 또다시 나를 설득하기 시작했다.

"당신은 아무 걱정 안 해도 돼. 방법은 다 설명해줄 테니까. 곧 알게 되겠지만, 아주 간단하다고. 겉보기엔 엄청나게 힘들어 보이는 일이 사실은 가장 간단한 것이거든."

난 손바닥에 땀이 배는 걸 느꼈다.

"하지만 그건 금지된 일이에요, 아도르노." 난 확신 없는 목소리로 대꾸했다. "법으로 금지돼 있단 말예요. 만약 경찰에서 알기라도 하면요? 누군가가 날 신고하면요? 난 감옥에 가고 싶지 않아요."

"전혀 겁낼 거 없어. 당신 이름은 아무도 모르니까. 우리 지골로조차도 말이지. 당신 얼굴을 아는 사람도 아무도 없잖아."

"당신 생각이 틀렸어요. 이웃 노인이 날 여러 번 봤다고요. 당신한테 말한 적은 없지만, 그동안 시끄럽다고 나한테 몇 번 불평했었다고요. 그 사람이 날 금세 알아볼 거예요."

"그런 걱정은 안 해도 돼, 델핀. 어쨌거나, 만약 경찰에서 무언가를 알아차린다고 해도, 내 가족이나 친구들을 추궁할 거야. 일개 가정부가 그런 일을 했을 거라고 생각진 않을 테니까."

가정부, 난 결국 당신한테 그저 일개 가정부였군요, 아도르노. 그 순간 나를 스치고 지나간 씁쓸한 느낌에 스스로도 놀랐다. 하지만 그에게는 아무 대꾸도 하지 않았다. 그는 내가 돈을 더 많이, 가능한 한 많이 얻어내려 한다고 생각하는 것 같았다. 그는 게임이나 술책이라고 생각한 일에 진력난 듯 갑자기 훨씬 더 많은 금액을 제시했다. 처음 제안한 것의 거의 두 배에 이르는 액수였다. 드로비츠키 부인이 남긴 유산을 제외하고는 그렇게 큰돈을 가져본 적이 없었다.

"그게 내가 가진 전부야." 그가 말을 이었다. "한 푼도 남김없이 모두 당신에게 주는 거야. 돈은 협탁 서랍 속 또다른 봉투 안에 넣어두었어. 당신이 어쩌면 돈을 더 많이 요구할지도 모른다고 생각했거든. 그건 내 지골로한테 주기로 약속했던 돈이야. 하지만 난 비겁해, 당신이 보다시피. 고통받을까봐 두려운 마음과 그와의 약속 사이에서 그리 오래 망설이지 않으리란 걸 잘 알고 있었지."

"그러니까 그 사람이 있잖아요. 왜 그에게 부탁하지 않는 거죠?"

그는 고개를 돌렸다. 하얀색 베개 위로 그의 날카로운 옆모습과 불거진 뼈가 더욱더 두드러져 보였다. 어느새 죽음이 그의 몸 전체로 스며들어 있었다. 장갑 속으로 손이 미끄러져 들어가듯이.

"아니, 난 그가 예전 좋았던 날들을 기억해주길 바라." 그는 어느새 변해버린 목소리로 말했다. "내가 유치한 감상주의자라는 것도 잘 알아. 하지만 당신은 날 잘 알잖아, 델핀. 그가 뼈만 앙상하게 남은 몸이 아니라 반짝이는 장식들과 가짜 속눈썹을 기억해주길 바라. 의료용 압박대나 그 나머지 빌어먹을 것들은 더더욱 아니고 말이지. 어쩌면 그는 내가 약속한 돈을 주지 않아서 날 절대 용서 안 할지도 몰라. 하지만 그게 인생인 거야, 델핀, 인생이 그런 게 아니겠냐고."

그는 분명 내 얼굴에서 무언가를 읽었던 것 같다. 그것은 두려움이었다. 의문과 망설임이 사라져버린 뒤에 남은 두려움. 내가 동의했음을 알아차린 그는 마침내 잡고 있던 내 손을 놓아주었다.

"돈 때문에 그러는 게 아니라, 내가 혼자 떠나는 걸 원치 않기 때문이라는 말은 굳이 할 필요 없어." 그가 억지웃음을 지어 보이면서 결론짓듯 말했다. "그냥 그래주겠다고만 대답하면 돼, 델핀."

과연, 그 일은 간단했다. 아도르노의 말이 맞는다는 걸 난 이미 알고 있었다. 겉보기엔 엄청나게 힘들어 보이는 것이 알고 보면 가장 간단한 것이었다. 그는 내 손을 이끌면서, 다음날 혀가 바짝 마르고 고통스러운 두통을 느끼며 다시 깨어나는 일이 없도록 그를 끝까지 지켜보겠다는 다짐을 받아냈다. 그의 표현을 빌리면, 그가 제대로 길을 떠날 때까지 지켜보라는 것이었다. 또한, 이 모든 게 끝나면 그의 마지막 흔적들을 모두 쓸어 모아 멀리, 다른 동네에 있는 쓰레기통에 던져버리겠다는 약속도 했다. 두꺼운 커튼 뒤로 해가 저물기 시작했다. 어느 순간, 그가 중얼거렸다.

"무슨 얘기든 해줘, 델핀. 난 조금 두려워. 당신은 당신 얘기를 하나도 하지 않았던 것 같아. 나와 그토록 오랜 시간을 보냈는데도 난 당신에 대해 아는 게 아무것도 없잖아. 얘기해줘, 부탁이야, 아무거나 좋으니까."

그래서 난 조금 전 하고 싶었던 행동을 실행에 옮겼다. 샌들을 벗고 침대 위로 올라가 그의 곁에 누웠다.

"무슨 말을 해야 할지 모르겠어요. 무슨 말을 해야 할지 정말 모르겠어요, 아도르노."

"그럼 처음부터 시작해." 그가 속삭였다. "처음부터 시작하는 게 늘 가장 쉬운 법이거든."

난 그의 말대로 아주 어릴 적 얘기부터 시작했다. "내 이름은 델핀 M.이고, 서른다섯 살이에요. 난 유년 시절 대부분을 보호시설에서 보냈어요. 엄마가 너무 바빠서 날 돌볼 시간이 없었거든요. 그곳 직원들은 친절해서 동요를 가르쳐주기도 했고, 넘어져서 팔꿈치나 무릎에 상처가 나면 반창고도 붙여주었어요. 그들을 이모나 선생님 같은 원하는 호칭으로 얼마든지 부를 수 있었지만, 엄마라고 부르면 꾸지람을 들었죠. 엄마라고 부르게 했어도 괜찮았을 텐데. 그게 왜 문제가 되는지, 당신은 이해가 되나요? 하지만 난 불평하지 않았어요. 크리스마스 때는 선물을 받았고, 여름엔 바닷가로 바캉스를 떠나기도 했으니까요. 열여섯 살이 되어서 난 그곳을 나왔어요. 날 어릴 때부터 돌봐줬던 한 직원은 떠나는 내게, '약속해줘, 델핀, 날 보러 오겠다고'라며 부탁했어요. 난 그러겠다고 했지만 결코 그곳에 다시 돌아가지 않았죠. 난 이미, 살아간다는 것이 내겐 다른 사람들보다 훨씬 더 힘든 일이 될 거라는 걸 알고 있었거든요. 가난해지지 않기 위해 어떻게 해야 하는지를 이미 잘 알고 있었던 거예요. 그러니 뒤를 돌아볼 필요가 없었죠."

난 그때 아도르노가 의식이 없다고 생각했다. 하지만 내 몸을 찾고 있는 그의 몸이, 다른 온기를 찾는 그의 몸의 온기가 느껴졌다. 그가 잠에 취한 목소리로 나지막이 말했다.

"그래서 당신이 돌이 된 거군. 향기조차 닿을 수 없는 돌이. 사랑스러운 나의 작은 돌, 그들이 당신에게 대체 무슨 짓을 한 거지?"

그리고 그의 얼굴이 내 얼굴 가까이 다가왔다. "그들이 당신에게 대체 무슨 짓을 한 거지?" 그가 반복해서 내게 속삭이는 동안, 달콤한 그의 숨결이 느껴졌다. 무르익은 포도 향 같은 숨결이.

그는 이마를 내 이마에 바짝 붙였고, 난 가만히 있었다. 그렇게 시간이 얼마쯤 흘렀다. 그가 또다시 몸을 움직였을 때 난 깜빡 잠이 들어 있었던 것 같다. 그가 덜덜 떨리는 팔을 들어 내 팔 위에 포갰다. 그리고 들릴락 말락 한 목소리로 말했다. "왔구나. 네가 올 줄 알고 있었어." 그가 내게 말하고 있는 게 아니라는 걸 알 수 있었다. 그가 곁에 있다고 생각하는 이는 내가 아니었다. 하지만 난 그의 환상을 깨지 않았다. 그리고 그의 입술이 내 입술을 더듬을 때에도 피하지 않았다. 비록 그 의미가 다르다는 것을 알고 있었지만. 이건 내 선물이에요, 아도르노. 그 순간 난 그렇게 생각하며 드로비츠키 부인의 침대에 관한 기억을 떠올렸다. 그녀가 쓰러진 다음날, 나쁜 꿈의 기억을 떨쳐버리려고 침대 시트를 반듯하게 정돈해놓았던 일을. 아도르노의 키스는 열정적이었다. 입 속에서 그의 혀가 느껴졌다. 서로의 침이 뒤섞였고, 그가 내 입술을 부드럽게 깨물었다. 그리고 또다시 그가 내 얼굴에 자신의 얼굴을 바짝 붙이자 점점 더 불규칙적인 그의 숨결이 느껴졌다.

난 그를 보지 않았다. 그후로 다시는 그의 얼굴을 바라보지 않았다. 커튼 뒤로 점점 더 어두워지는 네모난 창문에 시선을 고정할 뿐이었다. 그리고 내 입속에 남아 사라지기는커녕 점점 더 짙어지고, 심지어 단단하게 굳어버린 것 같은 맛에 집중했다. 마치 맑고 진한 송진이 입안에 가득차 있는 것 같았다. 그 순간, 앞으로 아도르노의 입술이 아닌 또다른 맛을 느낄 수 있을까 하는 의문이 들었다.

그렇게 한참이 지난 후, 난 그가 가르쳐준 대로 두 손가락을 그의 목에 갖다댔다. 여전히 그의 얼굴이 아닌 다른 곳으로 시선을 돌린 채였다. 그런 다음 침대에서 일어났다. 그리고 협탁 위와 서랍 속에 있는 봉투 두 개를 챙겨 가방에 집어넣었다. 하지만 난 그에게 한 약속을 지키지 않았다. 그가 지골로에게 전해달라던 보라색 공책들을 챙겨가지 않았다. 쓸데없는 짓이라고 생각했기 때문이다. 아도르노의 죽음에 대해 알지 못하는 한, 존스는 자신의 몫이 될 뻔한 돈을 찾으려고 하지 않을 터였다. 지키지 못한 약속에는 지키지 못한 약속으로 대응해야 하는 법이에요, 아도르노. 그런 게 인생이니까요, 당신이 말했던 것처럼.

하지만 그렇다고 해서 그 공책들을 없애버리지도 않았다. 아파트 쓰레기통에 던져버리지도, 우리집으로 가져와서 찢어버리거나 불태워버리지도 않았다. 왜 그랬는지는 나도 모르겠다. 난 그 공책들을 광고책자와 오래된 고지서들을 넣어두는 서랍 속 깊숙이 넣어두었다. 어쩌면 공책을 발견한 누군가는 내밀한 일기 같은 것이라고 생각할 테고, 어쨌거나 지골로에게 연락할 방법은 없을 테니까. 그리고 십오 년 전 드로비츠키 부인의 집을 나설 때처럼, 마치 텅 빈 것처럼 정적이 감도는 아파트를 빠져나왔다. 잘 숨겨놓았지만 완벽하게 감춰지진 않았던 사랑의 말들을 남겨둔 채로.

16

에이전시에 도착했을 때 난 여전히 손에 아도르노의 물건들—그의 물건들 말고 달리 부를 수 있는 말이 없었다—을 모아 담은 비닐봉지를 들고 있었다. 돌아오는 동안 쓰레기통 앞을 여러 번 지나쳤지만 그의 물건들을 끝내 버리지 못했다. 매번 다음 쓰레기통에 버려야지 생각하다 끝내 처리하지 못했던 것이다. 이따 밤이 되면 다시 나가서 버려야겠다는 생각도 했지만 두려웠다. 형언할 수 없는 두려움이 한꺼번에 몰려왔다. 경찰이 강제로 문을 박차고 들어와 비닐봉지를 찾아내고, 이걸 유죄의 증거로 삼아 날 감옥에 보내버릴 것만 같았다.

마리아는 집에 돌아가고 없었다. 난 천장등과 스탠드를 모두 컨 다음 외투를 벗기도 전에 그녀에게 전화했다. 그리고 길에서 우연히 오랜 친구를 만났는데, 친구가 자기 시골집으로 초대하더라며 며칠간 휴가를 다녀오겠다고 얘기했다. 마리아는 놀란 기색이었지만 나를 독려해주었다.

"그래요, 잘 다녀와요. 여태 한 번도 어딜 간 적 없잖아요. 맑은 공기를 쐬면 정말 좋을 거예요. 다른 건 걱정 말아요, 내가 다 알아서 처리할게요."

난 전화를 끊고 사무실 뒤쪽 주거 공간으로 갔다. 침실로 들어가 침대 위에 걸터앉자 머리가 깨질듯 아파왔다. 무릎 위에 비닐봉지를 올려놓은 채 손으로 더듬자 부드러운 촉감이 느껴졌다. 천이나 솜뭉치인 듯했다. 그리고 서로 부딪치며 소리를 내는 작은 병들도 들어 있었다. 비닐을 손톱으로 살짝 찢자 옅은 향수 냄새와 함께 아도르노의 숨결에서 나던 무르익은 포도 향이 느껴졌다. 난 샌들과 옷을 벗고 이불 속으로 들어갔다. 비닐봉지는 베개 옆, 나와 가까운 곳에 놓았다. 더이상 아무런 향기가 느껴지지 않으면 손으로 눌러 다시 향기가 배어나오게 했다.

난 그렇게 사흘간을 방안에서만 지냈다. 불도 켜지 않고, 변기 물도 내리지 않고, 아무런 소리도 나지 않게 조심하며 생활했다. 머리는 여전히 아팠다. 아마도 감기가 걸린 듯했다. 이렇게 화창한 봄날에 감기라니 우스운 일이라는 생각이 들었다. 하지만 마리아에게 약을 사다달라고 하지 않았다. 그녀는 분명 날 기꺼이 돌봐줬을 것이다. 아마도 티투안이 열이 났을 때처럼 날 위해 따뜻한 우유를 가져다줄지도, 어쩌면 약해진 내 모습을 보면서 자신이 더 강하다며 우쭐해할지도 몰랐다. 내가 왜 병든 짐승처럼 혼자 있고 싶어했는지 스스로도 이유를 알 수 없었다. 난 가끔씩 뜰이 내다보이는 창문의 커튼을 살짝 젖혀 시간이 흐르며 창틀의 색이 새까만색에서 부드러운 회색으로 변해가는 것을 훔쳐보기도 했다. 사무실과 개인 공간 사이 잠가둔 문 너머로, 마리아가 전화하는 소리와 웃음소리, 혼자서 작게 흥얼거리는 노랫소리가 들려왔다. 그녀가 아침에 에이전시에 도착했다가 저녁에 떠나는 것, 낮에 외부에서 미팅을 하러 자리를 비우는 것까지 모두 알 수 있었다.

셋째 날은 일요일이었다. 난 오후 늦게 간신히 침대에서 몸을 일으켰다. 그리고 옷을 챙겨 입고는 에이전시에서 열 블록 정도 떨어진 곳에 있는 쓰레기통에 비닐봉지를 버리러 갔다. 비닐봉지에서는 더이상 아무런 향기도 배어나오지 않았고, 더이상 아무것도 느껴지지 않았다. 어쩌면 난 이것을 기다렸는지도 몰랐다. 아도르노가 풍기던 마지막 향기마저 모두 사라져버리기를.

돌아오는 길에 가로수가 늘어서 있는 보도 위에 꽃잎이 떨어져 마치 눈처럼 소복이 쌓인 광경을 보았다. 참으로 아름다운 날이었다. 이제는 태양이 눈부시게 빛나도 아무 상관없었다. 햇살 때문에 고통받을 아도르노가 더이상 이 세상에 없으니까.

아도르노

. . . .

57,850유로.

17

존스의 집으로 가기 위해 버스를 탔다. 버스에 오르자 한 노인이 일어나 자리를 양보해주었고, 난 그에게 고갯짓으로 감사 인사를 하고는 자리에 앉았다. 그리고 눈을 감았다. 그가 나와 얘기를 하고 싶어하는 것 같아서였다. 다른 때 같으면 서서 가겠지만, 아직 배에 묵직한 느낌이 들었다. 삼십 분쯤 더 가서, 이름만 들어봤던 빈민가에서 내렸다.

버스정류장 부근에는 조그만 식료품점이 있었는데, 통조림 몇 개와 세탁비누, 오렌지를 담아둔 궤짝 몇 개 말고는 거의 텅 비어 있다시피 했다. 가게 안에는 피부색이 짙은 소년이 지루해 보이는 얼굴로 계산대를 지키며 낡은 라디오를 듣고 있었다. 내가 길을 묻자 소년은 라디오에서 눈을 떼지 않고 건성으로 대답했다. 존스가 살고 있는 건물은 누런 풀들이 자라는 시커먼 도랑이 양끝에 흐르는 좁은 골목에 있었다. 중앙 현관 인터폰은 망가져서 버튼을 여러 번 눌러봐도 희미한 기계음만 흘러나왔다. 그러다 그냥 문을 밀어보니 힘없이 열렸다. 계단을 오르는 동안, 존스가 받았어야 했으나 나 때문에 받지 못한 돈이 불현듯 떠올랐다. 그는 그 자리에 있었어야 했다. 어떻게든 그 자리에 있었어야 했다. 내가 그 오랜 시간을 견뎌냈던 건, 바로 그때 그 자리에 있기 위해서였다. 삶이 선물을 준다고 생각하는가? 아니, 삶은 우리에게 아무것도 주지 않는다. 그러니 협탁 서랍 속에서 '존스'라고 쓰인 봉투를 꺼내는 내 모습을 다시 떠올려보면서도 난 아무런 죄의식을 느끼지 않았다. 그래야 한다면 난 얼마든지 또 그럴 수 있었다. 난 다만, 존스가 왜 그후에 또다른 부자 애인이나 스폰서를 만들지 않았는지가 궁금했다. 아도르노가 죽은 지 이미 일 년이 지났고, 남자가 됐든 여자가 됐든 그동안 얼마든지 다른 누군가를 유혹할 수 있었는데도. 층계참의 창문으로 수국이 가득 피어 있는 뒤뜰이 보였다. 어떤 세입자가 이 황폐한 건물에 저런 초라한 아름다움을 고집스럽게 가꾸어놓았는지 몹시 놀라웠다.

  3층에 이르러 난 존스가 미리 일러준 대로 오른쪽 문을 두드렸다. 한참 기다린 후에야 문이 열렸다. 그는 자다 일어난 얼굴이었고, 머리는 급히 매만진 듯했다. 얇은 셔츠를 입고 있었는데, 그의 지갑만큼이나 알록달록한 문양이 프린트된 옷이었다. 나뭇잎 문양인지 꽃 문양인지, 아무튼 그의 옷을 너무 뚫어지게 쳐다보진 않으려 했다. 하지만 존스의 옷에 프린트된 문양을 보면서 그가 처음으로 아도르노를 만났다는 파티를 떠올리지 않을 수 없었다. 강가에 있던 정원, 조그만 정글 같은 그곳에서 아도르노는 정신을 잃었다가 깨어나면서 처음으로 존스의 손을 잡았다.

난 존스가 몸에 걸치고 있는 건 바로 그날의 이야기가 아니었는지, 결코 떨쳐내고 싶지 않은 그 파티의 기억이 아닌지 자문해보았다. 그날을 기억하려고 하루는 이 셔츠를 입고, 또다른 날에는 바지 주머니에 낙엽을 넣어두거나, 지갑 속에 그날 동행했던 중년의 여배우 사진을 넣어두진 않았을까. 걷어올린 셔츠의 소맷자락 아래로 드러난 그의 팔은 앙상했다. 그는 피곤하고 짜증스러운 표정이었고, 내게 건네는 미소에서는 호의라곤 느껴지지 않았다. 그는 한발 뒤로 물러서면서 내게 들어오라고 손짓했다.

아파트는 비좁았고, 창문에 온통 커튼을 쳐놓아서 실내가 어슴푸레했다. 층계참에서 맡았던 습도 높은 들척지근한 냄새와 카레라이스 냄새가 풍겨왔다. 집안에 들어서자마자 보이는 첫번째 공간은 벽면을 회갈색으로 칠한 거실이었다. 가구라고는 붉은색 소파와 역시 붉은색 안락의자 두 개가 전부였다. 그러자 야롤이 만든 비디오게임 속 특사가 된 내가 입고 있다는 붉은색 원피스와 붉은색 모자가 떠올랐다.

"당신이 정말 올 줄 몰랐어요." 존스가 뒤돌아 있는 나에게 말했다. 난 어깨를 으쓱했다.

"당신이 내게 선택권을 주지 않았잖아요. 모욕적인 말에 협박까지, 나로선 어쩔 수 없는 결정이었죠."

난 호기심을 역력하게 드러내며 주변을 둘러보았다. 그러자 그 사실을 눈치채고 존스가 해명했다.

"이 아파트는 내가 나만을 위한 공간을 마련할 여력이 생기자마자 얻은 곳이에요. 열아홉 살 때였죠. 이보다 더 크고 멋진 아파트에서 살 때도 있었는데, 그동안에도 이곳 세는 계속 냈어요. 그러다가 돈이 떨어지면 여기로 다시 돌아왔죠. 창문을 열고 먼지를 털어내면 마치 이곳에 죽 살았던 것 같은 느낌이 들었어요."

그는 집 구경을 시켜주겠다고 나서지 않았다. 다른 고객들은 대부분 침실과 욕실을 구경시켜주거나, 서랍을 열어 오래된 사진들을 보여주기도 했다. 자신들의 삶의 일부라도 함께 나누며 나를 가족이나 아주 가까운 친구처럼 느끼고 싶어했는지도 모른다. 하지만 존스는 입가에 옅은 미소를 띤 채 이렇게 말할 뿐이었다. "수국이 언제나 날 기다려주었죠." 그가 바로 뒤뜰에 꽃을 피운 정원사이자 몽상가라는 사실에 나는 놀랐다.

"앉아요." 그가 말을 이었다. "소파가 편할 거예요. 안락의자는 스프링 상태가 안 좋거든요. 커피 줄까요? 아니면 물이라도?"

"커피로 할게요."

그는 부엌으로 향했다. 살짝 열린 문틈으로, 인도풍 소품 가게에서 팔 법한 플라스틱 꽃목걸이를 감아놓은 전기주전자가 보였다. 조그만 냉장고에는 스티커가 잔뜩 붙어 있었고, 초록색 포마이카 식탁에는 매직펜으로 그림이 그려져 있었다. 마치 아이들이나 아주 젊은 커플, 아무튼 존스보다는 더 행복해 보이는 사람들이 식사하는 곳 같은 분위기였다.

난 그가 권한 대로 소파에 앉았다. 낡아서 해진 벨벳 커버에서 텁텁한 먼지 냄새가 났다. 소파가 너무 낮아 무릎이 엉덩이보다 높아진 탓에 마치 허벅지 위에 공이나 모직물 같은 푹신하지만 거추장스러운 것을 잔뜩 올려둔 느낌이 들었다. 하지만 몸을 일으킬 생각은 하지 않았다. 존스가 내 몸짓이 부자연스럽다는 걸 눈치챌까봐 두려웠기 때문이다. 내가 이 배를 얼마나 어색해하는지 그가 알아차릴까봐 두려웠다. 난 커다란 배를 안고 움직이는 법을 배우지 못했다. 마치 한 발 한 발 뗄 때마다 입으로 박자를 세야 하는 서툰 무용수 같았다. 난 내 안의 아주 조그만 파트너와 호흡을 맞춰 움직일 만큼 한가하지 않았다. 존스가 냉장고 문을 열고, 전기주전자에 물을 끓이고, 인스턴트커피에 물을 붓는 소리가 들려왔다. 그리고 돌아와 내게 잔을 내밀었다. 커피 위에는 요상한 회색 거품이 떠 있었다. 혹시 진실을 말하게 만드는 약을 넣은 건 아닐까 하는 생각이 잠시 머릿속을 스쳐갔다. 그리고 다시 생각했다. 쓸데없는 공상을 멈춰야 한다고.

"한 가지 물어볼게요. 당신과 아도르노의 관계를 입증할 만한 증거 같은 게 있나요? 그가 손으로 쓴 메모나 편지, 사진 같은 거라도?"

그는 아무 말 없이 한구석에 놓여 있는 조그만 대리석 테이블로 향하더니 빈 꽃병에 기대여 있던 사진을 집어들었다. 사진은 아도르노의 것처럼 은으로 된 액자가 아닌, 반으로 접힌 투명 셀로판지에 끼워져 있었다. 셀로판지는 사진을 먼지로부터 보호하기도 하지만, 한편으론 사진을 거의 가려버리기도 한다. 사진에서조차 빈곤이 느껴지는 듯했다.

존스는 자리로 돌아와 내게 사진을 내밀었다. 고화질은 아니었다. 노출이 과하고 흐릿했지만 사진 속 두 남자를 즉시 알아볼 수 있었다. 좀더 호리호리한 남자는 존스였다. 그는 카메라를 향해 고양이 혀처럼 뾰족한 분홍색 혀를 내밀고 있는 남자의 허리에 팔을 두르고 있었다. 그 남자는 병에 살을 좀먹혀 피부가 갈색 반점으로 뒤덮이기 전의 아도르노였다. 볼이 지금보다 통통하고 입술이 좀더 두툼하고 발그레한 걸 제외하고는 별로 달라 보이지 않았다. 존스도 지금보다 좀더 젊고, 세파에 덜 찌들고, 덜 피곤해 보일 뿐 크게 다르지 않았다. 사진을 돌려주자 그는 다시 투명 셀로판지에 조심스럽게 넣어 테이블 위에 올려놓았다.

"그리고 당신이 우리 에이전시를 어떻게 찾아냈는지도 알아야겠어요." 난 질문을 계속했다. "이걸 묻는 이유는, 우린 아주 엄격하게 비밀 유지 원칙을 지키기 때문이에요."

그래요, 당신은 절대 이 공책들을 손에 넣으면 안 됐어요. 이런 것들이 있다는 사실조차 알아선 안 되는 거였어요. 난 이걸 허접한 서류들이 들어 있는 서랍 속에 잘 감춰놓았다고요. 그런데 대체 누가 이게 별 의미 없는 연습장이 아니란 걸 알았을까요? 대체 누가 이게 당신을 위한 것임을 알고 애써 당신을 찾아 전해주었던 건가요?

존스는 처음으로 내게 진짜 미소를 지었다. 마치 내 질문에서 경계심을 조금도 간파하지 못한 것처럼. 오히려 자신이 제대로 짚었다는 사실에 안도감과 희열마저 느끼는 듯했다.

"사실 그리 쉬운 일은 아니었어요. 난 아도르노가 누군가를 고용했다는 걸 알고 있었어요. 가정부 혹은 요양보호사, 그가 뭐라고 지칭했었는지는 잘 기억나지 않지만, 아무튼 그 여자의 도움을 받아 아도르노가 공책을 채워나갔다는 걸 알았죠. 그래서 어쩌면 그 여자만이 공책 내용을 다시 깔끔하게 옮기는 일을 도와줄 수 있을 거라고 생각했어요. 아도르노의 필체는 거의 읽을 수가 없으니까. 그리고 난 뭘 읽는 데 익숙하지도 않고요." 그는 마지막 말을 하면서 처음으로 동요하는 기색을 보였다. 난 드로비츠키 부인과의 힘들었던 초기의 날들을 떠올렸다. 저녁에 수업을 받던 기억이 아득하게 느껴졌다. "난 일 년 동안 이런 서비스를 하는 에이전시를 찾아다녔어요. 전화번호부를 펼쳐놓고는 이름을 하나씩 지워나갔죠. 만날 약속을 하고는 찾아가 당신에게 한 것처럼 똑같이 말하면서 상대를 관찰했어요. 난 사람을 잘 꿰뚫어봐요. 에이전시 수십 군데를 찾아다녔지만 모두 아니었죠. 그래서 아도르노가 상상으로 당신을 만들어낸 게 아닌가 하는 생각이 들기 시작했죠."

그의 말에 난 꽤 놀랐다. 나 역시 아도르노가 죽음을 앞두고 두려워서 위안을 삼으려고 상상으로 젊은 연인을 만들어낸 거라고 믿었기 때문이다. 우리가 저마다 아도르노가 만들어낸 인물이 아닐까 의심했다는 게 참으로 묘했다. 하지만 어쩌면 정말 그런 건지도 몰랐다. 우린 어쩌면 세상에 꿈만 남겨두고 떠난 이의 상상 속에만 존재하는 건 아닐까.

"대기실에서 처음 보자마자 당신이 바로 내가 찾던 사람이란 걸 알았어요. 당신은 아도르노가 말하던 그 여자와 분위기가 똑같았으니까. 물론 내가 미처 예상치 못한 부분도 있었지만요. 당신이 곧 출산할 예정이고, 이렇게 미모의 여성일 거라고는 생각 못했어요."

그가 미소를 지으며 날 바라보았다. 그의 말이 내가 지금까지 존재조차 몰랐던 내 안의 어느 한 지점, 내 안의 아주 여린 지점을 건드린 느낌이었다. 그리고 그토록 뻔한 사탕발림에 민감하게 반응한 나 자신이 이내 한심스러웠다.

"대답해줘서 고마워요, 존스 씨. 이제 원하는 걸 말씀해보세요." 난 차갑게 대꾸했다.

그는 의자 등받이에 털썩 기대더니 양팔을 목 뒤로 올려 깍지를 꼈고, 나는 팔꿈치 부분이 구부러져 삼각형을 그리는 그의 까무잡잡한 팔에서 눈을 뗄 수가 없었다.

"그 얘기는 이미 한 것 같은데요." 그는 다정하게까지 들리는 차분한 어조로 말했다. 마치 고집스러운 어린아이를 어르는 것 같았다. "난 당신이 이 공책을 한 권의 책으로 만들어줬으면 해요. 무엇보다도, 빠진 부분들을 채워넣어줘요. 그리고 아도르노가 너무 아파서 글을 아예 쓸 수 없었을 때, 말년에 어떻게 지냈는지도 덧붙여주면 좋겠고요. 난 그가 무슨 말을 했고, 뭘 했고, 뭘 먹었는지 전부 알고 싶어요. 잠은 잘 잤는지, 많이 고통스러워하진 않았는지. 그리고 당신한테 내 얘길 했는지도."

"미리 확실히 말씀드리는 게 좋을 것 같은데, 난 아도르노
의 임종 때까지 일하진 않았어요." 난 거짓말을 했다. "3월
이 되자 그는 더이상 내 도움은 필요 없다고 했어요. 대신 간
호사를 고용할 거라면서요. 그래서 그후의 일에 대해서는 아
는 게 없어요."

"정말 몰라요?"

"네. 다만 그가 3월에서 여름 사이에 세상을 떠났다는 것
만 알아요. 마지막으로 소식을 받은 건 7월이었어요. 부고
편지였어요."

"그는 심장마비로 사망했어요. 5월 15일, 목요일이었죠."

"유감이에요." 난 이런 상황에 으레 그랬왔듯 나직하고 명
료한 어조로 말했다. 존스는 어슴푸레한 빛 속에서 날 관찰
하고 있었다. 난 그의 눈을 똑바로 쳐다보면서 찻잔을 들어
입으로 가져갔다. 회색빛 거품에서 달짝지근한 인공 크림 맛
이 났다.

"당신은 아도르노 옆에서 일 년 동안이나 일했어요. 그는
분명 당신한테 많은 이야기를 했을 거예요. 난 부자들을 많
이 만나봤죠. 그런데 그들이 말하기를, 그들에 대해 가장 잘
아는 사람은 바로 가정부라고 하더군요."

난 시선을 떨구었다. 가정부, 오래전 아도르노의 입에서

나온 말이었다. 그리고 그는, 경찰은 일개 가정부가 그런 일을 했을 거라고 생각하지는 않을 거라고도 했었다. 난 그 말에 상처를 받았었다. 대걸레가 책보다 불쾌한 것이라고는 생각한 적 없었는데도. 결국 난 그에게 이렇게 쏘아붙이고 말았다.

"난 진짜 가정부는 아니었어요."

하지만 존스는 아무 대꾸 없이 미소만 지을 뿐이었다. 아마도 이렇게 말하고 싶었을지도 모르겠다. 난 지골로고, 당신은 가정부야. 아니면 또다른 무엇일 수도 있겠지. 당신과 나는 사람들이 바라는 존재가 되어주면 그뿐이야. 그러니 뭐라고 불리든 상관없잖아.

"마지막으로 한 번 더 말씀드리죠, 존스 씨. 난 당신 친구분이 잘 기억나지 않아요. 없는 기억을 지어내달라고 하니 소용없는 일이에요. 어차피 아무 의미도 없을 테니까요. 거듭 말하지만, 난 정말 아무것도 기억나지 않아요."

존스는 내가 아도르노의 일거수일투족을 기억하고 있다고 철석같이 믿었다. 내가 그렇게 단정적으로 말했는데도 어떻게 그렇게 확신할 수 있었는지 모르겠다. 아무리 강하게 부정해봤자, 그도 나처럼 다른 이들의 생각을 꿰뚫어보는 능력이 뛰어나다고밖에 달리 생각할 수 없었다. 다른 사람이었다면 아마도 아도르노가 남긴 보라색 공책들이 헛된 약속이자 몽상에 지나지 않는다고 생각하고 체념해버렸을 것이다. 하지만 그는 조금도 머뭇거리지 않았고, 혼란스러운 기미조차 보이지 않았다. 오히려 협박이라도 하듯 손가락을 흔들어 보이면서 날 몰아세웠다.

"이런, 델핀, 델핀, 왜 내게 거짓말하죠? 난 당신이 그 대단한 머리로 녹음기처럼 세세하게 기억하고 있다는 거 알아요. 그저 버튼을 누르기만 하면 모든 게 하루, 한 시간, 일 분 단위로 술술 쏟아져나올 거라고요."

"왜 내 도움이 필요하죠?" 나는 그에게 거칠게 쏘아붙였다. "왜 이 공책이 당신한테 그토록 중요하냐고요. 당신 역시 그 많은 날, 그 많은 시간을 다 기억하고 있을 텐데요. 당신이야말로 녹음기처럼 세세하게 기억하고 있잖아요. 당신은 내 도움이 필요 없어요. 아니면 아도르노가 당신을 그만큼 사랑하지는 않았나보죠. 당신의 주장과는 다르게 어쩌면 당신은 그와 많은 것들을 함께하지 않았는지도 모르고, 당신은 그의 인생에 그저 사소한 일부였는지도 모르죠. 당신은 그의 유일한 남자가 아니었을 거예요. 그가 마음에 둔 유일한 남자가 아니었을 거라고요. 아도르노가 말년에 어떻게 지냈는지 더 알고 싶다면 어쩌면 그 또다른 남자를 찾아야 할 거예요."

그에게 왜 그런 말을 했는지 모르겠다. 속으로는 이런 생각을 했으면서. '당신은 왜 전혀 다른 걸 찾고 있다고 솔직히 말하지 않는 거죠? 당신이 거기 없었던 어느 날, 어느 특정한 순간의 흔적을 찾고 있다고요. 누군가 혈관에 주삿바늘을 꽂은 다음, 협탁에서 봉투를 챙기고, 아무도 찾아내지 못하길 바라면서 보라색 공책들을 서랍 속 깊숙이 감춰놓던 바로 그 순간의 흔적을 찾고 있다고 왜 말하지 않냐고요?'

그 순간 존스의 얼굴에 격한 분노—당시 그의 감정을 표현할 다른 말이 떠오르지 않는다—가 서리는 걸 보면서 난 두려워졌다. 동시에 그를 처음 만났을 때 같은 혼란과 동요도 느꼈다. 그는 자리에서 일어나 낮은 탁자 주변을 한 바퀴 돌더니 내 옆으로 와서 앉았다. 그리고 한참 동안 꼼짝도 하지 않았다. 너무 가까워서 그의 얽은 오른쪽 뺨의 요철과 홍채 위 갈색 반점들까지 세세하게 보일 정도였다. 반점 하나는 동공을 뒤덮을 만큼 컸다. 그가 한숨을 내쉬자 그의 입김에서 커피 향이 났다.

"당신은 아도르노와 나 사이에 있었던 일에 대해 아무것도 몰라요." 마침내 그가 나직하게 내뱉었다. "그러니까 우릴 판단할 자격이 없어요. 내 말 알겠어요?"

그 순간 내가 아무런 대꾸도 못하고 그저 고개를 끄덕이기만 했던 걸 보면 다른 감정보다 두려움이 앞섰던 것 같다. 그는 손을 뻗어 엄지와 검지로 내 턱을 살짝 잡았다. 거칠지는 않았지만 다정한 손길도 아니었다.

"이제 더이상 할 얘기가 없네요, 델핀. 어제 내가 한 말 잊지 말아요. 당신에겐 선택권이 없어요. 당신의 그 수상쩍은 에이전시가 세상에 드러나서 좋을 게 없을 거예요. 당신은 결국 창녀나 포주 이상의 그 무엇도 아니니까. 어떤 면으로 보든 간에."

피가 거꾸로 솟는 것 같았다. 지금까지 그 누구도 내게 이런 협박을 한 적이 없었다. 지금껏 그 누구도 '당신을 위해'를 이토록 추악하게 묘사한 적이 없었다. 지독하게 비난을 퍼붓던 고객도 언제나 최소한의 존중을 잃지 않았다.

"나도 당신이 무슨 일을 하는지 잘 알고 있어요." 난 힘겹게 그에게 대꾸했다. "아도르노가 나한테 다 얘기해줬거든요. 난 당신 이름도, 당신이 어디 사는지도 알아요. 그러니까 경찰에 신고할 수 있다고요. 나도 당신만큼은 법에 대해 아니까요."

"그럼 어디 한번 경찰을 불러보든가요. 그런데 경찰한테 뭐라고 하려고요?" 그는 부드러운 듯하면서도 독기가 서린 미소를 띠고 반박했다. "그래요, 난 부자들이 대주는 돈으로 먹고살아요. 하지만 난 그들에게 계약서를 써달라고 하지도 않고, 당신처럼 장부를 쓰지도 않아요. 여기서 경찰의 흥미를 끌 만한 건 아무것도 찾아내지 못할 거라고요. 하지만 당신은 경우가 다르겠죠. 당신의 그 대단한 사무실엔 세심하게 정리된 서류들이 잔뜩 쌓여 있을 테니까. 당신이 그런 여자란 건 얼굴만 봐도 알 수 있어요. 내 말이 틀렸나요?"

난 그에게 아무 대답도 하지 않았다. 내 자부심의 근원인 계약서들과, 계약서마다 스테이플러로 철해놓은 고객들의 폴라로이드 사진이 떠올랐다. 공증인이 보관중인 복사본들도 있었다. 존스는 또 한번 내 쪽으로 몸을 기울였다. 그 순간 난 어처구니없게도 그가 전날 에이전시를 떠날 때처럼 내게 또 입을 맞추나 했다. 하지만 그는 그저 내 가방을 열어 그 안에 아도르노의 공책을 집어넣을 뿐이었다. 그리고 가방 끈을 내 어깨에 걸쳐주면서 말했다.

"자, 이제 얘긴 끝났어요, 델핀. 당신은 아무 말 말고 내 요구를 들어주기만 하면 돼요. 지금부터 일주일이나 열흘 후면, 우린 이 모든 걸 더이상 기억도 못하게 될 테니까. 우리가 만났다는 사실까지도요."

난 힘겹게 소파에서 몸을 일으켰다. 어색한 거동과 이질적인 느낌의 배를 더는 감추지 못했다. 난 떨리는 손으로 외투 단추를 채우면서 말했다.

"내가 어떤 사람인지 안다고 생각하죠? 하지만 당신 생각은 틀렸어요. 협박 같은 건 두렵지 않아요."

난 숨이 막힐 것 같았다. 하지만 그게 분노 때문인지 수치

심 때문인지 잘 구분이 되지 않았다. 존스는 냉혹한 미소를 띠고 날 똑바로 쳐다보며 대꾸했다.

"당신이 어떤 사람인지 안다? 특별히 알아야 할 점도 없는 것 같은데. 뭐, 꼭 듣고 싶다면 얘기해주죠. 난 당신한테 전혀 관심이 없어요."

난 어깨를 으쓱했다. 내 안의 어떤 힘이, 직업인으로서의 어떤 반사 반응이 날 붙든 것인지, 그 순간 난 그의 위선적인 얼굴을 후려치고, 그 위에 침을 뱉고, 욕설을 퍼붓고 싶은 마음을 꾹 참았다. 그대신 그에게 고개 숙여 인사한 다음 문으로 향했다. 그리고 뒤뜰에 핀 수국에는 눈길 한번 주지 않은 채 계단을 내려왔다. 1층에 도착하고야 존스에게 면담료 50유로를 청구하지 않았다는 사실이 떠올랐다. 조금 난감했지만, 오히려 그 사실이 날 진정시켜주었다. 마치 가장 중요한 걸 되찾은 느낌이었다. 난 수첩을 꺼내 다음번 면담 때 이번 것까지 합산해서 청구해야 한다고 적어넣었다. 그리고 어느 가게 앞에서 버스를 기다리는 대신 걷기로 마음먹었다. 걸어가면서 탈출구를 모색하고, 문제를 피할 수 있는 방법을 찾아보려 했지만 아무 생각도 떠오르지 않았다. '당신이 아도르노의 마지막 순간에 대해 알고 싶어하는 것처럼 다른 사람들 앞에서는 연극을 할 수 있을지 몰라도, 나한테는 안 통해. 그의 공책? 그가 남긴 기록? 당신은 결국 그가 당신에게 주기로 했던 돈을 찾고 있는 거잖아. 당신은 내 다른 고객들과 전혀 달라, 존스. 머리카락 같은 걸 간직하지도 않고, 편지나 작별인사를 거짓으로라도 꾸며달라고 하지도 않아. 당신은 이미 끝난 것, 땅에 묻힌 것에는 관심이 없지. 아도르노가 생전에 내게 단언할 때마다 항상 부인했던 그 말을 내 입으로 하게 되다니 기가 차네. 당신은 나랑 똑같아, 존스. 당신은 날 닮았다고. 당신은 돈을 사랑하고, 당신 자신만을 사랑해.'

내가 걸으면서 큰 소리로 말하고 있다는 자각이 들었다. "절대 당신이 당신 몫으로 남겨지리라 기대했던 돈을 돌려주지 않을 거야. 내가 이십 년 동안 쌓아온 것을 당신이 망가뜨리도록 내버려두지 않을 거라고." 그러다 내가 지금 돈 생각을 하는 것이 나에게 두려움과 기쁨을 동시에 느끼게 하면서 무심한 내 세계에 금을 낸 존스라는 남자에 대한 생각을 떨쳐버리기 위해서라는 것을 깨달았다. 난 심호흡을 한 다음 걸음을 늦추었다. 보도에서 놀던 아이들이 눈을 크게 뜨고 날 바라보고 있었다. 이 모든 것이 결국 안 좋게 끝나고 말 거란 생각이 들었다. 공원에서 존스를 처음 보았을 때 그의 주위에서 본 것 같은 나비나 금파리 같은 곤충들이 떠올랐다.

나 자신을 보호하기 위해 쏟았던 노력들이 얼마나 하찮은

것이었는가. 오늘 사랑과 죽음이 마치 오랜 친구처럼 손에
손을 잡고 나란히 내 삶 속으로 걸어 들어왔으니.

18

그렇게 얼마나 오랫동안 걸었는지 모른다. 눈물이 그치자 눈이 화끈거렸다. 주변을 둘러보며 버스정류장을 찾았지만 보이지 않았다. 정류장의 아크릴유리 가림막이든 때문은 오렌지색 벤치든 내 눈앞에 나타나주기를 바랐다. 만약 어떤 노인이 자리를 양보해주면 기꺼이 그 자리에 앉을 것이고, 나와 얘기를 하고 싶어한다면 그의 얘기를 들어줄 용의도 있었다. 너무나 피곤해서 수아뉴 부인이 사준 굽 없는 납작한 신발을 신고도 비틀거렸고, 동네가 점점 더 낯설게 느껴지고 건물들은 더욱더 황폐해 보였다. 건물들 사이에는 잡초와 꽃 덤불들이 무성한 화단이 있었다. 깨진 유리병 조각과 비닐봉지가 나뒹굴고, 오줌 냄새가 났지만 그 화단을 보자 존스와 아도르노가 처음 만났다는 정원이 떠올랐다. 그곳도 이곳과 마찬가지로 꽃과 풀들이 뒤엉킨 퇴폐적인 분위기가 느껴지는 곳이 아니었을까. 그러다 벽에 기댄 채 서로 찰싹 엉겨 있는 두 형체를 발견했다. 남자와 여자인지, 아니면 두 남자인지 잘 구분되지 않았다. 다만 맨살을 드러낸 두 사람의 아랫도리를 보고는 얼른 시선을 돌렸다.

스쿠터 한 대가 한참 전부터 아주 느린 속도로 날 따라오고 있는 듯했다. 부르릉거리는 모터 소리가 아주 작아서 주변의 차와 사람 소리에 묻혀 잘 들리지 않았다. 차라리 크게 주의를 끌지 않는 배경음악, 날 불안하게 만들기보다는 다독여주는 노랫소리 같았다. 어쩌면 스쿠터 소리 따위에 신경쓰기에 난 너무나 혼란스러웠던 것 같다. 존스의 아파트에서 나와 죽 따라 걷던 길이 한순간 달라 보였다. 아스팔트는 금이 가고 갈라져 있었고, 오래전부터 인적이 끊긴 길 같았다. 내가 보도 끝에서 머뭇거리고 있을 때 그 스쿠터가 내 앞을 가로막으며 멈춰 섰다.

낡은 빨간색 스쿠터였고, 운전자는 얼굴을 다 가리지 않는 검은색 헬멧을 쓰고 있었다. 가느다란 가죽끈을 턱밑에 고정하는 군인용 철모를 연상시키는 헬멧이었다. 하지만 역광 탓에 얼굴은 잘 보이지 않았다. 게다가 비행기 조종사가 쓰는 고글 같은 것을 쓰고 있어서 눈도 보이지 않았다.

"길을 잃었네요." 남자가 말했다.

질문이 아니라 단언이었다. 그는 스쿠터를 타고 내게 더 가까이 다가왔고, 난 가방을 꼭 움켜쥐었다. 지금까지 위험한 상황에서 수없이 벗어났지만, 그때는 지금처럼 배가 부르지도 거동이 불편하지도 않았고, 울어서 벌게진 눈도, 뺨에 마스카라가 흘러내린 자국도 없었다. 지금 난 누가 봐도 지극히 취약해 보이는 상태였다.

"아뇨, 길 잃은 거 아닌데요." 난 태연한 목소리로 대답했다. "그저 다음 버스정류장을 찾고 있어요."

"지금 헛수고를 하고 있다고요. 그러다간 몇 시간이고 걸어야 할 거예요. 버스 종점은 뒤돌아서 이십 분을 걸어가야 나와요. 지금 길을 잃은 거예요, 델핀."

그가 내 이름을 말하자 난 당연히 깜짝 놀랐고, 조종사 고글 안쪽의 눈을 살폈다. 하지만 빛 때문에 여전히 눈이 부셔서 난 그를 더 자세히 보려고 보도 아래쪽으로 내려섰다. 분명히 어디서 들어본 것 같은데 누구 목소리인지 잘 기억나지 않았다. 그러다 갑자기 혹시 존스가 아닐까 하는 생각이 들었다. 어쩌면 내가 제대로 길을 찾아가고 있는지 걱정이 되었던 건 아닐까. 나를 따라 내려와서는 괜찮은지 보고, 나에게 사과하고 날 달래주려고 한 것은 아닐까. 왠지 모르겠지만 그런 생각을 하자 순간 기쁨에 벅차올랐다. 우린 몹시 안

좋게 헤어졌고, 난 조금 전까지만 해도 그를 증오했다. 하지만 바로 그 순간, 난 웃음을 터뜨리면서 두 손으로 그의 얼굴을 감싸쥐고, 맞아요, 길을 잃어버렸어요. 그래도 다행히 당신이 와줬네요, 라고 말하고 싶었다. 그러자 얼마 전 사무실에서 쓰러질 뻔했던 기억이 떠올랐다. 당시 마리아 외에 나를 걱정해주는 사람은 아무도 없었다. 난 늘 일방적으로 다른 사람의 안녕을 염려하지만, 아무도 내게 감사해하지는 않았다. 그들은 내게 돈을 지불하고 나를 고용한 거니까. 나는 선하고 마음 넓은 사람이라는 말로 스스로를 위안하는 일조차 내겐 허락되지 않았다. 그사이 해가 오른쪽으로 기울면서 건물 지붕 뒤로 숨어버렸다. 난 이미 미소 짓고 있었다. 더이상 피로도 느껴지지 않았다. 내가 왜 방울소리처럼 경쾌한 웃음을 터뜨리고 싶었는지 그 이유가 궁금하지도 않았다. 하지만 난 그 순간 밤색 머리와 창백한 녹색 눈, 그리고 언제나처럼 다소 어색한 미소를 알아보았다. 야롤이었다.

그 즉시 내 입가에서 미소가 사라지고, 방울소리 같은 웃음이 가슴속으로 잦아드는 느낌이었다. 난 번진 마스카라 자국을 지우려고 얼른 눈가를 손으로 문질렀다. 금속 헬멧을 쓴 야롤은 마치 승리에 도취된 군인 같은 표정을 짓고 있었다. 마치 자신의 임무를 완수한 듯 의기양양한 분위기였다. 하지만 내 얼굴에서 미소가 가시는 걸 보더니 그도 이내 미소를 거두었다.

"다른 사람을 기다리고 있었나봐요." 그가 말했고, 난 고 개를 저었다.

"전혀 아니야." 난 거짓말을 했다. "여기서 보게 돼서 좀 놀랐을 뿐이야. 너한테 스쿠터가 있는지 몰랐네."

야롤은 시선을 내리깔고서 한 손가락으로 핸들을 훑어내 렸다.

"어제 엄마가 사주셨어요. 내가 좀더 자주 나갈 수 있게 요. 원래 새 스쿠터랑 얼굴까지 다 가려지는 현대식 헬멧을 사주고 싶어하셨는데, 내가 싫다고 했어요. 난 이미 전쟁을 겪어본 것들을 가지고 싶었거든요. 무슨 말인지 이해하겠어 요?"

난 고개를 끄덕였다. 스쿠터와 전쟁 같은 것엔 관심조차 없었지만. 나는 속으로 생각했다. '네가 전쟁에 대해 뭘 안다 고 그래. 이제 겨우 어린애 티를 벗었으면서.' 난 내가 열여 섯 살에 일을 시작했다는 사실을 이따금 잊어버리곤 했다. 그리고 그건 사실 전쟁이었다. 그 시절 내가 겪었던 일들에 전쟁 말고 달리 뭐라 이름 붙일 수 있겠는가.

"그런데 이 동네에서 뭘 하고 있어?" 난 주위를 둘러보면 서 물었다. 도로가 움푹 파여 있어서 스쿠터는 더 나아갈 수 없었고, 폐건물들 사이 잡초가 무성한 통로에는 주사기와 쓰고 버린 콘돔들이 굴러다니고 있었다. "이 동네에 아는 사람이라도 살아?"

그는 헬멧의 끈을 풀면서 날 빤히 바라보았다. 마치 햇볕 아래에서 잠이라도 들었던 듯 머리카락이 땀에 젖어 이마에 달라붙어 있었다.

"아뇨." 때로는 감동적이지만 때로는 짜증을 유발하는 특유의 솔직함을 드러내며 그가 대답했다. 야롤은 가끔 거짓말도 필요하다는 것을, 세상은 거짓 위에 만들어졌다는 사실을 아직 이해하지 못했다. 지나친 솔직함은 짚으로 지은 집에 불을 지르는 격이 될 수도 있다는 사실을. "아는 사람 안 살아요. 아까 에이전시에서부터 버스정류장까지 당신을 따라간 다음, 버스 뒤를 쫓아 달려왔어요. 그리고 아파트 아래서 기다렸고요. 건물에서 나올 때 날 못 봤나봐요. 울고 있었으니까."

"안 울었어." 난 퉁명스럽게 쏘아붙였다. "그리고 앞으론 내 뒤를 몰래 쫓아다니는 일은 없었으면 좋겠어, 야롤. 난 고객을 만나러 온 거야. 다른 사람이 뭘 하든 네가 상관할 바가 아니야."

"하지만 당신 일은 나한테 상관있어요." 그는 진중하게 대꾸했다. "내가 여기 온 건 당신 때문이라고요. 난 당신한테 문제가 생겼다는 걸 알았어요, 델핀. 당신이 길을 잃었다는 걸 알았다고요. 그래요, 당신은 지금 길을 잃었어요."

난 아무 말 없이 그를 응시했다. 야롤은 이마에 붙은 젖은 머리카락을 쓸어넘기고 다시 헬멧을 쓰더니 여전히 진중한 목소리로 말을 이었다.

"'유얼스' 속 당신 분신을 기억해요? 오늘 아침에, 빨간 원피스와 빨간 모자를 쓴 당신 분신이 위태로워 보였어요. 굉장히요. 마치 가느다란 줄에 매달려 있는 것처럼요. 그래서 당신에게 내 도움이 필요할 거라고 생각했어요."

난 어깨를 으쓱해 보이고는 뒤로 돌아 버스정류장을 향해 다시 걷기 시작했다. 하지만 다리는 묵직했고, 온몸의 기운이 다 빠져나간 느낌이었다. 야롤은 시동을 걸지 않은 채 스쿠터를 끌면서 내 뒤를 쫓아왔다.

"네가 만든 그 작은 세계에 대해 내가 어떻게 생각하는지 잘 알 거야, 야롤." 난 뒤를 돌아보지 않고 그에게 말했다. "전에 말했듯이, 난 그 세계의 일원이 되고 싶은 마음이 없어. 그리고 널 보살펴달라고 네 어머니가 나한테 돈을 지불하는 거야, 그 반대가 아니라."

"강물은 양방향으로 흐르잖아요." 그는 수수께끼 같은 말을 했다. 하지만 난 그에게 이렇게 반박할 용기가 없었다. '또 무슨 뚱딴지같은 말이니. 아마도 네 사이트에서 나온 말 같은데, 제발 난 좀 거기서 빼줘, 야롤.'

아직 이른 시간이었지만 벌써 어스름하게 날이 저물기 시작했다. 밤공기가 차가워 몸이 떨렸다. 야롤이 스쿠터의 시동을 걸자 부르릉거리는 모터 소리가 또 한번 거리의 정적 속에 울려퍼졌다.

"집까지 데려다줄 수 있어요." 그가 작게 말하면서 뒤쪽 안장을 손으로 살짝 두드렸다.

난 회의적인 눈빛으로 스쿠터 뒷자리를 쳐다보았다. 야롤은 내가 이 커다란 배를 안고 저기 앉을 수 있다고 생각하는 걸까. 붉은색 스쿠터에 매달린 그와 내 모습을 상상하자, 무당벌레 같은 아주 연약하고 보잘것없는 벌레가 떠올랐다.

"나 운전할 줄 알아요." 그가 미소를 지으며 말했다. "그리고 이거 써요."

그가 헬멧을 벗어 내게 건넸다. 하지만 난 받지 않았다.

"아니, 난 버스를 기다릴 거야." 난 여전히 냉담하게 말했다. "이건 좋은 생각이 아닌 것 같아, 야롤. 네가 누굴 태우고 다닌다는 게 불안하기도 하지만, 네 어머니가 이 사실을 알면 절대 좋아하지 않으실 거야."

하지만 난 또다시 뒷자리를 쳐다보았다. 냉기는 점점 더 강하게 느껴졌고, 하늘에서 내려오는 게 아니라 땅에서 올라오는 것 같았다. 마치 발밑에 지하동굴이나 통로가 존재하는 듯했다. 아스팔트 도로 아래 어딘가 폐건물들 사이에 난 통로, 하지만 잡초나 덤불은 찾아볼 수 없는 텅 빈 공간이 있을 것만 같았다. 난 마취에서 깨기라도 한 것처럼 불현듯 겁이 났다. 존스가 밖으로 나와 날 발견할 것만 같았다. 빨리 이곳을 떠나야겠다는 생각이 들었다.

"나 때문에 균형을 잃을지도 몰라, 야롤." 난 마지못해 대답했다. "둘 다 넘어질 거라고."

"아니, 아니에요. 나 운전할 줄 알아요. 타도 돼요."

야롤은 두 허벅지 사이에 스쿠터를 끼운 채 날 향해 몸을 기울였고, 마치 겁에 질린 개를 진정시키려는 것처럼 부드러운 몸짓으로 내게 한쪽 팔을 내밀었다. 그리고 헬멧을 벗어 내 머리 위에 씌우고 잘 조정한 다음 내 턱밑에 끈을 두르고 버클을 채웠다. 헬멧은 따뜻하고 약간 축축했다. 문득 나는 이게 아스팔트에 부딪혔을 때 머리가 깨지지 않게 해주는 일반적인 보호구가 아니라 공상과학영화에 나오는 장치이고, 이 장치를 통해 내가 그의 생각을 읽거나, 반대로 그가 내 생각을 읽을 수도 있지 않을까 하는 엉뚱한 생각을 했다.

"타요." 야롤이 말했다.

난 안장 위에 양손을 짚고는 서툰 몸짓으로 한쪽 다리를 들었다. 하지만 안장이 너무 높아 발을 다시 땅에 내려놓아야 했다. 그러자 내 동작을 지켜보던 야롤이 물었다.

"스쿠터를 한 번도 안 타봤어요, 델핀?"

"응." 난 여전히 냉담하게 대꾸했다. "내가 네 나이였을 땐 일을 해야 했거든. 스쿠터 같은 건 탈 시간도, 살 돈도 없었어. 나한테 이런 걸 사줄 사람도 없었고."

그는 아무 대꾸도 하지 않았다. 자신의 상황 때문에 학교에 다니지도 못하고 일자리를 구하지도 못하지만, 그는 그것이 자기 잘못은 아니라고 변명하지 않았다. 난 내가 내뱉은 말 때문에 마음이 편치 않았다. 그러다 이런 생각이 들었다. 어쩌면 야롤은 내 말에 전혀 개의치 않을지도 몰라. 현실의 삶을 살아가는 다른 많은 사람들보다 자신만의 세계에서 살며 더 행복할지도 몰라. 그는 여전히 아무 말 없이 내 쪽으로 팔을 뻗은 채 기다렸고, 난 그의 팔을 붙잡고 간신히 안장 위에 올라탔다. 야롤은 뒤를 돌아보지 않고 내 두 팔을 잡아 자신의 허리에 둘렀다. 하지만 난 거칠거칠한 그의 점퍼 자락을 붙잡는 쪽을 택했다. 이윽고 야롤은 시동을 걸어 출발했다. 왔던 길을 거슬러올라가는 동안 마치 날아갈 듯 모든 게 가볍게 느껴졌고, 팔에 와닿는 공기가 다시금 따사로웠다. 속도가 붙자 건물들 사이의 통로가 띠 모양 화단처럼 보였다. 그곳에선 불건전한 일이나 비극적인 일이 전혀 일어날 것 같지 않았다. 꼭 쥐고 있던 주먹을 나도 모르게 서서히 펴면서 두 팔로 야롤의 허리를 감싸안았다. 그리고 그에게서 나는 세제 냄새와 가벼운 땀냄새를 들이마셨다. 그동안 알고 싶었던 게 바로 이런 감각들이었다. 꼭 야롤이라서가 아니라, 그저 이런 밀접함이 만들어내는 감각이 궁금했다. 이런 감각을 느껴보지도 못한 채 얼마나 오랫동안 지내왔던가? 일할 때 이런 식으로 고객과 접촉하는 법은 없었다. 고객과 나 사이에는 언제나 유리벽 같은 게 존재했다. 스쿠터가 길모퉁이를 돌아서자 우리 동네 큰길이 보였다. 신호등 두 개를 지난 다음 야롤은 에이전시 문 앞에 부드럽게 멈춰 섰다. 그리고 한쪽 발을 내려 버티고 선 채 내가 내릴 수 있도록 손을 내밀었다.

"디넬프? 당신은 이제 곤경에서 벗어났어요."

그의 얼굴이 환하게 빛나고 있었다. 하지만 난 그의 게임 속으로 들어갈 수 없었다. 마치 나무 창틀이 불거졌거나 경첩이 녹슨 창문을 닫을 때처럼 힘겹게 그와 나 사이에 또다시 유리벽을 쳤다. 난 가방을 열어 안에 손을 집어넣은 채 물었다.

"날 얼마나 기다렸어, 야롤?"

그는 내 말뜻을 바로 이해하지 못했다. 그리고 계속 미소를 지으며 대답했다.

"잘 모르겠어요. 한 시간, 어쩌면 두 시간 정도."

"그리고 돌아오는 데 삼십 분 정도 걸렸다 치고, 합쳐서 세 시간으로 계산하면 80유로가 되겠네."

난 지갑을 꺼내 그에게 지폐 넉 장을 내밀었다. 하지만 야
롤은 받지 않았다. 그리고 내가 장난을 친다고 생각하는 듯
내 얼굴과 돈을 번갈아 보았다. 그러더니 모호한 어조로 물
었다.

"돈은 됐어요. 왜 돈을 주는 거예요?"

"네가 보수를 받을 만한 일을 했으니까, 야롤. 자 어서 받아.
내가 주는 용돈이라고 생각해. 스쿠터 주유비로 써도 되고."

난 별일 아닌 것처럼 비치도록 미소를 지어 보였다. 야롤
도 대수롭지 않게 대응해주길 바랐다. 하지만 그는 입술을
떨면서 고개를 가로저었다. 내가 그를 자신만의 상상 속 은
신처에서 급작스럽게 내몰았음을 깨달았다.

"돈은 됐어요. 난 당신을 도와주려던 것뿐이에요."

"하지만 넌 나를 도와준 게 아니야, 야롤. 바로 그게 내가
너한테 하려던 말이야."

그는 또다시 침묵했다. 그리고 손을 뻗어 스쿠터의 시동
을 걸었다. 그사이 난 그의 점퍼 주머니에 지폐를 밀어넣었
다. 주머니에서 다시 돈을 꺼내려는 그에게 난 재빨리 덧붙
였다.

"그 돈을 안 받으면, 너희 어머니한테 네가 스쿠터 타고
날 쫓아왔다고 이를 거야."

그러자 그는 돈을 꺼내려다 말고 다른 손에 들고 있던 헬

멧을 쓰고 턱끈을 채우지도 않은 채 스쿠터를 출발시켰다. 그 순간, 바로 앞을 지나가던 소형트럭과 부딪히지 않도록 급브레이크를 밟아야 했다. 난 터져나오려는 비명을 간신히 억눌렀다. 내 머릿속에 야롤이 바닥으로 내동댕이쳐지면서 헬멧이 벗겨진 채 머리를 땅에 찧고, 조개처럼 벌어진 머리통에서 붉은색 액체가 흘러나오는 광경이 그려졌다. 하지만 난 비명을 지르는 대신 다만 이렇게 웅얼거렸다. "언젠가는 너도 이해할 수 있을 거야, 야롤. 누구에게도 절대 빚을 져서는 안 된다는 걸. 상대에게 아무것도 요구하지 않으면서 호의를 받아달라고 강요하는 건 결코 진정한 의미의 선물이 될 수 없다는 걸."

그리고 사무실로 들어와서는 외투를 벗기 전에 무심코 주머니에 손을 넣었다. 무언가가 손에 잡혔다. 어느새 야롤이 몰래 넣어둔 종이쪽지였다. 쪽지에는 '꿈'이라는 단어가 적혀 있었다.

마리아는 퇴근하고 없었고, 난 곧바로 주거 공간으로 향했다. 옷걸이 아래쪽에 가방을 놓아둔 다음 야롤이 건네준 종이쪽지를 평소처럼 다른 것들과 함께 문진 아래 두었다. 그리고 텔레비전을 켰다. 아직 이른 시간이었고, 채널을 돌려봐도 흥미로운 내용은 전혀 없었다. 난 단지 내 가방 속 고무줄로 묶인 공책들에 대한 생각을, 무엇보다도 존스와 함께 보낸 오후의 기억을 머릿속에서 떨쳐버리고 싶었다. 밤 늦도록 텔레비전 화면에 시선을 고정한 채 깨어 있었다. 화면의 움직임과 소리, 그리고 벽에 투사된 빛에 의지해 마음을 가라앉히려고 애썼다. 텔레비전을 끄고 잠자리에 들기까지 엄청난 노력이 필요했다.

개인적인 지출: 델핀 M.이 야롤 드 브레트에게 지불한 금액

스쿠터로 혼자 이동. 고객 면담 시간 동안 건물 앞에서 대기. 에이전시까지 스쿠터로 승객 수송.

만족할 만한 운전.

소요 시간: 세 시간.

80유로.

서비스 제공자가 영수증을 발급하지 않았음.

19

"아마추어가 찍은 필름이에요." 남자는 책상 위에 놓인 카메라를 가리키면서 해명하듯 말했다. "그래서 영상 상태가 아주 좋진 않아요, 보면 아시겠지만."

그는 손바닥 안에 충분히 감춰질 만큼 조그만 카메라를 사용해 촬영했다. 난 마치 증거물이라도 되는 것처럼 투명한 비닐에 필름을 조심스럽게 밀어넣었다.

"이게 여성분의 결혼식 영상이죠, 그렇죠?" 내가 물었고, 그는 고개를 끄덕였다.

"그리고 이건 나를 찍은 필름입니다." 그가 내게 또다른 필름을 건네면서 설명했다. "방금 드린 영상을 수없이 반복해서 본 다음에 제 모습을 촬영했어요. 아마도 한 백 번쯤은

본 것 같군요. 그 영상에 담긴 카미유의 몸짓과 이동 동선을 참고했고요."그는 어색한 웃음을 지으며 덧붙였다. "심지어 우리집 거실 벽에다 연필로 그녀의 몸짓이며 이동 동선을 그려넣기까지 했어요. 어쩌면 그 덕에 당신 일이 좀더 수월해질지도 모르겠군요."

"그건 우리 기술자들이 판단할 문제이고요." 난 첫번째 비닐 위에는 '카미유', 두번째 것에는 '오지크 씨'라고 써넣었다. "하지만 맞아요. 덕분에 두 영상을 합성하기가 더 수월할 수도 있겠군요."

고객은 내가 비닐팩 두 개를 크라프트 봉투 안에 넣고 마리아를 부르는 동안 자리에 가만히 앉아 있었다. 마리아는 중년의 홀아비와 점심식사를 하고 막 돌아온 길이었다. 그녀는 몸에 꼭 맞는 자주색 벨벳 상의와 스커트, 검은색 스타킹을 신고 있었다. 입술 주름에는 립스틱 자국이 남아 있었다. 그녀가 남자에게 미소를 짓자 남자는 옅은 미소로 답했다.

"이걸 기술자에게 보내줘요, 마리아." 내가 남자를 돌아보며 물었다. "아주 실력 있는 기술자예요. 하지만 비용이 좀 많이 들죠. 급행과 보통 중에서 어떤 걸로 원하세요?"

"급행이요." 그는 비용도 물어보지 않고 선뜻 대답했다.

그리고 마른 입술에 침을 적셨다. 양쪽 눈 밑에 다크서클이 보였고, 그 위에 반원형으로 무언가가 오톨도톨하게 돋아 있었다. 오랫동안 편하게 잠을 이루지 못한 티가 역력했다.

"카미유는 자기 결혼식에 나를 초대하지도 않았어요. 그리고 내가 온 걸 보고도 인사조차 건네지 않았고요. 큰 소동이 일 것 같았으면 아마 날 바깥으로 내쫓았을 겁니다. 그 남자한테 내 얘길 한 번도 안 한 것 같더군요." 그는 마치 의무적으로 해명해야 한다고 느낀 듯, 여느 때처럼 내가 굳이 설명할 필요가 없다고 말하기도 전에 머뭇거리면서 자신의 사연을 쏟아놓았다. 그는 계속 말을 이었고, 나는 가만히 들어주었다. 사실 해명이라기보다 자기 속내를 털어놓아야만 하는 필요에 의한 말에 가까웠기 때문이다. 난 면담 비용을 정확하게 계산하기 위해 슬쩍슬쩍 계속 시간을 확인했다.

"육 개월 전까지만 해도 우린 약혼한 사이였어요." 그가 계속 말을 이었다. "우린 바로 그 무렵, 그 봄에 결혼하기로 했었고요. 그런데 그녀가 다른 남자하고 결혼한 거예요. 똑같은 시기, 거의 같은 날짜에요. 그것도 우리가 결혼식을 올리기로 했던 그 성당에서. 이런 일이 가능하다고 보시나요?"

난 그렇다고도 아니라고도 대답하지 않았다. 다만 라일락 향 티슈 한 통을 그의 앞에 내밀었다. 하지만 짙은 다크서클이 번진 그의 눈가엔 여전히 눈물 한 방울 없었다.

"내게 허락된 게 이것뿐이라면 난 이걸로 만족하려고요." 그가 갑작스럽게 열을 올리면서 다시 입을 열었다. "이 결혼식 영상 말입니다. 난 이 영상에서 그 남자가 사라져버렸으면 해요. 그리고 그가 그녀를 만지는 장면을 보고 싶지 않아요. 성당 계단 위에서 카미유에게 키스를 하는 사람도, 사람들이 축하 의미로 던지는 쌀 세례를 받는 것도 나였으면 합니다. 그래서 난 내 머리와 어깨 위에 온통 쌀을 뿌려놓고 영상을 찍었어요. 꽃으로 장식된 리무진에 그녀를 태우고 가는 것도 나여야 해요. 아마 난 그녀에게 결코 그런 결혼식을 올려줄 수 없었겠지만요." 그는 쓸쓸한 표정으로 결론짓듯 말했다. "어찌 보면 참 아이러니하지 않나요? 비디오 속에서나마 그런 호사를 누릴 수 있는 게 그녀가 다른 남자와 결혼을 했기 때문이라는 사실이?"

"저희가 하는 일이 당신에게 위안이 될 수 있길 바랍니다." 내가 경쾌하면서도 그의 마음을 진정시키려는 어조로 말했다. 언젠가 마리아에게 농담조로 설명했듯이, 우리의 고객과 우리가 하는 일을 비하하지 않기 위한 어조였다.

"또한 이 영상이 당신이 현실에선 이룰 수 없는 꿈을 대신 이뤄주고, 슬픔을 극복할 수 있게 해주면 좋겠군요. 마치 아름다운 석양을 바라보듯 이 영상을 감상하세요. 지금 당신이 겪고 있는 일들과 아무 상관 없는 것처럼요. 이건 당신에게 핑크빛 알약이자 마법 같은 휴식인 셈이에요, 오지크 씨. 이 영상을 볼 때만큼은 편집된 영상이라는 사실을 잠시 잊어버리세요. 리무진에 탄 사람도, 성당 계단 위에서 카미유에게 키스를 하는 사람도 당신이 아니지만 그런 건 전부 잊어버리시라고요. 그리고 영상을 끈 뒤에는 그 일에 대해선 더이상 아무 생각도 하지 말아야 합니다."

그러자 그는 라일락 향 티슈를 집어 느린 동작으로 눈물을 닦았다. 그는 아무 대꾸도 하지 않았는데, 내게 설득을 당했기 때문인지, 아니면 반대로 스스로 이해하기를 포기했기 때문인지는 알 수 없었다. 그는 코를 푼 다음 재킷 안주머니에서 수표책을 꺼냈다.

"얼마를 드리면 되죠?"

"오늘 면담 비용은 100유로입니다." 내가 다시 한번 시계를 들여다보면서 대답했다. "영상 합성 비용은 기술자의 견적서가 나와봐야 알겠고요. 저희 직원이 늦어도 내일 오후엔 전화를 드릴 겁니다. 먼저 선금으로 500유로를 내셔야 합니다."

그는 작고 비스듬한 글씨로 수표를 써서 내 앞에 내밀었다. 난 수령인을 적는 수표 세번째 줄에 스탬프를 꾹 눌러 찍었다. '당신을 위해.' 내가 자리에서 일어나자 그는 내 배를 빤히 보면서 가늘게 떨리는 목소리로 말했다.

"우리도 아이를 가질 계획이었죠, 우리도요. 이름까지 지어놨었거든요. 당신에게 허락된 행복을 마음껏 누리세요, 부인. 아무나 누릴 수 있는 행복이 아니니까요."

난 어깨를 으쓱해 보이고는, 내 임신 사실에 관한 말인지 그의 사연에 대한 코멘트인지 불분명하게 애써 담담한 어조로 대꾸했다.

"산다는 게 그런 것 아니겠어요, 오지크 씨. 절대 겉모습만 보고 믿으면 안 돼요. 그건 판단 오류를 부르는 가장 큰 원인이니까."

난 그의 팔을 살짝 잡고서 문까지 배웅했다. 책상 앞에 앉아 있던 마리아는 스패니얼 같은 눈을 치켜뜬 채 그를 지켜보았다. 난 그녀가 우리 대화를 전부 엿들었다는 걸 알 수 있었다. 마리아가 그에게 소리쳤다. "안녕히 가세요, 오지크 씨, 힘내시고요." 그러자 그도 마리아와 나를 향해 들릴락 말락 한 목소리로 인사하고는 여전히 손에 라일락 향 티슈를 쥔 채 멀어져갔다.

내가 문을 닫자 마리아는 한숨을 내쉬었다.

"그 여자를 정말 많이 사랑하나봐요. 마음이 너무 아프네요."

화장을 한 그녀의 눈이 촉촉하게 젖어 있었다. 오지크 씨가 내게 필름을 건네주었을 때의 눈 같았다. 난 또다시 어깨를 으쓱해 보였다.

"우린 저 남자에 대해 아무것도 모르잖아요, 마리아. 그가 해준 이야기보다 진실은 훨씬 더 복잡할지도 몰라요. 어쩌면 그가 전애인을 폭행했을지도 모르고, 바람을 피웠거나 술을 지나치게 마셨을지도 모르죠. 여자는 아무 이유 없이 남자를 떠나지 않아요. 만약 그런 이유들 때문이 아니라고 해도, 그 것 역시 그의 잘못이라고요. 변덕스럽거나 돈만 밝히는 여자를 선택한 건 저 남자 자신이니까요. 그리고 지나치게 감상적이거나 나약해서 여자를 잊지 못하는 것도 그 사람 문제예요. 당신이나 내 잘못이 아니라고요."

마리아는 내 말에 즉시 대답하지 않았다. 그리고 펜을 들고 목록을 뒤적여 크라프트 봉투 위에 예의 필름을 맡길 업체 이름을 적어넣었다. 그사이 점점 굳어지는 그녀의 얼굴이 눈에 들어왔다. 그녀는 숨을 깊이 들이마시면서 애써 참아내려는 듯했지만 결국 내뱉고야 말았다.

"저 남자보다 당신이 더 비현실적으로 느껴질 때가 많아요. 저 남자가 부탁한 합성 영상보다 당신 삶이 더 비현실적으로 느껴진다고요. 하지만 당신은, 저 남자처럼 지나치게 감상적이라서 그런 것도 아니죠……"

그녀는 얘기를 마저 끝내기도 전에 몸을 돌려 우편물 수거함에 크라프트 봉투를 내려놓았다. 그러고는 내가 이미 자리를 떠난 것처럼 컴퓨터 자판을 두드리기 시작했다. 난 문턱을 넘어서려다 말고 그녀에게 쏘아붙였다.

"고객들에게 그런 어조로 말하지 말라고 분명 얘기했을 텐데요, 마리아. 그런 눈으로 쳐다보지 말라고도 했고요. '당신을 위해'는 결혼상담소가 아니란 걸 명심해요. 여기서 그런 걸 찾지 말란 얘기예요. 당신이 그토록 좋아하는 아름다운 사랑 타령을 계속하고 싶다면." 난 이다음 말에 최대한의 냉소를 담아 쏘아붙였다. "다른 데 가서 해요."

그러자 그녀는 얼굴을 붉히고 눈을 빠르게 깜빡이며 속눈썹을 팔랑거렸다. 나와 오랫동안 일을 해왔으면서 어떻게 아무런 대가도 치르지 않고 마음대로 날 비판할 수 있다고 생각했는지 이해되지 않았다. 난 사무실로 들어와 문을 닫았다.

수화기를 들고 고객에게 연락해야 했지만 한동안 꼼짝도 할 수 없었다. 그저 두꺼운 커튼 뒤로 잘 보이지도 않는 창문 너머 거리를 응시할 뿐이었다. 발밑에는 가방이 놓여 있고, 그 속엔 아도르노의 공책이 들어 있었다. 하지만 차마 그것들을 꺼내놓을 용기가 나지 않았다.

그 순간, 전날 나를 협박하던 존스의 모습이 떠올랐다. 왼쪽 눈 속의 갈색 반점이 보일 정도로 가까웠던 그의 얼굴과 커피 향이 배어 있던 그의 숨결. 내가 얼굴을 기댔던 야롤의 등. 그의 허리를 감았던 내 손. 갑자기 그런 친밀한 감각들이 한꺼번에 물밀듯이 몰려왔다. 그러자 무언가가 금이 가고 부서져버리는 것 같았다. 난 그것들을 향해 가야 할지 외면해야 할지 갈피를 잡을 수가 없었다. '당신은 잘못 알고 있어요, 마리아. 당신이 진정한 삶이라고 부르는 것들이 지금 내게 서서히 다가오고 있다고요. 그리고 이제 곧 들이닥칠 거예요. 내가 원한 건 아니었어요. 그냥 이렇게 됐을 뿐이죠.'

오지크 씨 / 카미유 N.

상황 설명, 필름 전달.
소요 시간: 한 시간 사십 분.
100유로.
필름 현상소: 선금 500유로.
총 금액: 600유로.

20

다섯시가 되자 마리아는 사무실을 나섰다. 외투를 걸치고, 우체국에 부칠 우편물을 챙기는 소리가 들리더니 이내 깍듯하지만 냉랭한 어조로 내게 인사했다. "들어갈게요, 내일 봐요." 하지만 그녀는 여느 때처럼 내 사무실 문 앞에 얼굴을 비치지 않았다. '언제까지고 그렇게 시위해볼 테면 해봐요. 그렇다고 내가 기분이 상하거나 마음 아파할 거라고 생각하면 오산이에요.' 나도 똑같이 무덤덤한 목소리로 응답했다. "내일 봐요."

마리아의 구두 굽 소리에 이어 현관문에 달린 종이 울리고 난 스물까지 세며 기다렸다. 장갑이나 스카프 등을 놓고 간 그녀가 되돌아오는 일이 종종 있기 때문이었다. 그후 의자를 밀어 발밑에 놓여 있던 가방을 들고 사무실을 나섰다.

아직 조금 이른 시간이었다. 문손잡이에 걸린 팻말에는 에이전시의 업무 종료 시간이 일곱시라고 쓰여 있었다. 난 팻말을 뒤집어놓았다. "유감스럽게도 업무 시간이 종료되었음을 알려드립니다. 급한 용건이 있을 시 다음 번호로 연락해주시기 바랍니다. 06 ** ** ** ** 저희 담당자가 바로 응대해드리겠습니다." 그런 다음 창문 블라인드를 모두 내리고 마리아의 컴퓨터를 켰다. 사무실에 있는 유일한 컴퓨터였다. 미팅 약속을 기록할 때 이제 난 전자수첩만 사용하지만, 마리아가 비서 역할을 맡아주기 전까지 에이전시 일을 홀로 해오던 꽤 긴 시간 동안 컴퓨터 사용법을 충분히 익혀두었다. 그녀의 자리에 앉자 아직 채 식지 않은 온기가 느껴졌다. 평소였다면 거북하게 느껴졌을 온기가 이상하게도 위안이 되는 것 같았다. 난 가방을 열어 보라색 공책들을 꺼냈다.

공책을 뒤적이다보니 손끝에 스테이플러 침이 느껴졌다. 조그마한 침들이 군데군데 여러 장을 하나로 철해놓았는데, 아도르노의 표현을 빌리면 "개인적인 순간들"과 "덜 개인적인 순간들"을 따로 한데 묶어놓은 것이었다. 종이가 들쭉날쭉 튀어나온 부분도 눈에 띄었다. 스테이플러로 철을 하며 그가 세심하게 신경썼을 텐데도 위아래로 몇 밀리미터씩 비어져나온 낱장들은 접히거나 구겨져 있고 다른 부분들보다 더 낡아 보였다. 그렇다, 그 낡은 종이들은 야롤의 스쿠터처럼 이미 전쟁을 겪어본 듯했다.

난 마리아의 책상 서랍에서 돋보기를 꺼내들었다. 서류나 사진을 자세히 살펴보거나, 미행하거나 찾아야 할 사람의 얼굴 윤곽을 또렷이 기억해야 할 때 사용하던 것이었다. 난 공책들을 모두 판판하게 펼쳐서 내 앞에 죽 늘어놓았다.

처음 세 권은 비교적 읽기 수월했다. 아도르노가 날 고용한 직후, 그의 병세가 악화되기 전에 쓴 것들이었다. 일종의 내밀한 일기로서, 젊은 애인을 향한 사랑을 증언하는 내용이었고, 그가 때로 '편지'라고 부르던 감상적인 유언장의 성격은 아직 느껴지지 않았다. 그다음 권부터는 글이 좀더 불확실한 양상을 띠어갔다. 처음에는 문장 속 단어들이 빠지기 시작했다. 주로 관사와 대명사 같은 별로 중요하지 않은 짧은 낱말들이라 문장 전체의 의미를 이해하는 데 어려움은 없었다. 그후에는 문장 구조가 뒤죽박죽되기 시작했다. 마치 퍼즐처럼. 그후에는 주요 부분들이 빠져 있어서 빠진 부분을 유추해 내용을 이어맞추기 위해서는 문단 전체, 때로는 페이지 전체를 어느 부분과 연결시켜야 할지 한참 동안 고심해야 했다. 존스가 왜 직접 이 일을 하지 않으려고 했는지 이해할 수 있을 것 같았다. 인간의 감정을 읽어내는 데 익숙하고, 오랫동안 아도르노를 봐왔던 누군가에게 이.일을 맡기고자 했던 이유를. 그러다가 문득 이런 생각이 들어 혼재된 말들 사이에 온전한 길을 내어보려던 열의가 모두 사라져버리는 것 같았다. 존스의 요청은 어쩌면 하나의 미끼가 아니었을까. 공책 같은 것에는 애초에 관심도 없고, 사실은 나를 함정에 빠뜨리려는 덫이 아니었을까.

마지막 두 권에는 내 손글씨가 담겨 있었다. 들쭉날쭉하고 마치 초등학생이 쓴 글씨 같았다. 학교를 얼마 다니지 못한 내가 뭘 알겠는가. 아도르노의 글씨는 당시 그의 삶을 말해주듯 바람에 흔들리는 한 가닥 실처럼 불안정하고 불확실해 보였다. 심지어 공책의 모눈 안쪽에 글씨를 쓰는 일조차 힘겨웠던 듯했다. 존스는 거짓말을 한 게 아니었다. 아도르노의 글씨는 거의 알아보기 불가능한 수준이었다. 끝부분으로 갈수록 필체는 점점 더 거칠어지거나, 그 반대로 여러 글자가 지나치게 매끈하게 죽 이어지면서 마치 글자 하나가 무한히 반복되는 것처럼 보이기도 했다.

그리고 마침내, 아도르노가 나에게도 기록을 허락하지 않았던 '개인적인 순간' 부분이 등장했다. 그가 모르핀에 취해 정신이 없을 때도 차마 훔쳐볼 엄두를 내지 못했고, 그가 세상을 떠난 후에도 감히 읽지 못하고 서랍 깊숙이 넣어두며 그 속에 영원히 감춰져 있으리라 믿었던 기록들이었다. 한편으로 난 종종 자문했다. 대체 어떤 기억들이 그를 그토록 흔들어놓았던 것일까. 얼굴이 잿빛이 된 채 기진맥진한 상태로 소파에 누워서도 끝내 기록으로 남기고자 했던 기억이란 게 어떤 것일까. 내가 그의 입안에 박하 에센스 한 방울을 흘려 넣어주고, 이마에 젖은 수건을 올려주어야 했던 순간에도 손에서 놓지 못했던 기록들은 대체 어떤 기억들을 담고 있는 것일까. 난 에이전시 일을 해오며 수많은 남자들을 만나왔다. 그중에는 다정하고 매혹적인 눈을 가진 남자들도 있었고, 그들은 나를 통해 오랫동안 고통스러웠던 실연의 아픔을 위로받고자 했다. 나를 저녁식사에 초대하거나, 때로는 침대로 이끌기도 했지만 난 결코 그런 만남을 한두 차례 이상으로 이어가지 않았다. 낯선 감정, 내 자리가 아니라는 느낌이 들었고, 그들의 침대 속 혹은 그들의 품안에 있어야 할 아무런 이유도 찾지 못했기 때문이다. 그 순간, 이 부분에 기록돼 있는 내용을 마침내 보게 된다는 생각에 손이 떨려왔다. 두 남자의 은밀한 순간에 관한 기록, 아도르노가 무덤까지 함께 가져가지 않은 비밀들을.

난 첫번째 공책을 앞에 가져다놓고 숨을 깊이 들이마신 다음 키보드에 손을 올려놓았다. 그리고 새 문서파일을 만들어 '아도르노—공책 제1권'이라고 파일 이름을 입력한 후 타이핑 작업을 시작했다. 첫번째 페이지의 맨 위에는, 마치 편지 겉봉에 쓰는 것처럼 "내 사랑 존스에게"라고 대문자로 쓰여 있었다. 내용은 비교적 알아보기 쉬웠지만 난 키보드를 천천히 두드려 입력하고 도중에 작업을 멈추고 종종 돋보기로 글씨를 자세히 들여다봐야 했다. 몇몇 문장은 연필로 채워넣기도 하고, 공책 여백에다 다시 써넣기도 했다. 그런 다음 다시 타이핑해나갔다.

첫번째 공책의 절반 정도는 그들의 만남에 관한 얘기로 대부분 채워져 있었다. 아도르노가 전에 내게 이야기해주었던, 오렌지나무와 이국적인 꽃들과 낯선 향기로 가득했던 정원을 묘사한 부분도 있었다. 특히 아직 소년티가 나는, 갓 성년이 된 청년, 그리고 바 주위를 어슬렁거리던 그 청년과 아도르노, 두 사람이 주고받은 눈빛에 대한 이야기가 주를 이루었다. 그다음엔 아도르노가 정신을 잃었다가 깨어난 이야기로 이어졌다. 그때 그는 이전의 생을 떠나 존스의 손을 잡고 다시 새로운 삶 속에서 눈을 뜬 것 같은 기분이었다고 했다. 그 순간 완벽한 행복을 맛보았다고도 쓰여 있었다. 그렇게 의식을 잃은 것이 그의 병의 첫번째 징후였지만. 그는 또한 빌라 주인이 불러준 택시를 기다리는 동안 홀 안 낡은 벨벳으로 덮인 긴 의자에 앉아 존스의 어깨에 머리를 기대고 있던 상황과 택시 안에서 나던 개 냄새, 백미러에 매달려 있던 조그만 전나무 모형에서 풍기던 측백나무 향까지 모든 것을 빠짐없이 기억하고 있었다. 존스는 택시를 타고 가는 내

내 한 마디도 하지 않았지만 결코 아도르노의 손을 놓지 않았다.

아도르노는 그날 밤 처음 본 존스의 몸 역시 세세하게 기억했다. 목, 목덜미, 손목, 그리고 셔츠를 벗자 드러난 날렵해 보이면서도 탄탄한 상반신, 그의 살갗에서 나던 향기와 머리에 바른 포마드의 아주 특별한 냄새까지 모두를. 그날 밤엔 아무 일도 없었지만, 두 사람은 서로를 꼭 껴안은 채 잠이 들었으며, 그날 밤 정원에서 의식을 잃었던 것만큼이나 깊고 달콤한 잠 속으로 빠져들 수 있었다고 아도르노는 회상했다.

난 그 부분에서 작업을 중단해야 했다. 공책을 덮고 다른 공책들 위에 포개어 고무줄로 감아두면서 마치 괴물의 입을 친친 동여매고 있는 느낌이 들었다. 말과 웃음 속에 잔인한 진실을 담고 있는, 혹은 무언가를 예고하고 있는 괴물. 그러다 존스에게 협박과 모욕을 당하고 아파트를 나선 후 황량한 거리를 헤매던 기억이 떠올랐다. 그때 갑자기 나타난 스쿠터를 보면서 어쩌면 존스가 온 건 아닐까, 어쩌면 그가 날 위로해주려고 뒤쫓아온 건 아닐까, 그가 오래전에 아도르노를 위해 한쪽 어깨를 내어주었던 것처럼, 나도 그의 어깨에 기대게 해주지는 않을까 하는 터무니없는 기대를 품었던 일도. 하지만 아니었다. 난 눈물로 눈을 적시고 부푼 배를 안고 홀로 거리를 헤매야 했다. 그는 내가 버스정류장을 제대로 찾아가는지 창밖으로 내다보지도 않았을지 모른다. 그런 생각이 들자 눈물이 차올랐다. 힘겹게, 묵직하고 뜨거운 눈물이.

21

그날 밤에는 제대로 잠을 이룰 수 없었다. 눈을 붙인 시간 은 아주 조금밖에 되지 않았다. 결국 이른 새벽에 눈이 떠지 자 난 더이상 지체할 수 없음을 깨달았다. 존스와 아도르노 의 이야기를 계속해야만 했다. 난 협탁 위 스탠드를 켜고 잠 옷 바람으로 침대에 앉아 무릎 위에 공책을 올려놓았다. 그 리고 백여 쪽을 넘겨가며 군데군데 연필로 별표와 화살표를 그려넣고 여백에 메모를 해나갔다. 그러다 아홉시 반이 되어 옷을 갈아입고 사무실로 가서 초조한 마음으로 마리아가 오 기를 기다렸다. 그녀는 열시가 조금 못 돼서 노래를 흥얼거 리며 사무실로 들어섰다. 마리아는 결코 오랫동안 꽁해 있는 성격이 아니었다. 그녀는 재킷을 벗으면서 내 사무실 문 앞으로 오더니 자신은 커피를 마실 생각이라면서, 내게 혹시 차를 마시겠느냐 물었다.

"좋지요, 마리아, 고마워요."

잠시 후 그녀는 김이 나는 차를 한 잔 가져다주었고, 그 틈에 내가 말했다.

"오늘은 내가 컴퓨터를 좀 써야겠어요. 어제저녁에 고객이 맡긴 문서 작업을 해야 하거든요. 그동안은 내 책상에서 일을 보세요."

"그러죠." 그녀는 다소 놀란 표정으로 대답했다.

그녀는 청소부조차 내 사무실에 들어올 수 없다는 것을 잘 알고 있었다. 난 차라리 내가 직접 먼지를 털고 청소기를 돌리기를 선호했다. 다른 누군가가 내 서류들을 뒤죽박죽으로 만들어놓거나 혹시라도 몰래 훔쳐보는 것을 용납할 수 없기 때문이었다. 마리아가 수첩과 볼펜, 커피잔을 챙기는 동안 내가 말을 덧붙였다.

"그리고 오늘 미팅 약속은 모두 취소해주세요. J. 부인, F. 씨와 약속돼 있는데, 별로 중요하지 않은 건이에요."

그러고 나서 난 블라인드 틈새로 괜히 거리를 살피는 척했다. 그래도 점점 더 당혹스러워하는 표정으로 날 빤히 바라보는 그녀의 시선이 느껴졌다. 내가 그녀에게 주지시켰던 첫 번째 사항은, 우리가 하는 일은 모두 똑같이 중요하며 똑같은 가치를 지닌다는 사실이었다. 실종된 어린아이를 찾는 일이든 하룻저녁 애인 대행을 해주는 일이든 말이다. 난 지난 이 년 동안 단 한 번도 의뢰받은 일을 취소하거나 일정을 변경한 적이 없었고, 마리아에게도 마찬가지로 그녀가 담당하는 일을 취소하거나 변경하지 못하게 했다. 티투안이 수두를 앓았을 때조차도 이렇게 말했다. "알아서 해결해보세요. 채용 면접 때 이미 예고했던 사항이잖아요." 그녀는 내가 계획된 일에 작은 변동이 생기는 것조차 절대로 용납하지 않는다는 것을 잘 알고 있었다. 난 '당신을 위해'가 철저함과 신뢰를 바탕으로 운영되기를 바랐다. 고객들의 기대를 저버리는 것은 있을 수 없는 일이었다. 그런데 그 모든 원칙이 왜 뒤바뀌어버렸는지, 불과 일 년 전만 해도 영영 묻어버리고자 했던 이 공책에 비해서 J. 부인, F. 씨가 겪는 고통은 어째서 갑자기 하찮은 것이 돼버렸는지 그녀에게 이유를 설명할 수가 없었다.

마리아는 내 책상 앞에 자리를 잡았고, 난 마리아의 자리에 앉아 컴퓨터를 켜고 공책을 펼쳐 컴퓨터 본체 옆면과 스탠드 사이에 세웠다. 혹시 연필이나 지우개를 찾으러 온 마리아에게 들킬까봐 염려스러웠기 때문이다.

"고객들한테는 뭐라고 전할까요?" 자리에 앉은 채 그녀가 큰 소리로 물었다.

난 곧바로 대꾸했다.

"좋을 대로 말해요, 마리아. 아주 어려운 일도 아니잖아요. 급한 일이 생겨서 어디 갔다고 하고, 약속은 다음주로 미뤄줘요."

"그러죠." 마리아의 대답에 이어 수화기를 들고 번호를 누르는 소리가 들려왔다.

난 전화가 연결되기를 기다렸다가, 자리에서 일어나 사무실 문을 반쯤 닫으며 통화 소리 때문에 일에 집중이 잘 안 된다고 마리아에게 손짓과 표정으로 전했다. 그리고 다시 자리로 돌아와 작업을 시작했다. 반쯤 열린 문틈으로 마리아의 어깨와 얼굴 반쪽이 보였고, 난 일하는 틈틈이 그녀를 계속 주시했다. 고객의 사생활 보호에 지금껏 이렇게까지 신경쓴 적이 없었다. 그들이 내게 특별히 부탁하거나, 근처 카페나 맞은편 보도에서 내게 전화를 걸어 "당신과 함께 일하는 여자"를 밖으로 내보내달라고 부탁했을 때조차도. 그럴 때면 난 마리아에게 한 시간 정도 자리를 비워달라고 해야 했다. 지난겨울에 두 번쯤 내 주거 공간으로 가서 소리를 켜지 말고 텔레비전을 보고 있으라고 한 적도 있었다. 사무실보다는 감출 게 적어서 사실 별로 신경쓰이지 않았다. 마리아가 집 안 여기저기를 둘러보며 가구 위에 놓인 사진 액자를 보거나, 서랍을 한두 개쯤은 열어본 것 같았지만. 또 언젠가는 거의 들리지 않을 만큼 소리를 죽여놓고 드라마를 보다가 소파에서 그대로 잠들어 있었다. 머리는 한쪽으로 떨구고, 두 손은 허벅지 안쪽에 놓고서, 입을 헤벌리고 침을 흘리며 마치 술 취한 사람처럼 곯아떨어진 채였다. 난 역겨움을 느끼면서 한동안 말없이 그녀를 응시했다. 그러다가 그녀가 갑자기 정신을 차리고 날 봤을 때는 혐오감 가득한 내 표정을 읽었을까봐 걱정이 되었다. 그녀는 입가를 닦으면서 중얼중얼 변명했다.

"죄송해요. 깜빡 잠이 들었네요. 티투안이 요새 이앓이를 해서 내가 밤새 잠을 잘 못 잤거든요."

난 그녀의 말에는 아무 반응도 하지 않고 그저 이렇게 얘기했다.

"고객분은 가셨어요. 필요하면 욕실에 가서 세수라도 하고 다시 일 시작하세요."

그후로 고객이 아무도 없는 사무실에서 만나자고 요청해도 나는 마리아에게 내 집에서 텔레비전을 보고 있으라고 하지 않았다. 그녀 잘못은 아니었다. 소파에서 다소 천박하게 축 늘어진 채 잠들어 있는 모습이 왜 그토록 거북했는지 난 잘 알고 있었다. 그 모습이 얼마 되지 않는 내 어린 시절의 기억 하나를 떠올렸기 때문이었다.

그날 아침 난 계속해서 마리아를 주시했다. 어쩌면 그녀는 내가 그녀를 믿어서 사무실을 내어줬다고 생각할지도 몰랐다. 하지만 사실은 전혀 그렇지 않았다. 난 그 어느 때보다도 그녀를 경계하며 아도르노의 공책을 마치 신성한 불꽃처럼 지켰다. 그 공책에 기록된 이야기들이 오직 내 것이라고 착각했으니까.

22

아도르노는 비뚤배뚤한 글씨로 자신의 아파트를 상세하게 묘사했다. 아파트 입구에는 낡은 흰색 델프트*산産 타일이 깔려 있는데, 그중 오른쪽에서 세번째 타일은 그가 어느 날 실수로 병을 떨어뜨리는 바람에 금이 가 있다고 했다. 조그만 발코니에는 언젠가 그가 화류계 여자의 목걸이 모양이라고 말한 적 있었던, 나선형 장식이 붙은 철제 난간이 있고, 오래전에 말라 죽어버린 갈색 화초 화분도 있는데, 화초 뒤쪽에는 역시 오래전에 비둘기 한 쌍이 날아와서 둥지를 틀고 있다고도 했다. 시멘트 바닥에는 비둘기 똥이 널려 있고, 비둘

---

* 네덜란드의 도시.

기 배설물 때문에 아래층에 사는 사람들에게 항의를 받았다고도 썼다. 하지만 아도르노는 비둘기 보는 걸 즐겼고, 비둘기들을 위해 조그만 잔에 알곡을 담아 내놓기도, 더운 여름날에는 더위를 식히라고 냄비에 물을 담아 내놓기도 했다고 적혀 있었다. 하지만 난 말라 죽은 화초나 비둘기는 한 번도 본 적 없었다. 어쩌면 둥지를 트는 시기가 아니었거나, 아도르노의 병세가 악화돼 새들을 돌볼 수 없었기 때문이었을 것이다. 그런 게 아니라면, 내게 맡겨진 일 외에는 관심이 없었기 때문인지도. 어쨌거나 아도르노는 그런 것들에 대해 내게 한 번도 말한 적이 없었다. 오직 존스에 관한 이야기만 해주었을 뿐이다. 또한 스무 살 때 배우로서 명성을 떨치다가 페루에서 비행기 사고로 숨진 그의 어머니에게 아파트를 물려받았다는 얘기도 해준 적 없었다. 그는 어머니가 수도원 정원에서 풍겨오는 등나무꽃 향기 때문에 더욱더 사랑했던 두 칸짜리 아파트를 차마 처분할 수 없었다고 했다. 그의 사연을 읽다보니 여배우와 페루 비행기 사고 같은 것은 존스에게 들려주려고 지어낸 이야기가 아닐까 의문이 들었다. 현실보다 근사하고, 어쨌거나 매우 독창적인 이야기일 수 있었으니까. 존스는 열여덟 살이 채 되기도 전에 이미 대부분의 사람들이 평생 경험하는 것보다 더 많은 사랑과 섹스를 한 남자였다. 그런 그가 가정주부나 점원, 간호사, 비서 같은 직업을 가진 타인의 어머니 이야기에 매료될 수 있을까? 하지만 한편으로는, 배우이자 페루 상공에서 떨어져 죽은 그 특별한 여인만이, 사랑과 남자들과 기괴함을 사랑한 별난 남자를 낳을 수 있었으리라는 생각이 들기도 했다.

아도르노는 점점 더 많은 시간을 소파에 누워 보내야 했고, 눈에 보이는 것들을 하나하나 기록해나갔다. 습기로 인해 벽에 생긴 사람 얼굴 형태의 얼룩, 장신구를 정리해두던 서랍장 위의 술잔, 창문으로 내다보이는 삼각형 하늘이 주로 회색빛이었다가 때로는 파란빛을 띠기도 했던 사실 등을. 그가 직접 바른, 침실 방문 오른쪽의 벽지에 대해서도 언급했다. 반쯤 벌거벗은 남녀 목자들이 그려져 방 전체에 바르기엔 부담스러운 다소 외설스러운 장면의 벽지가 기다란 그림처럼 벽면을 장식하고 있었다. 또한 그가 직접 검붉은색으로 칠한, 다리가 달린 오래된 욕조도 묘사했다.

그는 일종의 비품 목록을 작성하듯 집안의 모든 것들을 아주 상세하게 적어나갔다. 하지만 존스는 이미 그곳에서 오랜 시간을 보냈고, 아도르노의 말에 의하면 그와 함께 살기까지 하지 않았던가. 그런데 왜 그들의 삶의 배경이었던 집안을 장황하게 묘사하고 치밀한 목록을 작성했을까. 난 비로소 그의 의도를 이해할 수 있을 것 같았다. 아도르노는 자신의 사후에도 흔적이 남기를 바랐던 것이다. 존스의 기억이 또다른 공간으로 채워지며 이 집에 대한 기억이 희미해지더라도, 적어도 이 공책 속에서는 그 흔적을 찾을 수 있을 터였다. 그리하여 먼 훗날 존스가 아련한 노스탤지어에 사로잡히게 될 때, 이 글을 읽고 펜을 들어 백지에 가구와 벽과 집안의 물건들을 그려나갈 수 있기를 바란 것이 아니었을까.

나도 모르게 경계심을 늦춘 사이에 마리아가 어느새 가까이 다가와 있었다. 실내에서는 신발을 벗어둔 채 두터운 살색 반스타킹만 신고 다니고, 풍만한 몸집에 비해 움직임이 놀라울 만큼 날렵하긴 하지만, 어떻게 그녀가 다가오는 소리도 못 들었을까. 문이 열리는 소리도 들리지 않았고, 그녀의 실루엣도 보이지 않았다. 다만 내 뒤에 누군가 있다는 느낌이 들고 느닷없이 목덜미에 숨결이 닿자 나는 놀라 얼어붙었다.

"고객들이 불평을 해요." 마리아가 말했다. "F. 씨는 오늘 꼭 만나고 싶어하고요. 그래서 늦게라도 시간이 나면 만나러 가실 거라고 얘기했어요. 엊저녁에 의뢰받았다는 중요한 일을 차라리 내가 대신 맡을게요. 뭘 하면 되죠? 그냥 이 공책대로 컴퓨터에 입력하면 되는 거예요?"

마리아의 목소리에 담긴 놀라움은 가식이 아니었다. 그녀는 몸을 숙여 화면에 뜬 글을 읽으려 했다. 내 등뒤에 있는 그녀의 존재가 날 얼어붙게 만들었다. '저리 가요, 마리아.' 난 마음속으로 간절하게 외쳤다. '제발 저리 가라고요.' 하지만 손은 더이상 내 말을 듣지 않는 듯했다. 컴퓨터 코드를 뽑아버리고 공책을 멀리 던져버리고 싶었지만, 무릎 위에 놓인 내 손은 꼼짝도 하지 않았다.

"정말 잘할 수 있다고요." 마리아가 말을 이었다. "이런 일은 전에도 해봤는데, 기억 안 나요? 고객들이 기다리시는데 이렇게 타이핑이나 하고 있는 건 낭비예요."

"이건 아주 특별한 일이에요, 마리아." 난 간신히 입을 열어 그녀에게 대꾸했다. "고객이 이걸 맡기면서 나에게 직접 해달라고 했어요. 그리고 무엇보다도, 그의 필체에 익숙해지는 데만도 사흘이나 걸렸다고요."

"그래도 이런 일이라면 내가 더 잘할 것 같은데요." 그녀는 일말의 자부심이 엿보이는 어색한 미소를 지으며 계속 고집을 부렸다. "일단 한번 맡겨보라니까요."

마리아는 몸을 조금 더 숙이더니, 공책의 왼쪽 페이지를 검지로 훑으면서 한 단락 전체를 큰 소리로 술술 읽어나갔다. 그녀의 목소리는 부드러우면서도 때로는 거칠게 들렸다. 아도르노가 쓴 글을 읽는 그녀의 목소리를 듣자 퍽 이상한 느낌이 들었다. 더이상 그의 말처럼 느껴지지가 않았다. 순간, 세월이 흘렀는데도 여전히 내 귓가를 맴도는 아련한 음악처럼 울리던 아도르노 목소리를 잊게 될까봐 두려웠다. 다행스럽게도 마리아가 읽은 구절은 뻔한 내용이었다. 존스의 이름은 한 순간도 등장하지 않았다. 아도르노가 개수대 배수구에 반지를 빠뜨린 이야기였다. 비싼 반지는 아니었지만 몹시 아끼는 것이라 배관공을 불렀다. 자신이 직접 할 수도 있었지만, 잘못해서 반지를 하수구로 흘려보낼까봐 두려워서였다.

나는 황급히 공책을 덮었고, 마리아는 가까스로 손가락을 뺐다. 내 표정에서 무엇을 읽어냈는지는 모르겠지만 그녀가 미심쩍은 목소리로 중얼거리듯 말했다.

"어떤 필체든 읽을 수 있는 법은 바로 당신이 가르쳐주었잖아요. 기억 안 나요? 사람들의 머릿속 생각을 이해하는 것만큼 필체를 읽을 줄 아는 것도 중요하다고 늘 얘기했고요. 난 다만 당신을 도우려던 것뿐이에요."

"알아요, 마리아." 난 나지막하게 말했다. "당신 능력을 의심해서가 아니에요. 고객이 반드시 내가 직접 하기를 원한다고요. 이미 얘기했잖아요."

그녀는 난감한 표정으로 고개를 끄덕였다. 난 애써 미소를 지어 보였다. 괜한 호기심을 자극해서 내가 없는 사이에 컴퓨터 하드디스크에 감춰져 있는 문서파일을 찾아내게 하고 싶지 않았다.

"F. 씨에게 다시 전화해서 오늘은 내가 시간이 안 된다고 하세요. 그리고," 난 손목시계를 흘끗 들여다보았다. 오후 세

시였다. "오늘 더 할일이 없으면 이만 퇴근해도 좋아요. 긴 주말이 되겠네요. 가족과 즐거운 시간 보내요."

마리아는 미심쩍은 표정으로 날 바라보았다. 난 그녀가 컴퓨터 화면을 들여다보고 싶은데 참고 있다는 걸 알고 있었다. 그녀는 내 태도 때문에 불안감을 느끼면서도—어쨌거나 난 '당신을 위해'의 기둥과 같은 존재니까—자신의 옷과 가방을 집어들고 마치 학교에서 해방된 학생처럼 쏜살같이 버스정류장으로 달려가고 싶어했다. 마침내 집에 가고 싶은 마음이 호기심을 눌러 이긴 듯 그녀가 말했다.

"그러죠. 그럼 이만 가볼게요. 고마워요!" 그녀는 내가 생각을 바꾸기라도 할까봐 두려운 양 서둘러 덧붙였다.

다시 내 사무실로 들어간 마리아는 가방에서 립스틱을 꺼내 입술에 바르고 콤팩트로 얼굴을 두드린 다음 문으로 향했다. 그녀가 지나가자 평소처럼 은방울꽃 향기가 느껴졌다.

"월요일에 봐요. 주말 잘 보내고요." 그녀가 경쾌한 목소리로 소리쳤다.

"고마워요, 마리아." 에이전시를 나서는 그녀의 등뒤에 대고 대답했지만, 그녀는 돌아보지 않고 빠른 걸음으로 멀어져갔다.

마리아가 떠나고 나서 난 한동안 멍하니 앉아 있었다. 갑자기 나른해지면서 의욕이 모두 사라져버리는 것 같았다. 이런 게 다 무슨 소용이란 말인가. 어떻게 이 공책을 통해 존스와 가까워질 수 있을 거라고, 그와 인연을 만들 거라고 잠깐이나마 생각할 수 있었던 것일까? 마리아가 공책에 적힌 글을 조금도 힘들이지 않고 읽은 것만으로도 충분했다. 그런데 오직 나만 해석해낼 수 있을 거라고 믿었다니. 대기모드로 자동 전환된 컴퓨터 화면에는 붉은색, 보라색, 초록색 낯선 기호들이 떠다니고 있었다. 야롤과 야롤이 만든 비디오게임이 떠올랐다. 지난번 야롤이 날 에이전시 앞에 데려다준 이후 처음으로 그가 잘 지내고 있는지 궁금해졌다. 그러면서 마음 한구석에 원인 모를 불안이 일었다. 스물네 시간 넘게 그가 전화를 하지도, 에이전시에 들르지도, 창살에 종이쪽지를 남겨놓지도 않은 적은 드물었다. 그런데 그가 지구상에서 사라져버린 것처럼 소식이 완전히 끊긴 것이다. 컴퓨터 자판을 누르자 문서가 다시 화면에 나타났다.

내가 마지막으로 타이핑해둔 부분은 마리아가 읽은 단락 바로 앞 단락이었다. 마리아가 읽은 부분을 이어서 타이핑하고 싶지 않았다. 그 부분은 생략해도 괜찮을 것 같았다. 누가 그런 반지 얘기 따위에 관심을 갖겠는가. 아마 아도르노도 존스에게 그 얘기는 한 번도 안 했을 것이다. 그래서 난 더이상 내 것이 아닌 그 몇 줄을, 내가 아니라 다른 사람이 먼저 읽어 시들해져버린 말들을 연필로 꼼꼼하게 그어버렸다.

그 순간 마리아가 내 앞에 있었다면 나는 이렇게 말했을 것이다. '이건 그냥 놔둬요, 마리아. 나한테는 이것밖에 없다고요. 당신은 나보다 훨씬 더 많은 걸 가졌잖아요. 그러니까 적어도 이것만은 남겨달라고요.' 그런 생각을 하다니 스스로 놀라움을 금치 못했다. 난 늘 마리아를 업신여기고 때로 경멸하기까지 했다. 그녀는 나에게 일개 고용인이고, 홀로 세 아이를 키우고, 고객들에게 환심을 사려는 듯한 웃음을 날리는 사람이었다. 그런데 내가 어떻게 그런 그녀를 부러워할 수 있단 말인가. 동화 속 이야기와 장밋빛 내일을 믿는, 그런 천진할 수 있는 자질이 부러운 게 아니라면.

23

존스와 첫 밤을 보낸 아도르노는 텅 빈 침대에서 홀로 깨어났다. 그리고 하루종일 창밖을 내다보았다. 땀에 젖어 깊이 잠들었던 순간의 향취를 고스란히 간직한 채, 먹지도 마시지도 않고 목욕가운과 슬리퍼 차림으로 팔이 저려올 때까지 한쪽 어깨를 유리창에 기대고 있었다. 창문과 건물 출입구는 큰길과 수직을 이루는 샛길 쪽으로 나 있어 사실 보이는 것도 없었지만, 아도르노는 그렇게 해서라도 운명을 거스르고 싶었다고 공책에 적어두었다. 만약 존스가 다시 돌아온다면, 면도와 목욕을 하고, 이를 닦고 옷을 갈아입겠지만 잠에서 깨어나 존스가 집에 없다는 사실을 안 직후부터 그는 하염없이 그렇게 있었다. 존스가 다시 돌아올지는 알 수 없었다. 간밤에 고열에 시달리는 동안 그가 그러겠다고 약속했던 것 같은 기억이 어렴풋이 나기도 했지만, 어쩌면 아닐 수도 있었다. 존스가 생각을 바꿔, 자신보다 나이도 훨씬 많고 병이 든 남자의 곁을 지키며 그와 하룻밤을 보낸 걸로 충분하다고 여길 수도 있었다.

저녁 일곱시경 초인종이 울리자 그는 심장이 멈추는 듯했다. 그는 욕실로 달려가 치약으로 혀를 닦았고, 잇몸에서 피가 나 세면대 위에 살짝 떨어졌지만 애써 외면하면서 입안을 헹구었다. 그리고 얼굴에 물을 끼얹은 다음 현관으로 가 문을 열었다. 존스가 문 앞에 서 있었다. 여행용 가방을 어깨에 메고서. 안도감이 들었지만 심장은 여전히 세차게 뛰었고, 아도르노는 머뭇거리고 불안해하는 존스의 표정을 보며 의아해졌다. 그는 자신이 환영받을 수 있을지, 들어오라는 허락을 받을 수 있을지조차 확신이 없는 듯 보였다. 그런 그의 모습이 무엇보다 아도르노의 마음을 움직였다. 존스처럼 잘생기고 잠자리에서 능란한 청년이 그렇게 수줍어하고 두려워하는 모습을 보이다니. 그런데 정작 아도르노는 존스가 자신을 벌써 잊어버린 건 아닌지 하루종일 불안해했던 것이다. 심지어 신용카드나 그의 어머니가 물려준 보석 장신구들이 없어지진 않았는지 잠시나마 확인할 생각까지도 했다. 그리고 그런 생각을 애써 억눌러야 했다.

"간밤에 나더러 여기 와서 같이 살자길래. 진지하게 한 말인지는 잘 모르겠지만, 그래도 일단 와봤어요."

"물론, 진심이고말고. 들어와, 기다리고 있었어."

그제야 존스는 마음을 놓고 그 매혹적이고 득의만면한 듯한 미소를 지었다. 그들이 처음 만났던 파티에서 술잔을 입에 대며 아도르노의 눈을 똑바로 응시할 때 짓던 그 미소였다. 그러다가 아도르노가 여전히 목욕가운 차림으로 맨발에 실내화를 신고 있는 걸 보고는 "아직 아파요?" 하고 진심으로 걱정스러운 어조로 물었다.

그러자 아도르노는 대답했다. "아니, 널 기다리고 있었어. 내내 널 기다리느라 옷 갈아입을 시간이 없었어."

존스는 또다시 미소를 지어 보였다. 그런 말들을 익히 들어온 남자의 미소였다. 그리고 가방을 내려놓고 한 발짝 다가가 두 손으로 아도르노의 얼굴을 감싼 채 키스했다. 어쩌면 피냄새가 났을지도 모르지만 그는 조금도 개의치 않고 아도르노의 손을 잡으며 말했다.

"목욕부터 해요. 내가 옷을 입혀줄게요. 욕실이 어딘지 알려줘요."

존스는 검붉은색으로 칠해진 욕조를 보고는 휘파람을 불었다. 목욕물을 받고 온도가 적당한지 확인한 그는 선반에 정렬돼 있는 병들 가운데서 전문가처럼 능숙하게 향기 나는 입욕제 하나를 골라 물에 넣고, 아도르노가 걸치고 있던 가운의 끈을 풀고 그가 욕조 안으로 들어가도록 부축해주었다. 그리고 변기 위에 걸터앉은 채 아도르노를 지켜보면서 그와 이런저런 이야기를 나누었다. 존스가 이곳에 오다가 초록색 세발자전거를 탄 아이를 길에서 마주친 이야기며, 아도르노가 공사장에서 발견한 이 욕조를 집으로 가져오려고 인부 네 명을 동원해 그의 어머니가 설치해놓았던 새 욕조를 떼어내고 설치한 이야기며. 인부들은 자기들끼리 외국어로 말하면서 그를 흘끔거리며 웃었다. 아마도 새것과 다름없는 현대식 욕조 대신 녹슬고 오래된 욕조를 설치하려는 그를 제정신이 아니라고 생각하는 듯했다. 인부들 중에서 가장 젊은 이가 떼어낸 욕조를 자기가 가져가도 되는지 서툰 프랑스어로 물었다. 아도르노는 그러라고 했고, 남자는 그에게서 수고비로 받았던 돈 일부를 되돌려주었다. 그리고 그들이 무거운 욕조를 짊어지고 계단을 내려가는 동안 또다시 웃음소리가 들려왔다. 악의적인 웃음이 아니라 뜻밖의 횡재를 만나 좋아하는 유쾌한 웃음이었다. 존스는 그 이야기를 들으며 무척 재밌어했다. 아도르노는 활짝 웃고 있는 존스를 바라보다가 갑자기 그의 뺨 위의 얽은 부분이 손, 더 정확하게는 다섯 손가락 모양이라는 걸 발견했다. 그리고 그윽한 목소리로 말했다.

"이리 가까이 와봐, 확인할 게 있어."

존스는 아도르노에게 다가가 욕조 위로 몸을 숙였다. 아도르노는 팔을 뻗어 존스의 뺨에 손을 얹고 얽은 자국에 자신의 손가락을 대보았다.

"우린 떼려야 뗄 수 없는 인연인 것 같아. 마치 장갑과 손처럼 말이지."

그러자 존스는 재떨이로 사용하던 찻잔에 담배를 눌러 끄고 라디에이터 위에 내려놓더니 순식간에 옷을 벗었다. 그리고 옷을 바닥에 내버려둔 채 욕조 안으로 들어가 물속에서 아도르노와 마주앉았다.

아도르노는 존스의 상반신과 가느다란 팔을 응시했다. 그의 얼굴보다 몸에서 젊음이 더욱 역력하게 느껴졌다. 그러다 그의 몸 여기저기에 무수히 난 점들을 발견했다. 동전만큼 큰 것들도 있었고, 아주 작은 것들도 있었다. 아도르노가 너무 오랫동안 빤히 바라보았기 때문인지, 존스는 현관문 앞에 서 있었을 때처럼 또다시 불안하고 걱정스러운 표정으로 머뭇거리며 물었다. "별로예요?" 그러자 아도르노가 대답했다. "아니, 그 어떤 것보다도 마음에 들어." 그는 그 말을 하면서 진심으로 그렇다는 것을 깨달았다. 존스는 욕실 바닥에 물 한 방울도 튀기지 않으면서 아주 조심스럽게 그에게 다가갔다. 그리고 다시 한번 그에게 키스했다. 손과 입으로 성기를 애무해주던 지골로의 몸짓은 한없이 부드러웠다고 아도르노는 회상했다. 그들은 바로 그곳, 존스가 모태母胎라고 명명한 검붉은색 욕조 안에서 처음 사랑을 나누었다. 식어버린 물은 욕조 마개를 열어 흘려버리고 또다시 더운물을 채워가며 그들은 욕조 안에서 자정이 지날 때까지 몇 시간을 보냈다. 지극히 감미롭고 지극히 진실했으며, 지금껏 아도르노가 경험한 그 어떤 것도 이토록 진정성을 띤 적이 없었다. 돌이켜보니 지금껏 그의 삶의 모든 것은 뒤늦게 찾아온 이 완벽한 순간을 위한 보잘것없는 예행연습에 불과한 듯 보였다.

24

어느덧 시간이 흘러 사무실에도 어둠이 찾아왔다. 포근하고도 상쾌한 늦은 봄날의 밤이었다. 나비나 풍뎅이 같은 곤충들이 지칠 줄 모르고 끈질기게 유리창에 몸을 부딪는 소리가 경쾌하게 들려왔다. 아도르노의 글 속처럼 늦은 시각인 줄 알았는데 누군가가 에이전시의 문을 두드리자 난 소스라쳐 놀랐다. 자정이 넘어 마침내 욕조 밖으로 나온 두 남자는 몸을 헹구거나 욕조 물을 비우고 물 위에 떠다니는 콘돔을 건져낼 엄두도 내지 못하고, 욕실에서 방까지 축축한 발자국들을 남기며 곧장 침대 이불 속으로 달려들어가 몸을 덥혔다. 문 두드리는 소리가 또 한번 더 크게 들려왔을 때에야 비로소 난 시계를 쳐다보고 겨우 아홉시밖에 되지 않았단 걸 깨달았다.

난 문을 열러 가다가 다시 돌아와서 공책을 덮고 컴퓨터를 대기모드로 해놓았다. 그리고 서둘러 다시 문으로 향했다. 사무실 안쪽 조명에 희미하게 비친 "유감스럽게도 업무 시간이 종료……"라고 쓰인 팻말 뒤로 수아뉴 부인과 별로 반갑지 않은 또다른 얼굴이 보였다. 수아뉴 씨였다. 성관계 세 번 만에 임신에 성공해 안리즈를 가진 걸 축하하기 위해 다함께 샴페인과 케이크를 먹으며 파티를 열었던 날 이후 그를 보는 건 처음이었다. 부인과 함께라도 그는 결코 에이전시에 오지 않았다. 내 안에 자신의 성기를 삽입하던 기억 때문에 거북하고, 사무실에서 옷을 다 입고 있는 날 보기만 해도 자꾸 그 순간을 떠올리게 돼 불편한 건지도 몰랐다. 하지만 난 매일 밤 그의 목소리를 들었다. 내 뱃속의 어린 딸에게 들려주려고 그들이 번갈아가면서 카세트테이프에 자장가를 녹음해주었기 때문이다. 내가 문을 열자 수아뉴 씨가 악수를 청하면서 인사를 건넸다. "안녕하세요, 델핀, 잘 지내셨죠?"

"안녕하세요, 이렇게 와주셔서 고마워요. 뭐라도 한잔하시겠어요? 커피라도?"

내가 부엌으로 향하자 수아뉴 부인이 만류했다. "고맙지만 괜찮아요, 델핀. 우린 계약 얘길 하러 온 거예요." 난 그녀가 잔뜩 긴장해 있다는 것을 알아차렸다. 그녀는 마치 출근하는 사람처럼 아래위로 베이지색 정장을 차려입고 있었다.

평소에는 늘 낡고 평퍼짐한 조깅복 차림으로 다녀서 임산부로 착각할 정도였는데. 수아뉴 부인은 어색한 미소를 지으며 식탁 위에 비닐봉지를 내려놓았다. "멜론이랑 파르마 생햄으로 샐러드를 만들어왔어요. 조금 이따 드세요." 그러고는 자리에 앉았고, 그러자 그녀의 남편도 그녀를 따라 자리를 잡았다. 그리고 수아뉴 부인이 그를 흘끗 쳐다보자 그는 책상 위에 크라프트 봉투를 올려놓더니 내 앞으로 밀었다.

"변호사를 만나고 오는 길이에요, 델핀." 수아뉴 부인이 말했다. "만일의 경우에 대비해서 서로 신중하자는 거니까, 우리가 당신을 못 믿는다고 오해하진 말아줘요. 우리 일이 좀 애매하다는 건 당신도 잘 알 거예요. 솔직히 말하면 우린, 당신이 출산 후에 아이를 직접 기르겠다고 할까봐 염려하고 있어요. 종종 있는 일이거든요. 자기 배로 낳았다고 갑자기 엄마 행세를 하려는 여자들이 있잖아요. 노골적으로 얘기해서 정말 미안하지만, 우리에게도 안전장치가 필요하다는 걸 당신도 충분히 이해하실 거예요."

그녀는 숨을 깊이 들이마시더니 또 한번 남편을 바라보았다. 그러자 그가 말을 이었다.

"우리 사이의 일은 당연히 불법이에요. 당신에게나 우리에게나 마찬가지로 불법적인 일이죠. 우린 단지 우리 중 한쪽이 변심할 경우에 서로에게 똑같이 책임이 있다고 명시한 문서가 있었으면 해요." 그는 마치 내게 무슨 호의라도 베푸는 양 미소를 지으며 덧붙였다. "혹시 우리가 나중에 아이를 데려가지 않겠다고 하면, 당신도 이 문서를 가지고 경찰에 우릴 신고하면 되는 거예요. 당신과 우리가 똑같이 얽혀 있단 얘기죠."

부부는 여전히 불편한 기색으로 날 바라보았고, 난 봉투에서 문서를 꺼냈다. 계약서는 아주 단순했고, 읽는 데 몇 분밖에 걸리지 않았다. 수아뉴 부부와 델핀 M.은 자연수정을 시도했고, 시도 끝에 델핀 M.이 임신했으며, 15,000유로를 받는 대가로 막달까지 임신을 유지한 후 아이를 낳아주기로 합의했다는 내용이었다. 프랑스에서는 불법적인 일이었다. 난 뱃속에서 가끔씩 움직임이 느껴지는 조그만 팔과 다리를 아주 잠시 떠올렸다. 그리고 펜을 집어 "위 사실을 읽고 동의함"이라는 말과 날짜를 쓰고 사인했다. 그들이 인쇄해온 똑같은 문서 두 부 가운데 한 부를 건네자 그제야 비로소 그들의 굳은 표정이 풀렸다. 수아뉴 부인은 내게 희미한 미소를 지어 보였다. 수아뉴 씨는 자리에서 즉시 일어났다. 여전히 나를 마주하기가 불편한 것 같았다. 하지만 수아뉴 부인은 계속 자리에 앉아 가방 손잡이를 꼭 움켜쥔 채 입술을 깨물고 있었다. 그녀의 남편이 나지막하게 "나딘, 제발" 하며 그녀를 부르자 그녀가 입을 열었다.

"미안하지만 꼭 물어봐야 할 것 같아서요, 델핀. 혹시 앞으로 아이를 가질 생각이 있나요?"

난 영문을 몰라 그녀를 빤히 바라보았고, 그녀는 신경을 곤두세우며 또다시 질문했다.

"지금 몇 살이죠? 서른일곱? 서른여덟?"

"서른다섯요."

"그런데 지금까지 아이를 갖고 싶었던 적이 한 번도 없었어요? 만약 아이를 갖고 싶었던 적이 없었다면, 앞으로도 그럴 가능성은 거의 없겠네요?"

"글쎄요. 갑작스러운 질문이라서. 아직 한 번도 진지하게 생각해본 적 없어요."

수아뉴 씨는 아내의 어깨에 손을 짚었다가 겨드랑이 밑으로 옮기며 부드럽게 그녀를 일으켜세웠다. 수아뉴 부인은 볼까지 립스틱이 번지도록 손등으로 입술을 문지르더니 숨을 가쁘게 쉬었다. 그리고 눈을 반짝이며 더듬더듬 말했다.

"당신한테 뭔가 요구하거나 약속을 받아낼 권리가 없다는 건 잘 알아요, 델핀. 하지만 언젠가 우리 안리즈에게 남동생이나 여동생이 생긴다고 생각하면…… 당신이 그 아이를 직접 키우든, 아니면 또다시 대리모가 되든 아이가 또 생긴다면." 그리고 서둘러 덧붙였다. "그런 생각만으로도, 아마 나는 그 사실을 절대 모르겠지만…… 당신한테 어떻게 설명해

야 할지 모르겠는데…… 아무튼 난 그걸 견딜 수가 없을 것
같아요."

난 아무 말 없이 그녀를 바라보았다. 무슨 생각을 해야 할
지조차 알 수 없었다. 사람들의 속마음을 마치 책을 읽듯 훤
히 꿰뚫어볼 수 있다고 자신하던 나였지만, 그녀가 무슨 생
각을 하고 있는지 잘 이해되지 않았다. 나는 수아뉴 씨와 눈
을 맞추며 도움을 요청해보려 했지만 그는 고개를 돌리고 외
면해버렸다.

"안리즈와 당신 사이에 아무런 연결점도 남지 않았으면
해요. 임신 기간 아홉 달을 제외하고는." 그녀가 단숨에 속사
포처럼 쏟아댔다. "언젠가 내 딸과 눈이며 머리 색깔이 똑같
은 또다른 아이가 태어나는 걸 원치 않는다고요. 그건……
그러니까…… 역겨울 거예요."

"자, 나딘, 이제 그만 가자고." 그녀의 남편이 차분한 목소
리로 끼어들었다. 하지만 여전히 내 눈을 피했고, 나를 옹호
해줄 생각도 없어 보였다. 그의 아내만큼 드러내놓고 표현하
지는 않았지만, 그 역시 그녀와 같은 생각이라는 걸 알 수 있
었다.

"아무튼 전 그냥 최선을 다할 거예요." 난 차갑게 대꾸했
다. "하지만 무엇이 됐든 약속할 순 없다는 걸 아셨으면 해
요. 앞으로 어떤 일이 닥칠지는 아무도 모르니까요."

수아뉴 부인은 코를 훌쩍이더니 소맷자락에서 꺼낸 손수
건으로—난 그녀에게 라일락 향 티슈를 건네지 않았다—눈
과 얼굴을 닦았다. 그런 다음 비닐봉지를 가리키며 말했다.

"샐러드를 먹어요, 델핀. 생햄이랑 멜론도요. 아기를 위해
서."

내가 자리에서 일어나려고 하자, 그녀는 그대로 앉아 있으
라고 손짓으로 만류했다. 부부는 문으로 향했고, 수아뉴 씨
는 걸음을 옮기며 아내의 허리를 부축했다. 마치 그녀가 아
이를 품기라도 한 것처럼. 그리고 그들은 종소리도 거의 들
리지 않을 정도로 아주 조심스럽게 나가 문을 닫고 떠났다.
비닐봉지에서 멜론 향이 풍겨나왔다. 내 눈앞에는 타이핑한
문서 한 장이 놓여 있었다. 안리즈를 출산하자마자 수아뉴
부부에게 반드시 넘겨야 한다는 내용이었다. 그러지 않으면
경찰에 고발해서 에이전시의 문을 닫게 하겠다는 으름장도
있었다. 몇 주 전, 아니 며칠 전까지만 해도 이렇게 불신을
드러내는 그들에게 모욕감을 느꼈을 것이다. '지금까지 내가
한 번이라도 맡은 일을 소홀히 한 적 있었는지 내 고객들에
게 물어보시죠. 아무리 불쾌한 일이라도 해야 할 일을 두고
몸을 사린 적이 있었는지 말예요. 난 노인들과 아이들, 그리
고 죽어가는 여자들에게도 그들이 원하는 거짓말을 했어요.
그리고 한 남자를 죽이기까지 했다고요.' 그리고 당당하게

260

덧붙였을 것이다. '그러니까 내게 약속을 지키라고 이런 종이 따위를 들이밀 필요가 없다고요.' 그러면 그들은 자신만만하고 거만하게 얘기하는 나에게 사과하며 내 앞에 밀어놓았던 계약서를 다시 크라프트 봉투 속에 집어넣었을 것이다. 하지만 오늘 난 아무 말 없이 그들이 가져온 문서에 사인했다. 왜 그랬는지는 모르겠지만, 아마도 아도르노의 공책과 욕조, 미지근한 물속에서 서로를 뜨겁게 안았던 두 남자의 사랑과 관련되었으리라 짐작할 뿐이다. 그러면서 나 자신이 하찮은 존재라는 생각이 들었다. 난 묶여 있던 비닐봉지를 풀어 조그맣게 자른 멜론과 생햄이 담긴 밀폐용기를 꺼냈다. 그리고 허공을 멍하니 응시하면서 손가락으로 음식을 집어 먹었다. 이 역시 지금까지 한 번도 해본 적 없는 일이었다. 난 언제나 식탁에 식기와 냅킨 등을 제대로 차려놓고서 식사했으니까. 다 먹은 후에는 봉지를 쓰레기통에 버리고 라일락 향 티슈로 손을 닦았다. 그리고 아도르노의 공책을 다시 보고 싶지 않아서 가방에 집어넣은 다음, 문서파일을 '1999년도 고객 청구서'라는 별로 눈에 띄지 않는 이름으로 저장했다. 컴퓨터를 끄고, 수아뉴 부부가 사인한 문서 한 부를 서류보관용 파일에 집어넣었다. 난 하마터면 현관문을 잠그는 것도 잊어버릴 뻔했다. 부부가 떠날 때 종소리가 너무 약하게 울렸기 때문인지, 아니면 이 모든 게 마치 악몽처럼 느껴졌기 때문인지는 모르겠지만.

이를 닦고 세수를 했지만 홀로 욕조에 몸을 담그고 싶지는 않았다. 불을 끄고 침대에 누워 존스를 생각했다. 그의 얼굴과 나를 향한 가혹한 말들, 아도르노가 묘사한 남자와 너무도 다른 것 같은 남자를. 하지만 존스 역시 수없이 자신의 몸을 팔던 남자였다. 열여덟 살 무렵 그는 이미 순결과 풋풋함을 전부 잃어버렸을 것이다. 나 역시 그런 경험이 있으니 그게 어떤 거라는 걸 잘 알고 있다. 그런데 그가 아도르노를 만나면서 어떻게, 또 무슨 이유로 완전히 달라진 것일까? 어떤 문이 활짝 열린 것일까? 그가 두르고 있던 어떤 갑옷에 금이라도 간 것일까? 어째서 그동안 내가 서비스를 제공했던 수백명의 남녀는 어느 누구도 나의 아킬레스건을 건드리지 못했을까? 어째서 나를 변화시키거나 깨달음을 주거나 오래전 순수했던 시간으로 되돌아갈 수 있게 해주는 기적을 일으키지 못했을까? 드로비츠키 부인은 거의 그럴 뻔한 사람이었다. 아도르노도 마찬가지였다. 하지만 다른 사람들과 나를 갈라놓는 경계선을 넘어선 적은 한 번도 없었다.

뱃속에서 안리즈의 움직임이 느껴졌다. 엄지손가락을 입에 물고 웅크리고 있는 태아의 이미지가 스치듯 떠올랐다. 뺨에 애교머리 한 가닥이 달라붙어 있는 모습도. 왜 하필 그런 엉뚱한 디테일이 떠올랐을까. 난 두 남자가 사랑을 나누던 검붉은색 욕조 앞에 버티고 서서, 한 치의 떨림도 없이, 한 마디 항변도 하지 않은 채 그 문서에 사인한 내가 혹시 괴물은 아닌지 묻고 싶었다. 어쩌면 내 뱃속에서 그 모든 이야기를 엿들으면서 내 팔의 움직임에 주목하고 있었을지도 모르는 아기에게 마음속으로 의견을 물었어야 하는 건 아닌지. 하지만 그럼에도 불구하고 난 펜을 들어 사인을 했다. 그래요, 내가 그렇게 한 거라고요.

난 눈을 감았다. 그러자 문득, 내 뺨에 입을 맞추던 존스의 입술이 떠올랐다. 내게 아름답다고 말하며 날 바라보던 그 눈빛도. 그의 말이 사실이건 아니건 중요하지 않았다. 그러다 갑자기 이런 생각이 떠올라 당혹스러워졌다. 내 아킬레스건을 건드린 고객을 난 이미 만난 것이다. 그런데 그 사실을 아직 깨닫지 못하고 있었던 거라면? 난 다시 눈을 뜨고 겁에 질린 채 어둠 속을 응시했다. 존스가 문을 두드렸을 때 아도르노의 심장이 쿵쾅거리던 것처럼 내 심장이 세차게 뛰기 시작했다. 왜 하필 당신이지, 어째서 나를 꼭 닮은 당신이냐고. 그 순간 난 내가 속죄하고 구원받는 유일한 길은 존스가 아도르노를 사랑했던 것처럼 언젠가 그가 나를 사랑하게 되는 것뿐이라는 사실을 깨달았다.

25

이튿날은 토요일이었다. 난 마리아에게 더이상 거짓말하지 않아도 된다는 사실에 안도했다. 그녀가 옆방에 있는데 작업을 계속할 순 없었다. 잠깐 화장실에 가거나, 파일을 보관해두는 캐비닛에 서류를 찾으러 간 사이에 그녀가 살금살금 다가와 얼마든지 훔쳐볼 수도 있기 때문이었다. 그렇다고 공책이나 컴퓨터를 들고 다닐 수도 없는 노릇이었다. 지금의 작업 속도라면 하루만 더 하면 끝낼 수 있을 것 같았다. 어쨌거나 그 이상 붙들고 있을 자신도 없었다.

난 점심도 거른 채 작업했다. 오후 두시가 되자 배가 고팠다. 부엌으로 가서 잼을 바른 빵 두 쪽과 오렌지주스 한 잔을 가지고 돌아왔다. 이제 존스는 아도르노의 아파트로 거처를 옮겼다. 자신의 물건을 조금씩 옮겨오던 그는 아도르노가 못 버리게 하던 말라버린 화초 옆에 수국 화분 하나를 놓아두기도 했다. 그들의 일상은 차츰 안정되어갔다. 아침마다 존스는 아도르노에게 잼을 바른 빵과 커피를 쟁반에 받쳐 침대로 갖다주었다. 아도르노는 커피만 마시는 존스에게 계속 잔소리를 해댔다. "일하러 가면서 그렇게 빈속이면 안 돼." 그러면 존스는 담배에 불을 붙이고 웃으며 대답했다. "일? 나 일 안 하는데." 때로는 이렇게 덧붙이기도 했다. "일을 한다 해도 고되지 않고 오히려 즐거운 일일걸." 그리고 조금 전 불을 붙인 담배를 눌러 끈 다음 쟁반을 바닥에 내려놓고 아도르노가 누워 있는 침대 속으로 들어갔다. 처음 삼 년 동안 그들 사이에는 오직 행복뿐이었다. 물론 몇 차례 다툼은 있었다. 다투고 나면 존스는 이삼 일 정도 종적을 감추었는데, 그러다가도 어김없이 다시 돌아왔고, 두 사람은 한바탕 눈물바람을 한 후에 다시 사랑을 이어갔다.

세시가 되자 난 두번째 공책을 끝내고 셋째 권의 절반 정도 작업을 마칠 수 있었다. 공책에는 그 무렵 아도르노가 앓던 병의 심각한 증상이 처음 나타나기 시작했다고 기록돼 있었다. 입원이 반복되자 그는 존스를 원래 살던 집으로 다시 돌려보냈다. 존스가 간호사나 간병인이 되어버리는 걸 원치 않았기 때문이다. 그가 간호사와 비서, 청소부와 요리사 역할을 해줄 수 있는 사람을 찾기 시작한 것도 바로 그 무렵이었다. 그리고 내 이야기가 그렇게 처음 등장했다.

난 아도르노에 대해 제대로 알지 못했다는 생각이 들었다. 지금까지 내 고객들에 대해 누구보다 잘 안다고 믿었는데. 그렇지 않다면 그들이 왜 내게 도움을 요청했겠는가? 가끔 고객들로부터 항의를 받긴 했지만, 자신들에 대한 이해가 부족하다며 나무란 적은 한 번도 없었다. 그들의 불평 또한 어느 정도 예상되던 것들이었으니까.

그의 공책에서 처음으로 나를 언급한 부분을 봤을 때 난 이게 누구 얘기인지 즉시 알아차리지 못했다. 무엇보다 내 이야기가 이 공책에 등장할 거라고는 예상치 못했기 때문이고―그가 앞에서 말한 대로 난 고작 가정부이자 비서일 뿐이었으니까―또 내가 그런 식으로 묘사될 거라고도 생각지 못했기 때문이다. 그는 나를 돌덩이, 또는 '피에트라'*라고 불렀다. 물론 악의는 없었으리라 믿고 싶지만 어쨌거나 그 사실을 알고 나는 마음이 아팠다. 내가 아도르노에게 약간의 애정을 품었듯이 그 역시 내게 애정을 품고 있었다고 믿었던 건지도 모르겠다. 그는 공책에 나에 대해 이렇게 적었다. "그녀는 못생기지도, 그렇다고 아름답지도 않았다. 난 지금

---

* 이탈리아어로 '돌'이라는 뜻.

까지 그녀처럼 감정을 드러내지 않는 사람을 본 적이 없다. 때로는 존재하지도 않는 것처럼, 마치 내 상상 속의 존재 같을 정도다. 그만큼 그녀가 있을 때와 없을 때가 별반 다르지 않다."

'당신들은 왜 모두 하나같이 내게 이러죠? 아도르노, 마리아, 야롤, 당신들은 어째서, 내가 내 삶보다 다른 사람들의 삶에 더 신경쓴다고 해서 내 존재까지 희미하다고 생각하는 거죠? 난 오히려 그 덕분에 내 존재가 더 뚜렷해진다고 생각했는데.' 이렇게 생각하자 분노가 차올랐다. '이런 식으로 묘사할 거였으면 왜 나에 대해 얘기한 건가요, 아도르노. 난 당신이 고용한 사람이었고 내 할일을 잘해냈잖아요. 난 누구에게도 당신 험담을 하지 않았어요. 내가 다른 사람한테 당신이 모피코트를 입는다거나, 병자 같은 얼굴이 제대로 가려지지도 않는데 화장을 한다고 흉봤더라면 당신 기분이 좋았을까요? 아니면, 당신이 이 공책에 글을 쓰다가 소심한 어린아이처럼 이유도 말하지 않고 가끔씩 눈물을 흘렸다는 걸 떠들고 다니면 좋았겠어요? 드로비츠키 부인이 즐겨 읽던 연애소설도 이보다는 덜 감상적일 거예요. 몇몇 페이지는 당신이 흘린 눈물 때문에 잉크가 번져서 알아볼 수도 없을 정도라고요. 내가 그런 당신에 대해 감상적인 호모, 사랑에 빠진 미치광이라고 떠들고 다니면 기분이 어떨 것 같나요? 아니, 난 그런 당신을 한 번도 험담한 적 없어요. 다른 사람이 볼지도 모르는 기록 한 번 남긴 적이 없고요. 그런데 어떻게 당신은 나를 피도 눈물도 없는 여자로 만들어버릴 수가 있죠? 어떻게 감히, 마치 시계를 해체하듯 날 들여다보면서 나를 움직이는 게 뭔지 알아내려고 했냐고요. 당신한테는 그럴 권리가 없어요. 나라는 톱니바퀴를 돌아가게 만드는 건 사랑도, 사랑에 대한 추구도, 그렇다고 단지 돈만도 아니라고요. 이미 당신도 썼듯이, 돈은 강력한 것이긴 하지만 누군가를 살아 있게 해주는 건 아니니까요. 당신은 어떻게 나에 대해 그렇게 얘기할 수 있었던 거죠, 아도르노? 언젠가는 내가 존스를 사랑하게 되리란 걸 알지도 못했으면서?

26

그래서 난 그 부분을 타이핑하지 않았다. 돌덩이, 피에트라 같은 말은 모두 삭제했다. 물론 보라색 공책에 적힌 말까지 지울 순 없었지만, 존스에게 전해줄 타이핑 문서에서는 자취를 감춘 것이다. 그러고 나서 비서의 실수로 공책들을 잃어버렸다고 둘러댈 수 있지 않을까 하는 생각이 들었다. 이번에는 정말로 공책들을 갖다 버리거나 불태워버리면, 내가 타이핑해 인쇄한 원고만이 아도르노의 기억에 관한 유일한 흔적이 될 터였다. 다만 두 남자가 서로 사랑하느라 너무 바빠서 일개 가정부에 관한 얘기까지 나눌 시간이 없었기를, 아직 무언가를 바꿀 수 있는 여지가 남아 있기를 바랄 뿐이었다. 난 공책에 등장하는 여자, 차갑고, 까칠하고, 자기 일에만 철저한 여자의 흔적을 모두 차례차례 지워나갔다. "자기 일을 잘하면서도 얼마든지 약간의 인간미는 풍길 수 있는 거 아냐." 아도르노는 나에 관해 불평을 늘어놓았다. "말도 마, 내가 그렇게 여러 번 부탁했는데도 육 개월이 넘도록 나한테 꼬박꼬박 존대를 한다니까. 그리고 내가 먼저 요구하지 않으면 장을 보고 오면서 내게 수선화 한 다발, 딸기 한 팩 사다주는 법이 없어. 내가 언제나 돈을 넉넉히 주는데도 말이지." 그는 향기에 관한 얘기도 빼놓지 않았다. 내 살냄새와 잘 어울리거나 내 피부에 잘 배어드는 향기를 도무지 찾아낼 수가 없었다는 사실을 언급했다. "심지어 머리나 옷에도 향기가 배잖아. 그런데 이상하게도 그 여자 몸에서는 모든 향기가 사라져버리고 마는 거야. 내가 향기에 대해 어떻게 생각하는지 잘 알지? 난 향기가 우리의 생각보다 자신에 관해 더 많은 것을 말해준다고 믿거든. 동물이나 아이들한테서 나는 냄새처럼 말이지. 사향과 치자나무꽃 향이 묘하게 뒤섞인 향수가 네 살갗에서 얼마나 멋진 향기로 바뀌는지 한번 생각해봐."

내가 삭제한 구절들은 단지 이뿐만이 아니었다. 아마도 존스를 즐겁게 해주려고 한 얘기겠지만 나를 아연실색하게 만든 일화들도 있었다. 내가 얼마나 자주 웃는지, 하루에 몇 번이나 말하는지를 그가 재미삼아 세고 있었을 거라고 누가 짐작이나 했겠는가. 때로는 내 반응을 보려고 일부러 하루종일 내게 말을 걸지 않았다는 걸 짐작이나 할 수 있었겠는가. '그래요, 난 내 일에 몰두하느라 그럴 여유가 없었다고요. 대걸레로 바닥을 문지르거나, 당신이 불러주는 말을 받아 적느라고요. 나는 그저 안녕하세요, 안녕히 계세요, 그리고 좀더 시간이 지나서는 안녕, 아도르노, 또 봐요, 아도르노, 그 말만 반복할 뿐이었죠.' 아니, 난 그 여자를 사라지게 하는 것으로 만족하지 않았다. 그의 글 속에서 묘사된 것과는 다른 여자, 다른 모습의 요양보호사를 만들어냈다. 나처럼 붉은 머리에, 나처럼 설거지를 하고 욕조를 닦아내지만 나와는 전혀 다른 여자를. 솔직히 고백하자면, 그렇게까지 해야 한다는 게 마음 아팠다. 난 변신에 익숙한 사람이었고, 그동안 다른 이들을 위해 이미 수없이 변신해왔지만 이번엔 어떻게 처신해야 할지 알 수 없었다. 고객들의 말 몇 마디만으로 그들의 혼란스러운 속내와 소망을 간파해내던 나였는데, 아도르노는 내가 어떤 모습이기를 바랐는지, 존스가 좋아할 만한 여자는 어떤 모습인지 알 수 없었다. 만약 아도르노의 공책이 일종의 길잡이가 되지 않았다면 아마 난 완전히 잘못 짚었을 것이다. 아도르노가 써놓은 것과 정반대로 나를 묘사하면 충분했다. 지금까지의 단편들을 분해해서 모두 거꾸로 다시 쌓아올리기만 하면 됐다. 장을 보러 갔다 올 때는 그에게 작약 한

다발, 초콜릿을 얹은 슈크림, 집에 오는 길에 골동품가게 진열창에서 본, 흠집이 나긴 했지만 세상에 단 하나뿐인 향수병 같은 소소한 선물들을 사다주기도 했고, 그가 돈을 주려고 해도 끝내 받지 않았다. 그는 내가 오기를 몹시 기다렸고, 난 언제나 유쾌했고, 그가 아프거나 때로 퉁명스럽게 굴 때조차도 변함없이 다정하게 그를 대했다. 게다가 그는 내가 일 때문에 피곤할 텐데도 어떻게 그렇게 한결같이 상냥할 수 있는지 의아해하기도 했다. 하지만 지나치게 과장하진 않았다. 그저 납득할 수 있을 정도로만 살을 붙였다. 그러면서 마치 존스에게 나 자신을 변호하는 느낌이 들었다. 난 당신이 생각하는 그런 사람이 아니에요. 내가 어떤 사람인지 잘 봐요. 내게 다만 시간을 좀 달라고요.

그러다가 문득, 어찌 보면 내가 나 자신의 고객이 되었고, 스스로 쌓아올린 환상 속으로 들어간 것이라는 생각이 들었다. 난 마약과 마취제로 된 집으로 들어간 것이다. 그리고 설령 그 사실을 자각하고 있었더라도 애써 모른 척하는 편을 택했던 것 같다.

27

오후에 전화벨이 울렸다. 난 기계적으로 수화기를 들었다. 주말에 고객이 전화하는 경우는 아주 드물었다. 하지만 난 특별히 신경써서 명함에 '필요한 경우에'라는 말을 넣었다. 긴급한 경우가 아니라 필요한 경우, '주중 주말 가리지 않고 이십사 시간 언제든 연락주세요'.

"'당신을 위해'입니다. 안녕하세요, 무엇을 도와드릴까요?"

"델핀? 마리아?" 수화기 저쪽에서 여자 목소리가 들려왔다.

일 년에 겨우 한두 번 들을 뿐이었지만 곧바로 알아차렸다. 전혀 달갑지 않은 연락이었다. 이 고객과 통화하고 싶지 않았다. 다른 날은 몰라도 그날은 더욱더 그랬다.

"마리아 제스카입니다." 내가 대답했다. "누구시죠?"

"M.이에요." 그녀가 노래하는 듯한 목소리로 대답했다. "잘 지내요, 마리아? 며칠간 이곳에 있을 예정이거든요. 그래서 그사이에 델핀을 좀 봤으면 해요. 지금 사무실에 있나요?"

"아뇨, 부인. 안타깝게도 지금 외출하셨어요. 메시지 남기면 전해드릴게요."

"그럼 월요일에 점심식사 함께할 수 있는지 물어봐줘요. 그리고 나한테 전화 좀 해달라고요. 전화번호 알려줄게요……"

난 마리아의 수첩에 번호를 받아 적고는 '다시 전화해서 약속을 화요일 열두시로 확정할 것'이라고 덧붙였다. 그리고 다른 전화가 걸려왔다고 둘러대며 재빨리 전화를 끊었다. 그리고 곧 다가올 그녀와의 점심식사를 머릿속에 그렸다. 우리는 항상 라네바가에 있는 크레이프 전문 식당에서 만났다. M. 부인은 내가 크레이프를 좋아한다고 착각하고 있었다. 어릴 때 좋아했다는 이유로 지금도 그렇다고 생각하는 것이다. 난 그녀에게 말하고 싶었다. 당신이 아는 건 뭐죠? 난 크레이프를 안 좋아한다고요. 순간, 조금 전 마리아의 수첩에 메모해둔 내용을 지워버리고 대신 이렇게 적고 싶었다. '다시 전화해서 시간이 안 난다고 전할 것.' 하지만 난 내가 원하지 않는다고 해서 고객과의 미팅을 거절한 적이 없었다. 어쨌거나, 그 점심식사 자리도 다른 서비스와 마찬가지로 똑같이 비용이 청구될 테니까.

M. 부인은 일 년에 한두 번 정도 나를 식사에 초대했다. 주로 봄철이었고, 언제나 가짜 브르타뉴식 크레이프 식당에서 만났는데, 실내장식으로 벽에 낡은 어망을 걸고 문 위에는 전등을 매달아놓은 곳이었다. 식당에 들어설 때마다 우스꽝스러운 장식이라는 생각이 들었다. 하지만 그녀를 만나기에는 더없이 적절한 곳이기도 했다. 그녀에 관한 서류만큼 거짓으로 점철된 것도 없었으니까. 하지만 M. 부인은 그런 사실을 전혀 알지 못했다. 아이러니하게도 그녀는 내가 무슨 일을 하는지 정확히 알지 못하는 유일한 고객이었다. 하지만 그녀와의 점심식사는 에이전시가 문을 열 때부터 줄곧 이어져왔고, 단골이라고 말할 순 없어도 나의 가장 오래된 고객 중 하나였다. 하지만 만날 때를 제외한 그 나머지 시간에는 연락을 하지 않았다. 난 언제 다시 그녀를 만날 수 있을지, 나중에 다시 만나기는 할지 전혀 예측할 수 없었다. 혹시 그녀가 교통사고를 당하거나, 병이 들거나, 외국에 가서 살게 된다고 할지라도 나한테 그런 사실들을 알려줄지조차 확신할 수 없었다. 그녀는 내게 연락을 해올 때마다 새로운 전화번호와 주소를 알려주었다. 때로는 별 한 개나 두 개짜리 조

그만 호텔에, 때로는 누군가에게서 빌린 아파트에서 머물렀다. 그녀는 십오 년 동안 그런 아파트에서 대여섯 번 정도 내게 점심을 차려주었다. 메뉴는 항상 똑같았다. 샐러드와 햄버그스테이크, 그린빈, 그리고 디저트로는 밀푀유가 전부였다. 벽장에 있던 통조림 두 개로 단시간에 만들 수 있는 간편한 점심이었다. 결코 파티 같은 식사가 아니었다. 그리고 그녀가 재현하고자 한 것이 바로 그런 것이었음을 난 알고 있었다. 진부하기까지 한 평범한 일상을 되살리는 것. 크레이프 식당에서 점심을 먹으면서 어린 시절을 되찾아주려는 노력도 그런 맥락이었다. 난 그런 그녀에게 이렇게 말할 수도 있었다. "이래봤자 아무 소용없어요. 지난 일을 돌이킬 수는 없다고요. 아무리 애써도 아닌 건 아닌 거예요." 하지만 난 다른 고객들을 대할 때처럼 그녀에게도 진실을 얘기하지 않았다.

처음에 마리아는 몹시 궁금해하면서 내게 물었다.

"당신이랑 성씨가 똑같은 그 부인 말예요, 혹시 당신 가족인가요?"

난 그녀가 자세히 캐묻지 않게 그저 먼 친척이라고 간단하게 대답했다. 하지만 며칠 후 그녀가 또다시 물어왔다.

"당신이랑 성씨가 똑같은 그 부인에게서 또 전화가 왔어요. 당신 휴대폰 번호를 알려드릴까요? 아니면 곧바로 사무실로 연결해드릴까요?"

난 마리아가 켜놓은 라디오를 끈 다음, 두 손으로 책상을 짚고 그녀를 굽어보면서 차분한 어조로 대답했다.

"내 말 잘 들어요, 마리아. 그분에게서 나를 찾는 연락이 또 오면, 면담 약속을 잡아야 한다고 하세요. 다른 고객들하고 똑같이 대하면 돼요. 다만 면담 비용 얘긴 하지 말고요. 내가 직접 할 테니까."

그리고 그녀와 몇 년 만에 만난 자리에서 난 비용 이야기를 꺼냈다. 꽤 오랜만에 나타난 그녀는 모호한 말로 그동안의 부재에 대해 변명하려 했다.

"그런 건 알고 싶지 않아요." 내가 대꾸했다. "하지만 난 무척 바쁜 사람이고 한가로운 시간이 많지 않아요. 일부러 시간을 쪼개서 나온 거니까 그 시간만큼 보상을 해주시면 좋겠어요. 무리한 요구 같지는 않은데요."

그녀는 잠시 당황한 기색을 보이더니 핸드백을 집어들고 지퍼를 열면서 말했다.

"얼마나 주면 될까? 내가 금액을 정하면 될지, 아니면……"

"고민하실 거 없어요. ……유로 주시면 돼요." 난 구체적인 금액을 제시했다. "세 시간쯤 일하면 대략 그 정도 받거든요. 식사하는 데 세 시간 정도 걸리잖아요?"

그녀는 지갑을 열어 돈을 꺼내려다가 현금이 부족하다는

걸 깨닫고는 내게 눈빛으로 물었다.

"수표를 써주시면 돼요." 내가 나지막한 목소리로 말했다.

그녀는 입술을 깨물면서 테이블 한구석에 대고 수표를 썼다. 내 기억에 아마 그게 우리의 첫 식사 자리였다. 그녀가 애써 어색한 미소를 지으며 수표를 내밀었을 때 그녀의 잇몸에 묻은 립스틱 자국이 눈에 들어왔다.

"용돈이라고 생각하렴." 그녀는 농담을 던졌지만 목소리에는 자신이 없었다.

난 아무 말 없이 수표를 챙겨넣었다. 다른 고객들을 대할 때와 달랐던 점은, 그녀에게는 한 번도 영수증을 발급하지 않았다는 것이다. 왜 그랬는지는 나도 잘 모르겠다. 그런 절차를 불필요하게 만드는 어떤 문서가 어딘가에 있다고 생각했기 때문인지도 모른다. M. 부인은 그런 내 생각을 간파한 것 같았다. 그녀는 바보가 아니었으니까. 어쩌면 그녀는 내게서 모욕적인 말을 듣거나 거절당하기보다는 차라리 그런 타협을 원했을 것이다. 그날 난 우리의 대화를 끝내면서 이렇게 말했다.

"나한테 과거에 대해 해명할 필요 없어요. 아무것도 설명할 필요 없다고요. 난 한 번도 당신이 보고 싶었던 적이 없으니까요."

그후 우린 더이상 그 얘기를 꺼내지 않았고, 마리아는 침묵하는 데 점점 익숙해졌다. 나의 자매든 고모나 숙모든, 혹은 사촌이든, 마리아는 내가 나와 성씨가 같은 그 여자를 어떻게 그렇게 냉담하게 대할 수 있는지 이해하지 못했다. 어쩌면 그 여자가 전화로 마리아에게 내밀한 이야기를 털어놓았을지도 모른다. 하지만 마리아는 나의 그런 무감정함을 존중해주었다. 언젠가 그녀가 화를 내며 이야기한 것처럼, 바로 그런 점이 '당신을 위해'의 혼이자 척주라는 걸 인정했기 때문이다.

난 수첩을 닫고 다시 타이핑 작업을 시작했지만 더이상 집중할 수가 없었다. 내가 거짓을 늘어놓고 있다는 자각이 들자 왈칵 눈물이 솟구쳤다. 참으로 아이러니하다는 생각이 들었다. 왜 하필 오늘 그런 전화가 걸려온 것일까. 사람은 달라지지 않는다는 사실을, 아무리 기를 써도 결코 달라지지 않는다는 사실을, 내가 고객들에게 제공하는 허망한 환상처럼 모든 게 헛된 바람일 뿐이라는 사실을 상기시키려는 것 같았다. 하지만 오늘 그 바람에서는 아주 좋은 향기가 난다. 아도르노가 살아 있었다면 마음에 들어했으리라. 난 그 속에, 어릴 적 마시러 가던 샘물(그후 난 한동안 수돗물을 마시지 않으려 했다)의 향기, 지금은 이름도 얼굴도 잊어버린 어린 시절 친구의 단발머리에서 나던 향기, 드로비츠키 부인이 즐겨 쓰던 향수, 그리고 삶이 내게 작은 선물처럼 선사한, 행복에 가까웠던 몇몇 순간들의 향기를 첨가했다. 나를 또다른 나로, 정확히는 공책 속의 새로운 여자로 다시 태어날 수 있게 해주었을 모든 것들의 향기를.

28

한참이 지나서야 유리창에 무언가가 부딪치는 소리가 들려왔다. 우박이나 한여름 뇌우가 쏟아질 때의 빗방울 소리보다도 훨씬 더 작은, 거의 들리지 않는 소리였다. 그 소리를 이삼 분 정도 계속 듣고서야 난 눈을 들어 창문을 바라보았고, 작고 동그란 종이 뭉치가 유리창에 부딪쳤다가 튕겨나갔다. 창문에 닿는 종이 뭉치를 또하나 보고서야 나는 자리에서 일어났다. 이 건물에 사는 아이들은 거의 없었지만 어쩌면 아이들이 장난삼아 창문에 이것저것 던지는 건가 싶었다. 그래서 아이들을 쫓아 보낼 생각으로 밖으로 나섰는데, 그 순간 황급하게 달아나는 야롤의 모습이 눈에 들어왔다.

호리호리한 실루엣과 긴 머리를 보자마자 야롤이라는 걸

알아차렸다. 야롤은 달려가다가 잠시 뒤를 돌아보더니 내게 따라오라고 손짓했다. 단호하면서도 불안해 보이는 얼굴이었다. '대체 무슨 일이야, 야롤.' 그는 30미터 남짓 나아가다 조그만 샛길로 통하는 철문을 열고 그 안으로 모습을 감추었다.

난 서둘러 웃옷을 걸친 다음 슬리퍼를 신고 그를 쫓아갔다. 에이전시 앞 보도에 동그랗게 구겨진 종이 뭉치들이 잔뜩 널려 있었다. 혹시 종이에 야롤이 뭐라고 적어놓았을까 싶어 그중 한두 개를 집어 펴보았다. 하지만 아무것도 없는 백지였다. 다만 종이가 조금 눅눅했는데, 아마도 종이를 좀 더 무겁게 만들려고 침으로 적셔놓은 듯했다. 난 천천히 철문으로 향했다. 철문 뒤로는 좁다랗고 어두컴컴한 샛길이 있었는데, 아마도 우리 아파트의 뒤뜰 같은 곳으로 연결되는 통로 같았다. 야롤이 왜 그곳으로 날 이끄는지 알 수 없었지만 두렵지는 않았다. 난 한 번도 야롤을 두려워해본 적 없었다. 통로를 지나 공터에 이르렀지만 야롤은 거기 없었다. 난 잠시 어떻게 해야 할지 몰라 우뚝 선 채 주위를 둘러보았다. 좁고 어두컴컴한 공간에 나무판자와 낡은 연장, 사다리 등이 쌓여 있었다. 야롤이 어디로 갔는지 짐작이 가지 않았다. 아파트 1층의 살짝 열려 있는 창문으로 들어간 다음 문을 닫은 것일까? 그렇다면 왜 따라오라고 했을까? 아파트 주민들이 혹시 불만을 제기하지 않을지, 에이전시 바로 코앞에서 일어

난 일에 대해 야롤의 엄마가 내게 책임을 물으면서 역정을 내지나 않을지 불안했다. 그러다가 벽에 있는 조그만 철문이 눈에 띄었다. 그리고 살짝 열린 문틈으로 야롤이 내게 손짓했다.

난 쓰레기통과 청소용품들이 쌓여 있는 통로를 따라 그의 뒤를 좇았다. 이번에는 그가 멀리 떨어지지 않고 바로 몇 발짝 앞에서, 손에 조그만 손전등을 들고 그와 나 사이의 바닥을 비추며 나아갔다. 그때 갑자기 커다란 벌레나 쥐처럼 보이는 시커먼 형체가 내 다리 사이를 지나갔다. 난 소리를 지르지 않기 위해 손으로 입을 막아야 했다. 마침내 조그만 뜰에 이르자 맞은편에 내 방 창문의 초록색 커튼이 보였다. 그제야 비로소 우리가 반대 방향으로 길을 거슬러왔다는 것을 알 수 있었다. 우린 에이전시 뒤편에 와 있었다.

야롤은 바로 이 경로를 오가며 내 방 창살에 종이쪽지를 묶어놓았던 것이다. 그가 이 통로를 발견하기까지 그동안 뒤뜰과 지하실에서 얼마나 위험천만한 수색을 벌인 걸까 싶었다. 뒤뜰 한구석에는 함석판으로 지붕을 덮어둔 조그만 창고 같은 곳이 있었다. 건물 관리인이 각종 도구들과 쓰레기통을 쌓아두는 곳인 듯 보였다. 그런데 야롤이 내 소맷자락을 잡고 그곳으로 이끌었다. 창고 문은 체인과 새 자물쇠로 잠겨 있었다. 야롤은 목에 걸고 있던 조그만 줄을 머리 위로 빼내더니 그 끝에 매달려 있는 열쇠로 창고 문을 열었다.

그러자 높이가 1미터가 채 넘지 않고 깊이는 그 반 정도밖에 안 돼 보이는 아주 비좁은 공간이 모습을 드러냈다. 안에는 둥글게 만 침낭과 물병 하나, 거의 비어 있는 비스킷 한 통이 놓여 있었다. 야롤이 벽면에 테이프로 붙여놓은 도시 지도 위에는 거리나 강 등을 거의 알아볼 수 없을 정도로 낙서가 갈겨져 있었다. 그는 몸을 쪼그렸고, 그를 따라하던 나는 자세가 너무 불편해서 그대로 주저앉아버렸다. 이런 곳에서 어떻게 머물러 있을 수 있는지, 그가 매일 이곳에서 얼마나 시간을 보내는지 궁금했다. 야롤은 공모자 같은 눈빛으로 날 바라보면서 몸을 구부려 내 귀에 속삭였다.

"여긴 아주 훌륭한 은신처예요. 여길 꼭 보여주고 싶었어요. 당신한테 꼭 필요할 것 같았거든요. 난 여기에 매일 오지는 않아요. 그리고 꼭 그래야 하는 경우에는 두 사람도 충분히 있을 수 있어요. 그래야 할 만한 위험이 닥치면요."

"무슨 위험?"

"당신도 잘 알잖아요." 야롤이 턱짓으로 건물 뒤쪽의 길을 가리키면서 중얼거렸다. "그들은 당신이 어디 사는지 알고 있어요. 당신을 감시하고 있다고요."

"무슨 말인지 도무지 모르겠어, 야롤."

난 그를 좀더 유심히 살펴보았다. 아마도 무심결에 워크맨을 잃어버린 듯, 목에 걸친 이어폰 줄만 흔들리고 있었다. 뺨에는 발갛게 반점이 생겨 있고, 시선은 초점 없이 허공을 헤매고 있었다. 그러면서 무언가에 사로잡힌 듯 열쇠를 입에 넣고 혓바닥이 까질 정도로 잘근잘근 깨물었다. 야롤의 그런 표정을 처음 보는 것은 아니었다. 좀체 컴퓨터를 끄려 하지도 않고, 나와 말을 섞지도, 나를 따라나서려 하지도 않던 시절 그는 그런 표정을 지었다. 몽유병자를 대할 때처럼 나는 팔을 뻗어 그의 눈앞에 손을 흔들어보고 싶었다.

"내가 그 사람을 봤어요." 그가 또다시 속삭였다. "동네를 어슬렁거리면서 당신을 감시하던 남자요. 그가 당신 집 문을 보고 있었어요. 당신을 기다리고 있었다고요."

"대체 어떤 남자 말이야?"

그는 뭔가에 쫓기는 것처럼 불안해 보이는 표정으로, 머리칼을 눌러 머리에 붙이고 손가락을 쫙 벌리고서 손톱으로 한쪽 뺨을 긁는 시늉을 했다. 그가 얘기하는 사람이 '존스라는 걸 금세 알아차릴 수 있었다.

"그 사람을 언제 봤는데?" 내 물음에 야롤은 또다시 건물과 길 쪽을 흘끗 쳐다보았다.

"어제요. 그저께도 봤고요. 그리고 지난주에도 있었어요. 처음엔 눈여겨보지 않았어요. 길에서 누굴 기다리는 사람이라고 생각했거든요. 그런데 차들이랑 사람들이 계속 지나다니는데도 당신 집 창문을 바라보면서 가만히 서 있더라고요. 그래서 알았어요. 확신이 들자마자 당신한테 알려주려고 온 거예요."

"알려줘서 고마워, 야롤. 이젠 알았으니까 내가 알아서 할 게. 내 걱정은 안 해도 돼. 그만 집으로 돌아가. 엄마가 걱정하실 거야."

사실 난 전혀 두렵지 않았다. 오히려 존스가 에이전시를 지켜보고 있다는 사실에 기뻤다. 빨리 사무실로 돌아가 조심스럽게 커튼을 들추고 그가 있는지 확인하고 싶었다. 난 창고 문을 부여잡고 몸을 일으키면서 말했다.

"여기 있으면 안 돼, 야롤. 관리인이 알면 가만있지 않을 거야. 집으로 가. 이젠 나도 알았으니까 조심하겠다고 약속할게."

그는 고개를 숙이면서 음모자 같은 목소리로 대꾸했다.

"관리인이라면 그 머리 벗어진 키 작은 남자 말이죠? 괜찮아요. 내가 그 사람한테 돈을 줬거든요. 나더러 여기 있어도 된다고 했어요."

"돈을 줬다고?"

"돈이 조금 있었거든요." 그가 어깨를 으쓱하면서 말했다. "전에 엄마가 주신 돈이요. 모아놨던 거예요."

"오 이런, 야롤."

난 깊이 숨을 들이마신 후 그의 팔을 잡으며 말했다.

"나하고 같이 가자. 커피 한 잔 줄 테니까 마시고, 그러고 나서 집에 데려다줄게. 아니면 엄마한테 전화해서 데리러 오시라고 할게. 네가 원하는 대로 해."

"엄마한테는 연락하지 말아줘요." 그가 애원하듯 말했다. "여기서 좀더 지켜보다가 갈게요. 내일 다른 은신처를 찾아볼 거예요. 한곳에 너무 오래 머무르지 않는 게 중요하거든요. 이제 가요."

그는 창고 안으로 더 깊이 들어가 길쭉한 몸을 웅크리고 앉았다. 그리고 두 다리를 포개고 무릎에 턱을 괴었다. 머리가 천장에 닿는 바람에 고개를 뒤로 살짝 젖혀야만 간신히 나를 볼 수 있었다. 그는 내 손에 강제로 열쇠를 쥐여주면서 말했다.

"문을 잠가줘요. 그리고 체인을 치고 자물쇠를 건 다음 틈새로 자물쇠를 밀어넣어줘요. 열쇠는 그 위에 올려두고요. 난 지금까지 한 번도 제대로 갇혀본 적이 없어요. 하지만 그들이 오늘 쳐들어오더라도 날 해치진 못할 거예요."

난 잠시 망설였다. 야롤의 말을 들어주게 된 게 그의 얼굴에 나타난 흥분과 초조함 때문인지, 아니면 존스를 다시 볼 수 있다는 생각에 나 스스로 흥분하고 초조해졌기 때문인지 알 수 없었다. 난 문을 닫기 전에 그에게 말했다.

"여기 오래 있지 않겠다고 약속해. 여긴 더럽고 습하잖아. 잘못하면 죽을 수도 있어."

야롤은 눈을 들어 나를 쳐다보았다. 그의 얼굴은 환하게 빛나고 있었다. 그는 스쿠터를 타고 나를 에이전시까지 데려다주던 날 이 여행을 시작했다. 바로 그 순간 그는 거울을 통과했던 것이다. 내가 그에게 돈을 주었던 행위로는 아무것도 달라지지 않았다. 그를 다시 현실로 되돌아오게 할 순 없었다. 벽을 따라 바닥으로 길게 내려온 관 때문에 아마도 멍이 들었을 등을 웅크리고서 창고 안의 음습한 공기를 들이마시는 그가 어느 때보다도 행복해 보였다.

"약속할게요." 그가 또다시 작게 속삭였다. "이제 문을 닫아줘요, 그리고 얼른 가요. 당신 때문에 들키겠어요."

난 그의 말대로 했다. 문을 닫고 열쇠로 잠근 다음 자물쇠를 틈새로 밀어넣었다. 그리고 잠시 그 앞에 서 있다가 문을 가볍게 두드리면서 속삭였다.

"야롤, 괜찮니?"

안에서는 아무 소리도 들리지 않았다. 난 문에 귀를 바짝 갖다댄 채 다시 한번 그를 불렀다.

"야롤?"

그러자 나무가 삐걱거리는 소리가 들려왔다. 그가 아주 은밀한 방식으로 보내는 신호라고 생각하기로 했다. 그래요,

아무 문제 없어요, 라고. 난 몸을 펴고 아주 비좁고 칙칙한
창고를 잠시 응시하다가 자리를 떠났다.

29

난 두리번거리지 않으려고 애쓰며 곧장 에이전시로 향했다. 존스가 어느 구석진 곳에서 날 지켜보고 있다는 상상도 하지 않으려고 노력했다. 뒤를 돌아보지 않고 안으로 들어와 손목시계를 들여다보면서 오 분 정도 기다렸다. 그런 다음 손가락으로 커튼을 살짝 젖히고 거리를 살폈다. 하지만 존스는 어디에도 보이지 않았다. 심부름을 가는 듯 서로 손을 잡고 의젓하게 걸어가는 두 소녀와, 바닥에 코를 박고 무언가를 찾고 있는 개, 꼭 껴안고 있는 커플 한 쌍이 눈에 띌 뿐이었다. 난 잠시 그대로 있다가 입김 때문에 창이 뿌예질 만큼 가까이 다가갔다. 그러면서 야롤의 말이 사실일지 아닐지 자문해보았다. 그의 주장대로 정말 그렇게 존스를 자주 봤을까. 어쩌면 고작 한두 번 본 건 아닐까. 머리에 포마드를 바르고 한쪽 뺨이 얽은 남자를 자신의 상상 속에서 계속 만들어내다가 착각하게 된 건 아닐까. 야롤이 실제로 본 것과 보았다고 믿는 것을 구분하려면 그에게 어떤 질문을 해야 할까. 난 시간이 이미 늦었다는 걸 깨닫고 컴퓨터 앞으로 다시 돌아와 앉았다.

나는 이제 내 손끝으로 새로운 델핀을 자유자재로 움직이고 있었다. 그들의 사랑의 배경을 이루는 하나의 그림자처럼, 하지만 늘 곁에 있는 다정다감한 존재로 페이지 속을 누비게 했다. 심지어 이렇게 적어넣기도 했다. "델핀이 말하기를, 어제 우연히 길에서 너를 봤대. 내가 네 얘기를 해준 적 있어서 금방 알아봤다고 하더라고. 상상하던 그대로라고 했어. 그 말을 듣고 기분이 좋았어. 언젠가 두 사람이 서로 알고 지내면 좋을 것 같아. 너도 분명 델핀을 좋아하게 될 거야."

물론 난 존스가 내게 돈을 지불해가면서 부탁한 일도 소홀히 하지 않았다. 아도르노의 말을 꼼꼼하게 타이핑했고, 따로 떨어진 낱장들을 제자리에 맞춰 붙여놓기도 했다. 무슨 내용인지 도저히 알아볼 수 없는 경우에는, 익숙한 옷을 수선하듯이 조금도 주저하지 않고 처음부터 끝까지 새로 쓰기도 했다. 난 에이전시 일을 해오는 동안 빈칸을 채워넣고, 틈새를 메우는 일에 익숙해졌다. 고객들조차 기억하지 못하는 그들의 하루 일과를 정확하게 구현해낼 수도 있었다. 사라진 청소년들, 남편 또는 아내를 실종되기 열흘이나 이십 일 전부터 행적을 짚어가며 찾아낸 적도 여러 번이었다. 물론 아주 중요한 어떤 것, 비밀 이야기나 내밀한 욕망 같은 것은 미처 파악하지 못했을 수도 있다. 아도르노는 펼쳐진 책처럼 속이 빤히 들여다보이는 남자가 아니었다. 하지만 난 그와 만났던 날들을 하루하루 모두 기억했다. 그의 아파트 문이 굳게 잠겨 더이상 열리지 않던 날과 그가 무릎 위에 공책을 올려놓고 나를 기다리던 날, 손가락 관절통이 심해 글을 쓸 수 없었던 날들이 모두 떠올랐다. 병세가 일시적으로 나아졌다가 다시 악화되던 순간들, 처음에는 즐거운 마음으로 시작했다가 죽음이 곧 그들을 갈라놓을 거라는 생각에 점점 더 노스탤지어와 씁쓸함을 드러내며 털어놓던, 그와 지골로 사이의 에피소드들도 모두 기억하고 있었다. 하지만 아도르노, 내가 존스를 만나려면 당신이 죽어야 했어요. 당신이 죽었기 때문에 그가 이 공책을 발견하고 날 찾아 나서게 된 것일 테니까요.

나에 대해 어떻게 생각하는지는 상관없다. 괴물 취급해도 좋다. 하지만 그 순간 아도르노의 혈관에 주삿바늘을 꽂아주고, 입가에 쓰디쓴 물 한 잔을 가져다주며 그를 도왔던 건 잘한 일이라고 생각했다. 내가 했던 행동 하나하나가 나를 존스에게로 데려다준 셈이었으니까. 난 그저 방관자나 모습을 드러내지 않는 목격자가 아니었다. 우리를 이어지게 만든 일련의 사건들 속에서 내가 중요한 역할을 해낸 것이다. 내가 자각하기도 전에 난 이미 우리의 만남을 준비하고 있었고, 늘 타인의 운명에만 개입하던 내가 마침내 나 자신의 운명, 나 자신의 삶 속으로 그렇게 뛰어들었던 것이다.

밤이 되어 눈이 화끈거려서 마지못해 컴퓨터를 끌 때는 행복감마저 들었다. 진정한 내 집을 발견한 느낌이었다. 내 집이란 바로 파란색 타일과 검붉은색 욕조가 있는 아도르노의 아파트였다. 마치 그곳에서 수년간 죽 살아온 듯한 느낌이 들었고, 무엇보다 그곳의 문이 아직 열려 있을 것만 같았다. 집이 비워지고, 가구는 어디론가 팔려나가고, 낯선 이들이 들어와 타일을 깨고 낡은 욕조를 트럭에 실어 보내고 방마다 벽을 다시 칠했을 거라는 생각도 들지 않았다. 지난 십오 년간 난 병석에 누운 환자부터 노부인, 과부에서 고아에 이르기까지 다양한 사람들을 위해 일하며 돈을 모으고 '당신을 위해'를 키워나갈 꿈을 꾸며 살아왔다. 하지만 그러는 동안에도 난 나도 모르게 언제나 그곳에 머물러 있었던 것이다. 그곳은 내 피난처였고, 난 그 사실을 깨닫지 못했다.

잠자리에 들기 전 나는 아파트 뒷문 열쇠를 집어들고 비상문을 통해 뒤뜰로 나갔다. 창고 문 아래에서 새어나오는 희미한 불빛을 보게 된다고 해도, 야롤이 내 말을 듣지 않고 여전히 그곳에 숨어 있다고 해도 그리 놀라지 않을 것 같았다. 하지만 뒤뜰은 깜깜했고, 건물 외벽에 어두컴컴한 그림자가 겹쌓여 창고 위치를 가늠하기조차 힘들었다. 난 장애물에 부딪히지 않으려고 두 팔을 앞으로 쭉 뻗은 채 더듬거리며 앞으로 나아갔다. 그러다가 물결 모양의 함석지붕이 손끝에 닿자 아주 조심스럽게 한 발짝 다가가며 속삭였다.

"야롤? 야롤 거기 있니?"

난 더듬거리며 체인을 찾았다. 떠날 때 채워놓은 그대로인 듯했다. 다만 자물쇠는 야롤이 틈새 더 깊숙이 끌어간 것 같았다. 난 창고 벽에 머리를 댔다. 그러자 문을 닫을 때 언뜻 보았던 야롤의 환한 얼굴이 떠올랐다. 1제곱미터도 채 안 되는 공간, 하수구 냄새가 풍겨나오고 배관이 지나가는 지저분한 그곳이 그의 은신처이자, 그의 꿈과 환상을 실현해주는 이상적인 장소였던 것이다. 그곳에서 그는 다른 어디에 있을 때보다 더 편안하고 행복할 수 있었다. 난 눈을 감았다. 아도르노의 공책에서 작은 음악소리가 들려오는 것 같았다. 나역시 공책 속에 몰래 웅크리고 숨어 있는 건 아닐까. 나 역시 야롤처럼, 나의 것은 될 수 없지만 나 자신이 될 수 있는 유일한 곳에 몰래 숨어든 것은 아닐까 반문해보았다.

30

아도르노는 아마 내게 거짓말하지 않았던 것 같다. 적어도 난 그가 나와의 약속을 지켜, 내가 자기 삶의 보조자 이상의 존재였다는 걸, 그가 세상을 떠나는 순간까지 그의 곁을 지켰으니 일반적인 요양보호사라기엔 조금 특별한 존재였다는 걸 존스에게 말하지 않았으리라 기대해볼 수 있었다. 아도르노의 공책에는 더이상 내 이름이 언급되지 않았다. 난 그동안 타이핑해둔 글들을 모니터에 쭉 띄워보며 내가 마지막으로 등장한 게 언제인지 살폈다. 내가 공책 속 이야기에 마지막으로 등장한 건 그 마지막 아침으로부터 며칠 전, 몇 주 전으로 거슬러올라간 시점이었다. 전에 내가 존스에게 말한 것처럼, 나는 아도르노가 죽기 수개월 전 이미 그의 일을 그만

두었다고 충분히 믿을 만했다. 그는 내 눈빛을 통해 자신의 병이 악화되었음을 깨달은 순간부터 나에 대한 흥미를 전부 잃어버린 듯했다. 특히 내가 그와의 특별했던 인연의 끈을 별 어려움 없이 놓아버리려는 것을 확인한 순간부터였을 것이다. 그때부터 그는 더이상 피에트라나 돌, 내 살갗에서 나는 향기에 대해 쓰지 않았다. 내 웃음기 없는 딱딱한 얼굴이나 냉담함에 대해서도 언급하지 않았다. 난 비로소 그가 나를 지적했던 건 나를 아끼지 않아서가 아니라, 그의 말들 속에는 겉으로 드러나는 반어적인 표현만큼이나 애정이 담겨 있었다는 걸 깨닫고 가슴이 미어지는 듯했다. 어째서 지금까지 그 사실을 알아차리지 못했을까?

존스 역시 다섯번째 공책 속에는 거의 등장하지 않았다. 아도르노가 이미 한참 전에 그를 그가 원래 살던 수국이 만발한 아파트로 돌려보냈으니 적어도 실체적으로 등장하는 경우는 더욱 드물었다. 파티와 여행도 뜸해졌으며, 그들은 아도르노의 상태가 충분히 호전되었을 때만, 한 잔의 와인과 거울 앞에서 화장의 힘을 빌려 지골로의 시선을 충분히 견딜 수 있다고 생각될 때만 만났다. 하지만 아도르노는 그에 관한 얘기를 멈추지 않았다. 그와 그에게 남겨줄 돈에 관해서 끊임없이 언급했고, 그 돈으로 그가 새로운 삶을 시작할 수 있기를 간절히 바랐다. "이걸로 해변에 있는 조그만 아파트

정도는 충분히 살 수 있을 거야. 장사를 할 수도 있을 거고, 투자를 하거나 아무튼 뭐든 할 수 있을 거야. 아니다, 넌 분명 네가 항상 노래 부르듯 얘기하던 먼 나라로 떠날 거야. 내가 널 처음 만났을 때처럼 다시 가난해져서 돌아오겠지. 아니면, 그 돈을 창밖으로 던져버릴지도 모르고. 넌 나하고 똑같으니까. 돈은 그걸 움켜쥔 네 손을 뜨겁게 달굴 테니까. 돈이란 건 차츰 사람을 중독시켜버리고 만다는 걸 잘 알기 때문이지. 하지만 내 사랑, 네가 갈망하는 그 어떤 손길도 너에게 닿지 않기를."

돈과 유산에 관한 부분이 유일하게 마음에 걸렸다. 아도르노가, 그리고 분명 존스 역시, 무미건조하게 일만 하고 살면서 개미처럼 악착같이 돈을 모으는, 그들과는 전혀 다른 내 삶의 방식을 좋아하지 않는다는 걸 알고 있었기 때문이 아니라, 그런 얘기가 존스를 자극해 그가 의문을 가질 수도 있기 때문이었다. 이 기록의 마지막 내용들과, 그가 돈이 사라져버린 것을 알게 된 순간 사이에 무슨 일이 있었던 것일까? 존스는 혹시 아도르노가 자신에게 거짓말을 했다고 생각할까? 그 엄청난 돈은 단지 아도르노의 망상 속에만 존재하는 것이었다고? 아니면 누군가가 자신보다 먼저 다녀갔다는 걸 알아차리게 될까?

그래서 난 또다시 내용을 수정했다. 그것 말고는 다른 방법이 떠오르지 않았다. 아도르노는 남아메리카의 인적 드문 해변에 있는 조그만 아파트에 살고 있는 지골로의 모습을 상상했다. 지금보다 나이가 들어, 훨씬 더 나이가 들어 누군가와 사랑에 빠지거나 아빠가 되어 있을지도 모르는 그의 모습을. 하지만 그는 침대 머리맡 테이블 첫번째 서랍에 들어 있는, 지폐가 가득 든 봉투에 대해서는 결코 언급하지 않았다.

아침나절이 끝나갈 무렵 난 마지막 공책의 타이핑을 끝냈다. 블라우스 아래 등은 땀으로 젖었고, 입술은 바짝 말라 있었다. 기록 속 아도르노는 침대에 누운 채 막 자신의 긴 편지에 마침표를 찍었다. 사실 그것은 마침표가 아니었다. 펜 끝이 미끄러지면서 그려낸 모호하고 신비하며 감동적이기까지 한 하나의 기호 같은 것이었다. 그리고 나 외에는 누구도 그후에 일어난 일에 대해 알지 못했다. 그날 아침, 그가 마지막으로 잠에서 깨어나 문이 열리고 우리가 어떤 말을 나누었는지, 그가 나지막한 목소리로 내게 지시한 내용들, 내가 일할 때 늘 그래왔듯 철저하고 꼼꼼하게 행동하며 지켰던 침묵, 그리고 아도르노가 남긴 마지막 말들, 아도르노의 그 모든 마지막, 불붙은 링 사이로 뛰어오르는 늙은 서커스 사자를 대하듯 그의 곁을 지키던 그 순간들에 대해 나 외에는 누구도 알지 못했고, 앞으로도 결코 알지 못할 것이다.

이제 문서를 인쇄하는 일만 남아 있었다. 난 일반적인 우편물에 쓰는 용지가 아닌, 중요한 편지를 보낼 때 사용하던 크림색 종이를 골라 들었다. 그리고 우아한 서체로 정성을 들여 '존스에게 보내는 편지'라는 제목을 넣어 표지를 만들었다. 아도르노가 자신이 쓴 글을 그렇게 부르면 좋겠다고 말한 적은 한 번도 없었지만 난 꽤 훌륭한 제목이라고 판단했다. 그리고 당장이라도 존스를 불러다가 내 작품을 보여주고 싶었다. 그렇다, 난 그 순간 이게 하나의 작품이라는 생각이 들었다. 어떻게 이것을 한낱 타이핑된 원고로만 간주할 수 있겠는가. 이건 그보다 훨씬 더 큰 가치를 지닌 나의 걸작이었다. 난 흥분을 감추지 못한 채, 나보다 그 일을 더 잘해낼 수 있는 사람은 없을 거라던 존스의 판단이 옳았다고 생각했다. 그리고 감사한 마음을 전하고 싶었다. 원래 쓰여야 했던 대로 이야기를 다시 지어낼 수 있게 해준 아도르노에게 고맙다는 말을 하고 싶었다.

난 인쇄물을 두꺼운 종이 파일 안에 넣고, 아도르노의 공책들은 에이전시의 금고에 보관해두었다. 공책들을 어떻게 해야 할지 아직 마음의 결정을 내리지 못한 상태였다. 마음이 한결 홀가분해졌기 때문인지, 공책들을 없애버리기보다는 존스에게 되돌려주고 싶다는 생각이 들었다. 그가 공책과 타이핑된 원고 내용을 비교할 가능성은 거의 없어 보였다. 무엇보다 내가 각색한 이야기가 너무나 완벽했기에 존스가 더 많은 걸 알아내려고 하거나 실제로 무슨 일이 있었는지 궁금해할 리 없을 거라는 생각이 들었다. 난 그렇게 자만했고, 진실과 거짓에 대한 감각마저 완전히 잃어버렸던 것이다.

점심시간이 지나고 나는 존스의 서류를 꺼내 손가락으로 훑으며 그의 전화번호를 찾아보았다. 그 번호로 전화를 걸자 더이상 없는 번호라는 녹음된 목소리가 흘러나왔다. 하지만 난 실망하지 않았다. 이미 번호를 추적하는 일에 익숙했기 때문이다. 난 전화번호 안내 센터에 전화를 걸었고, 정보를 잘 알려주지 않으려는 안내원과 한참 실랑이를 벌인 끝에 알고 있던 주소를 통해 존스의 새 전화번호를 얻어냈다.

그의 본명은 조나탕 B.였다. 평범한 진짜 이름 대신 신비스러운 분위기가 풍기는 가명을 대며 신상 정보에 손을 댄 그의 깜찍한 거짓말에 야릇한 흥분마저 느껴졌다. 그의 실제 전화번호는 애초에 그가 알려주었던 번호와 비슷했다. 그가 고의로든 실수로든 번호를 잘못 불러준 것인지, 혹은 내가 잘못 받아 적은 것인지는 알 수 없었다. 전화를 걸자 자동응답기로 연결됐지만 난 곧바로 끊지 않았다. 응답기에 녹음된 그의 인사말을 매번 끝까지 듣고 있다가 삐 하는 신호음이 울린 후에야 수화기를 내려놓았다. 같은 식으로 두 번이나 더 전화를 걸었다. 그렇게 네번째로 전화를 걸자 이번에는 "존스입니다. 이름과 전화번호를 남겨주시면⋯⋯"이라는 메시지가 끝나기도 전에 그가 수화기를 들었다. 난 가쁜 숨을 쉬면서 아무 말도 하지 않고 기다렸다. 그는 대체 몇 개의 얼굴을 가졌을까? 내가 길들여야 할 사람은 대체 몇이나 될까? 공책 속의 존스, 자동응답기의 존스. 난 이제 그의 목소리와 억양까지 떠올릴 수 있었다. 그가 '존스입니다' 하고 발음할 때 나던 쉰 목소리, 그리고 조급하게 '여보세요'를 수차례 반복할 때의 억양. 그가 전화를 끊으려는 기척이 느껴져 난 어쩔 수 없이 침묵을 깨야 했다.

"'당신을 위해' 에이전시의 델핀 M.입니다. 지난주에 컴퓨터로 타이핑해달라고 공책 몇 권을 제게 맡기셨지요."

또다시 침묵이 흘렀다. 이번에는 그가 침묵을 지켰다. 아마도 왜 일요일에 전화를 한 건지, 무슨 이유로 메시지를 남기지 않고 세 번씩이나 전화를 그냥 끊었는지 헤아려보고 있는 듯했다.

"델핀 M.입니다." 난 바보같이 같은 말을 다시 한번 반복했다. 적의가 있어서 전화를 건 게 아니라는 걸 입증하고 싶어하는 듯 말이다.

그러자 마침내 그가 대답했다.

"누군지는 알고 있어요. 솔직히 말하면, 당신이 연락할 거라고 생각 못했어요."

"부탁하신 작업이 모두 끝나서 연락드렸어요."

그러자 팔 안쪽 연한 살을 갑자기 꼬집히기라도 한 듯 짧고 거친 숨소리가 들려왔다.

"급하신 것 같았거든요." 나는 말을 이었다. "그래서 월요일까지 기다리고 싶지 않을 수도 있겠다고 생각했어요. 작업이 끝난 지는 겨우 두 시간 정도밖에 안 됐고요. 원하시면 전해드릴게요."

나는 잠시 그의 대답을 기다리다가, '존스, 제 말 듣고 있나요?'라고 물으려던 찰나 그가 나지막하게 물었다.

"지금 어디 있죠?"

"사무실요." 난 대답을 하자마자 당황하며 서둘러 말을 바꾸었다. "아뇨, 여기 말고 그랑 플라탄 공원으로 오세요. 거기서 볼일이 있거든요. 어딘지는 아시죠?"

"네. 한 시간 후에 볼까요?"

난 시계를 보았다. 그를 만나러 가려면 준비할 시간이 필요했다. 그래서 이렇게 대답했다.

"두 시간 후가 좋겠어요."

"두 시간 후." 그는 마치 메아리처럼 내 말을 되받더니, 약속 장소를 구체적으로 정하지도 않고 인사도 없이 전화를 끊었다.

난 전화벨이 울렸을 때 그가 뭘 하고 있었는지 궁금해졌다. 혼자 있었는지, 아니면 누구와 함께였는지, 아도르노가 남긴 기록들을 마침내 읽을 수 있게 되었다는 생각에 감정이 북받쳐올랐는지.

난 꺼진 컴퓨터 앞에서 한 시간가량 그대로 앉아 있었다. 두려운 생각이 들었다가 곧 자신감을 되찾고 이상할 정도로 평온해지기를 반복했다. 그러다 의자 팔걸이에 팔꿈치를 괸 채 몇 분 정도 깜빡 잠이 들었던 듯하다. 그런 다음 집으로 가서 옷을 갈아입었다. 초록색 블라우스와 허리가 고무줄로 된 스커트를 골랐다. 하지만 블라우스도 스커트도 몸에 맞지 않는 것 같았다. 전날 밤부터, 혹은 존스를 만나러 갈 순간을 기다리는 동안 몸이 갑자기 불어나기라도 한 것처럼.

31

　그날은 유난히도 쌀쌀했다. 하늘엔 거의 누런빛에 가까운 구름이 가득했고, 어느새 빗방울이 일정한 간격으로 뚝뚝 떨어지기 시작했다. 날씨도 이러하니, 쿠앵드로 양에게 전화를 걸어 할아버지를 산책시키길 바라는지 먼저 확인해봐야 했을 것이다. 사실 나는 그녀가 산책 일정을 취소하고 싶어할 거라고 거의 확신하고 있었다. 하지만 난 전화를 하지 않았다. 그 대신 비옷을 걸치고 약속 시간보다 훨씬 일찍 그 집으로 향했다. 두시 반에 그녀의 집 문을 두드리자 실내복 차림의 아가트 쿠앵드로가 슬리퍼를 신고 나와 문을 열어주었다. 그녀는 나를 보며 놀란 표정을 지었다.

　"당신이 올 거라고 생각 못했어요. 갑자기 날이 추워졌잖아요. 곧 비바람이 몰아칠 것 같아요. 진작 연락드릴 걸 그랬네요. 이런 날씨에 할아버지를 나가시게 해도 될지 모르겠어요. 그러다 독감이라도 걸리실까봐 걱정되어서요."

"생각보다 그렇게 춥진 않아요. 그리고 집안보다는 바깥 환경이 더 나은걸요. 따뜻한 스웨터를 입혀드리면 괜찮을 거예요. 할아버지도 바깥바람 쐬시면 분명 좋아하실 거예요."

사실 실제로는 전혀 그렇게 생각하지 않았다. 노인이 이제 어디를 데려가든 시큰둥하다는 걸 난 잘 알고 있었다. 방안에 갇혀 있든 공원의 나무 아래에 있든, 잠들어 있을 때나 깨어 있을 때나, 살아 있을 때나 곧 죽어서도 마찬가지일 터였다. 쿠앵드로 양은 잠시 망설이다가 어깨를 으쓱했다.

"좋아요, 이왕 오셨으니까. 잠깐 들어오세요. 할아버지 옷을 입혀드려야 해요."

난 안으로 들어가 가만히 문을 닫고 현관에서 조용히 기다렸다. 열쇠함 위에 걸려 있는 조그맣고 둥근 거울에 비친 내 얼굴을 보니 마치 갈색 얼룩무늬 마스크를 쓰고 있는 것 같았다. 현관문 유리로 새어들어온 어른거리는 빛 때문인 듯했다. 복도 끝에서 숨죽인 듯한 목소리와 재촉하고 다그치는 소리, 그리고 곧이어 전동휠체어의 덜덜거리는 소리가 들려오고 노인이 모습을 드러냈다. 그는 긴소매 코르덴 셔츠를 입고 양털 모자를 쓰고 있었다. 노인을 뒤따라온 아가트 쿠앤드로는 손에 들고 있던 조그만 손가방을 할아버지의 어깨 너머로 내게 건넸다.

"평소대로 담배 세 개비와 사탕 두 개예요. 비가 오기 시작하면 할아버지를 다시 데려다주셔야 해요."

그녀는 몸을 숙여 손으로 날 가리키면서 노인의 귀에다 대고 외쳤다.

"아가트가 왔어요, 쿠앤드로 씨. 공원에서 산책시켜드리려고 온 거예요."

노인은 눈물이 그렁그렁한 눈으로 내게 희미한 미소를 지어 보였다. 난 그가 공원으로 향하는 동안 손으로 내 팔을 더듬거리면서 연신 "아가트, 아가트" 하고 부르리라는 걸 잘 알고 있었다. 다른 때 같았으면 기계적으로 "네, 할아버지, 네, 할아버지"라고만 대꾸했을 것이다. 하지만 그날 난 너무나 흥분한 나머지 나도 모르게 왜 오늘 그를 데리러 왔는지, 왜 공원에 가는지 속속들이 이야기했다. 날씨가 쌀쌀하긴 해도 플라타너스 아래에서 바람을 쐬기 위해서가 아니라, 거기서 내 친구를 만나기로 했기 때문이라고. 친구, 존스는 내가 자신을 이렇게 부른다는 것을 알면 어떤 반응을 보일까? 놀라워하는 표정을 지을까, 아니면 잠시 생각해본 후에 우리 사이의 규정하기 힘든 어떤 친밀감을 인정하게 되지는 않을까? 적대감에서 욕망으로 이르는 길을 지나온 이는 나 혼자

뿐인 걸까? 그 역시 그랬던 것은 아닐까? 그렇지 않다면, 유리창 너머로 언뜻언뜻 보이는 내 얼굴을 보려고 에이전시 주위를 맴돌던 일은 어떻게 설명할 수 있단 말인가?

공원에 도착한 후 한 시간 정도 더 지나서야 북쪽 문을 통해 이쪽으로 걸어오는 존스를 발견했다. 난 화들짝 놀라면서 노인에게 다급하게 말했다.

"꽃을 꺾으러 가시면 안 돼요. 그러면 안 된다는 걸 잘 아시잖아요, 할아버지. 가만히 앉아 계셔야 해요. 제발 얌전하게 앉아 계세요."

노인은 잠시 머뭇거렸다. 노인은 휠체어에 의지해 몸을 일으키고는 입가에 알 수 없는 온화한 미소를 띤 채 두 다리를 벌리고 균형을 잡고 서 있었다. 난 그동안 종종 그에게 오솔길로 혼자 몇 걸음 걸어갔다가 와도 된다고 했다. 그런데 내가 치매에 걸린 노인에게 옆에 있어달라며 협조를 구하게 될 줄 누가 상상이나 했겠는가. 하지만 그 순간 나는 이성적인 판단이 불가능했고, 서둘러 가방을 뒤져 담뱃갑을 꺼냈다.

"얌전하게 자리에 앉아 계시면, 평소보다 하나를 더 드릴게요."

그러자 그는 무척 애를 쓰고 있는 듯 얼굴을 일그러뜨리며 일어날 때와 마찬가지로 서서히 자리에 앉아 내게 손을 내밀었다. 난 담배 한 개비를 꺼내 그의 입에 물려주었다. 그리고 불을 붙여주려는데 존스가 라이터 불을 불쑥 들이밀며 끼어들었다.

"어머, 지난번에는 불이 없다고 하더니 오늘은 라이터를 챙기셨나봐요?" 난 짐짓 경쾌한 목소리로 말했다.

그는 라이터를 주머니에 집어넣고는 어깨를 으쓱했다. 머리를 아주 짧게 자른 탓인지 전보다 더 어려 보였다. 그러다 문득 그가 어쩌면 나보다 열 살쯤 더 어릴지도 모른다는 생각이 들었다. 하지만 우린 이미 수많은 장애물을 넘었는데, 이제 와서 그게 무슨 문제겠는가. 며칠 동안 자란 수염이 그의 뺨을 뒤덮고 있었다. 하지만 짧은 머리에 삐죽삐죽한 수염 같은 외양 변화는 있어도 그를 볼 때 느껴지던 친밀감이 줄어들지는 않았다. 그는 내 미소의 의미를 파악하려고 애쓰는 것 같았다. 당신과 화해하고 싶어요, 존스. 내 입꼬리는 그렇게 말하고 있었다. 그리고 분명 그는 나의 두려움과 욕망을 느끼지 못할 리가 없었다. 쿠앵드로 씨는 내 옆에서 자기 주변에 일어나는 일들에는 무심하게 자신만의 세계 속에 빠져든 채 담배를 피우고 있었다.

"앉으세요. 여기 앉으시죠."

난 그가 노인을 흘끗 쳐다보는 걸 보고는 서둘러 말했다.

"우리 얘기를 못 들으실 거예요. 신경쓰지 않아도 돼요. 이분은…… 제 친구의 할아버지세요."

난 돈을 받고 그를 공원에 데리고 왔다는 사실을 솔직히 얘기할 수가 없었다. 내가 가방을 집어 무릎 위에 올려놓고 인쇄된 종이 뭉치를 꺼내는 동안 존스는 자리에 앉았다.

"이거예요." 이렇게 말문을 연 나는 횡설수설하며 장황하게 말을 늘어놓았다. "원하신다면 물론 글자체는 다른 걸로 바꿀 수 있어요. 미리 물어볼 수도 있었겠지만, 이대로 완성본을 먼저 읽어보실 것 같아서요. 우선 고전적이고 우아한 글자체를 선택해봤어요. 표지도 물론 다르게 만들 수 있고요. 예를 들어서 고인의 사진을 넣는다든지……"

난 말을 멈추고 가쁜 숨을 몰아쉬었다. 그리고 내가 손을 떨고 있다는 걸 자각하고는 다시 타이핑 원고 뭉치를 내려놓았다. 존스는 그것을 집어들었지만 펴보지는 않았다. 그리고 그저 입술이 일그러진 것에 불과할지도 모르는 야릇한 미소를 지으며 나를 응시했다. 어쩌면 내 마음의 동요를 알아차리고 비웃고 있는 것은 아닐까. 아니, 어쩌면 그 역시 나처럼 당혹스러운 것인지도 몰랐다.

"불편해하지 말아요. 당신한테 이 공책들을 넘겨줄 때 이미 내가 무슨 일을 하는 건지 잘 알고 있었으니까. 이제 당신은 나의 가장 은밀한 이야기를 거의 다 아는 거예요. 안팎으로요. 하지만 난 아무렇지도 않아요. 이미 익숙하거든요."

그의 말에 난 애써 미소를 지어 보이며 답했다.

"난 전혀 불편하지 않아요. 나도 익숙하거든요. 이 일을 하다보면 비일비재해요. 말하자면 사람이 살아가는 일에 관한 비밀은 내겐 더이상 없다고 보면 돼요."

그는 이해한다는 표정으로 고개를 끄덕였다. 하지만 그가 내 얘기를 좋게 받아들였는지 나쁘게 받아들였는지, 내가 하는 일을 행운이라 생각했는지 저주라고 생각했는지는 나도 알 수 없었다. 그 순간에는 나 역시 이렇다 저렇다 말할 수 없었다.

"하지만," 난 어색한 말투로 다시 얘기를 시작했다. 그 말을 하기 위해 얼마나 많은 것을 희생해야 했던가. 그 순간, 수년 전부터 '당신을 위해'와 나 자신을 지탱해오던 척주와 같은 것을 단번에 무너뜨리는 느낌이 들었다. 마치 공기놀이를 하듯, 단 한 번의 손짓으로 모든 것을 흐트러뜨리고 만 것이다. 조각들이 여기저기 너무 많이 흩어져서 다시 주워 담아보려는 노력이 무용해 보일 정도였다. "사람들은 저마다 다 다른 삶을 살아가요. 원래 난 다른 사람들의 삶에 대해 알고 싶어하지 않아요. 다시 말하면, 사람들이 어떤 삶을 살든지 나랑은 아무 상관이 없다는 얘기예요. 물론 자랑할 일은 아니지만, 정말 솔직한 생각을 말하자면, 난 다른 사람들 인생에는 아무런 관심도 없어요. 난 아무에게도 관심이 없어요. 존스 당신을 제외하고는."

난 차마 그를 똑바로 바라볼 용기가 나지 않았다. 그의 얼굴에 당혹감이나 무관심, 욕망이나 경멸이 떠올랐다면, 한 번만 눈길을 돌려도 충분히 읽어냈을 것이다. 그런 직관을 지닌 나 자신이, 결코 틀리지 않을 만큼 완벽하게 직관을 갈고닦은 나 자신이 처음으로 원망스러웠다. 난 존스가 말 한마디로 내 모든 희망을 무참히 깨뜨려버릴 때까지 차라리 불확실한 상황에 계속 머물 수 있기를 바랐다. 그렇다, 단 몇 분밖에 지속되지 않을 거짓된 행복을 무조건 받아들였을 것이다. 난 그와 나 사이에 놓여 있는 제본된 원고 뭉치를 빤히 바라보았다. 공책의 표지 색보다 아주 약간 도드라지고 진한, 같은 계열의 보라색 코팅 종이로 표지를 달고, 원고 낱장을 정성껏 정리해 플라스틱 링으로 철을 해둔 것이었다. 당장 눈에는 보이지 않는 그 속에는 아도르노의 말과 내 말이 한데 뒤엉켜 있었다. 난 성공 여부를 가늠할 수 없는 이식수술을 떠올렸다. 환자의 몸이 자신의 것이 아닌 피부와 장기를 받아들일 것인지, 거부 반응을 일으키지 않고 이식이 성공적으로 끝날 수 있을지는 오직 시간이 흘러야만 알 수 있을 터였다. 그렇다, 그것은 하나의 이식수술과도 같은 것이었다. 난 그들의 삶 속에 내 삶을 이식했던 것이다.

"이 공책을 읽은 후로 하루도 당신 생각을 하지 않은 적이 없어요." 난 간신히 말문을 열었다. "이런 얘기를 하다니 프로답지 않다는 건 알지만, 당신이 알고 있었으면 해서요."

그리고 마침내 눈을 들어 그를 바라보았다. 이제는 그가 원고 표지를 응시하고 있었다. 우린 마치 번갈아가며 체스판을 응시하면서 게임을 하고 있는 듯했다. 이 게임에선 오직 한 사람만이 승리자가 될 수 있었다. 난 그에게 이렇게 말하고 싶었다. 우리 게임은 그만해요.

"하지만 당신은 처음에 이 일을 맡지 않겠다고 단호하게 거절하지 않았나요?" 마침내 그가 감정이 배제된 목소리로 차분하게 대꾸했다. 그리고 그의 입에서 나온 일이란 말을 듣는 순간 나는 가슴이 저릿했다. 그는 내가 넌지시 던진 질문을 피해가려는 듯했다. 그런데 당신은 어땠나요, 존스?

"거절의 이유는 이미 설명했던 것 같은데요. 고객의 사생활을 보호하려는 차원에서였다고요. 비밀 유지 원칙을 철저하게 지켜야 하니까요. 하지만 당신 말이 옳았어요. 첫 페이지에서부터 모든 게 명확하더군요. 아도르노가 이 기록을 남긴 건 당신을 위해서였어요."

그리고 게임을 포기하기 전 최후의 보루처럼, 그에게 진실을 말하게 하기 위해 마지막으로 덧붙였다.

"한 가지 묻고 싶은 게 있어요. 누가 당신에게 이 공책을 전해줬나요?"

그는 입을 굳게 다문 채 아무 대답도 하지 않았다. 그가 침묵하는 건 나를 믿지 못하기 때문이라고 생각하고 싶었다. 그게 나에게 가장 덜 고통스러운 이유였으니까. 다른 이유는 그가 내 앞에서 자신을 드러내고 싶어하지 않고, 고객과 서비스 제공자라는 각자의 역할 안에서만 머물기를 바라기 때문이라는 것이었다. 그렇다면 물론 난 그에게 그런 질문을 해서는 안 될 터였다. 난 심호흡을 한 다음 간청하는 듯한 목소리로 거듭 말했다.

"난 당신이 해달라는 대로 공책의 빈 곳을 채웠어요. 내가 해야 하는 이상으로 당신에게 많은 걸 얘기해주었다고요. 그러니까 당신도 나한테 대답해줘야 한다고 생각해요."

그는 손끝으로 원고 뭉치의 단면을 쓰다듬었다. 마치 낱장들이 가지런히 정렬되지 않아 조금 삐죽빼죽하고 스테이플러를 찍은 부분이 금속 침 때문에 울퉁불퉁해서 유감이라는 양. 그러더니 그가 조심스럽게 대답했다.

"누가 전해준 게 아니에요. 내가 찾아냈어요. 아도르노의 집에서."

"아도르노의 집에 갔었단 말인가요?" 난 놀라서 외쳤다. "언제요?"

우린 건물 입구나, 아도르노의 집 현관 또는 그의 방문 앞에서 마주칠 수도 있었던 것이다. 죽음의 천사처럼 손에 주사기를 들고 있는 나를 그가 봤더라면 무슨 생각을 했을까?

아도르노의 물건들이 담긴 흰색 비닐봉지를 들고 있는 나를 봤더라면? 우리는 의문의 죽음에 대한 수수께끼로 인해 서로 영원히 얽히게 되었을까? 아니면 그 반대로 난 그에 대한 모든 희망을 버려야만 했을까? 나는 그의 머릿속에 아도르노를 죽인 여자로 영원히 각인되었을까?

"아도르노는 매일 밤 내게 전화를 했어요." 그가 차분히 대답을 이어갔다. "그런데 이틀 동안 아무 소식이 없길래 직감적으로 무슨 일이 일어난 거라는 생각이 들었어요. 그의 집으로 가서 벨을 눌러도 아무 대답이 없었고, 그래서 아도르노 몰래 복사해둔 열쇠로 문을 열고 들어갔어요. 그리고 그의 방으로 들어갔는데 그가 침대에 누워 있었죠. 난 그가 죽었다는 걸 즉각 알았어요. 그에게 가까이 가고 싶었지만 그럴 수 없었어요. 난 한 번도 죽은 사람을 가까이서 본 적이 없었거든요. 이상하게 들리겠죠? 지금까지 온갖 일을 다 겪어봤지만, 그것만은 아니었어요."

그러니까 죽은 아도르노를 목격한 사람이 나 혼자가 아니었던 것이다. 그런 생각이 들자 갑자기 현기증이 일었다. 집에 아파트 관리인과 응급구조대원들이 들이닥쳐 당혹스러운 눈빛으로 그를 바라보고 그의 몸에 손을 대기 전까지 나 혼자만의 것이라고 믿었던, 그 말로 표현할 수 없고 은밀한 사정을 나 혼자 품고 있었던 게 아니었다. 난 그 사실에 깊은 안도감을 느끼면서 존스에게 이렇게 털어놓고 싶었다. 나도 그 자리에 있었어요. 그제야 나는 그동안 그 짐을 홀로 떠안느라 얼마나 힘들었는지 깨달았다. 당신이 지금 어떤 심정인지 나도 잘 알아요. 하지만 당신만 그런 게 아니라고요. 내가 당신을 도울 수 있게 해줘요.

그동안 너무 집요하지도 너무 무관심하지도 않게 상대의 말에 귀기울이는 연습을 해오던 내가 그의 말을 주의깊게 듣자 존스는 마음이 동했는지 계속 이야기를 이어갔다.

"아도르노는 이 공책에 대한 이야기를 자주 했어요. 그런데 이걸 눈에 잘 띄는 곳에 남겨놓지 않았다니 이상하다는 생각이 들더군요. 난 테이블 위와 현관 앞 탁자, 개수대 아래, 그리고 벽장과 서랍장을 샅샅이 뒤져보았고, 그러다 마침내 아도르노가 한 번도 사용한 적 없었던 서랍 깊숙한 곳에서 이걸 찾아냈죠. 그가 왜 이걸 그곳에 꽁꽁 숨겨놓았는지 아직도 이해할 수 없어요. 어쩌면 이미 제정신이 아니어서 그랬는지도 모르겠네요. 아니면, 공책이 낯선 사람의 손에 들어가지 않게 하려고 그랬는지도 모르겠고요. 어떻게 생각해요, 델핀?" 그가 불쑥 내게 물었다.

"맞아요, 그래서 그런 것 같네요."

난 머리가 텅 비어버린 듯 조금 멍했다. 이제 아무것도 두려울 게 없었다. 존스는 아무것도 의심하지 않았고, 앞으로도 그럴 터였다. '당신을 위해'도 아무 걱정 없었고, 그가 나를 사랑하게 되지 말란 법도 없었다. 그는 내가 무슨 짓을 했는지 절대 모를 테니까. 그리고 그 순간 난, 그동안 내가 연구자처럼 공식을 찾아 헤매던, 이루지 못할 것 같던 사랑이 마침내 가능하리라고 진심으로 믿었다. 존스는 우울하고 슬퍼 보였다. 그 순간 그는 공원 벤치가 아니라 죽음의 사신이 다녀간 그 고요한 아파트로 가 있었던 것이다. 그를 위로할 수만 있다면 무엇이든 했으리라. 그러다 그의 애인이었던 아도르노가 무척 좋아했던, 그의 얼굴에 있는 커다란 얽은 자국이 눈에 들어왔다. 난 두 사람이 만난 다음날 아도르노가 했던 것처럼 손을 쫙 펼쳐서 그 위에 대보았다. 우린 떼려야 뗄 수 없는 인연인 것 같아. 마치 장갑과 손처럼 말이지. 아도르노는 공책에 이렇게 적었다. 하지만 존스의 얼굴 자국은 내 손 모양과는 맞지 않았다. 그 자국은 자꾸 내 손을 피해 옮겨다니는 것 같았고, 그의 얼굴에 놓인 내 손은 마치 낯선 얼굴의 엉뚱한 곳을 헤매는 느낌이었다. 당연하지, 내 손은 아도르노의 손보다 작으니까. 하지만 그렇게 생각하면서도 왠지 나쁜 예감이 드는 건 어쩔 수가 없었다. 난 존스에게는 너무 작은 것일까? 그것은 단지 그의 얼굴의 자국과 내 손의 크기만을 의미하지는 않았다.

그는 내 행동에 놀란 듯했지만 나를 밀어내지는 않았다.

그도 나처럼 수많은 사람들의 손길에 익숙했기 때문일 것이다. 하지만 그가 미동조차 하지 않는 바람에 겸연쩍게 그냥 팔을 내릴 수밖에 없었다. 난 그에게 더 많은 이야기를, 나에 대한 이야기를 들려주고 싶었다. 그리하여 이번에는 그가 날 이해하고, 미궁 같은 내 삶 속으로, 그의 삶 못지않게 복잡한 내 삶으로 들어오는 길을 찾을 수 있기를 바랐다. 난 곧 비가 쏟아지리라는 사실도, 담배를 다 피우고 옆에서 연신 구시렁거리고 있는 노인의 존재도 까맣게 잊고 있었다. 하지만 내가 존스의 얼굴에서 손을 거두던 순간, 그는 원고 표지에 떨어진 빗방울을 닦아내고는 자리에서 일어났다.

"가져가서 읽어볼게요. 다 읽으면 연락하죠."

난 당황한 눈빛으로 그를 쳐다보았다. 이제 막 만났는데, 어떻게 벌써 떠날 생각을 한단 말인가. 난 그의 손이 닿지 않도록 조심하면서 그의 소맷자락을 붙잡았다. 아까는 어떻게 이런 기본적인 규칙을 잊어버릴 수 있었을까.

"잠깐만요." 애원하는 듯한 어조였지만 별로 부끄럽지 않았다. "조금만 더 있다가 가요. 정말 많이 기다렸거든요." 그리고 놀란 표정을 짓는 그를 보며 목소리를 낮춰 덧붙였다. "당신한테 꼭 할 말이 있어서요."

그는 나에게 소맷자락을 붙들린 채 우리 사이를 건너지르 듯 잠시 동안 한쪽 팔을 내밀고 서 있었다. 난 마지못해 손을 놓았다.

"나중에 연락할게요. 오늘은 더 시간을 낼 수가 없어요.
기다리는 사람이 있어서."

그때 굵은 빗방울이 후드득 떨어지기 시작했고, 그는 셔츠
깃을 세웠다. 대체 누가 당신을 기다리는데요? 난 곧바로 정
확하게 실체를 알 수 없는 감정에 사로잡힌 채 속으로 생각
했다. 그것은 다름 아닌 질투였다. 맹렬한 질투심. 난 떨리는
목소리로 그에게 쏘아붙이듯 말했다.

"비용을 지불하셔야 해요. 이렇게 그냥 가시면 안 돼요.
잠깐 계세요, 금방 계산서를 작성해드릴게요."

그러자 그의 얼굴 표정이 확연하게 달라졌다. 마치 익숙한
영역이라는 듯 그의 입가에 미소가 번졌다. 그는 고개를 저
으며 말했다.

"당연히 지불해야죠, 걱정 안 해도 됩니다. 하지만 그보다
공책 내용을 먼저 읽어봐야겠어요. 그전엔 한푼도 못 줍니
다."

그 말을 남기고 그는 등을 돌려 공원 외곽의 철책을 향해
걸어갔다. 회색빛 풍경 속에서 보라색 표지가 더욱 두드러져
보였다. 그 순간, 나와 존스 사이에 연결고리가 될 만한 유일
한 것을 놓쳐버렸다는 생각이 들었다. 그러자 눈물이 차올랐
고, 나는 이내 생각을 다잡았다. 바보처럼 굴지 말자. 그에게

읽어볼 시간을 줘야지. 다음으로 넘어가려면 그가 읽어봐야 해. 그런데 다음이라니?

어느새 빗줄기가 거세지기 시작했다. 쿠앵드로 씨에게 집으로 돌아가야 한다고 말하려 했지만 그는 내 옆에 없었다. 당황해 주위를 둘러보자 그는 조금 떨어진 화단에 쭈그려 앉아 있었다. 서둘러 다가가 아이를 대하듯 억지로 그의 손을 벌리고 그가 꺾어 들고 있던 장미꽃을 빼앗았다. 노인은 다시 휠체어에 앉아서도 자신의 손바닥에 난 상처를 감탄하는 눈으로 계속 들여다보았다. 그 상처가 자신이 딴 장미 꽃잎이 아니라는 사실을 깨닫지 못하는 듯했다.

32

존스가 원고를 모두 읽으려면 적어도 이틀, 어쩌면 사흘 정도는 걸리리라 생각하면서도 그 이튿날부터 그의 연락을 기다리는 시간이 한없이 길게만 느껴졌다. 내가 꾸며 쓴 이야기와 그 속에 묘사된 여자가 그의 마음에 들 거라는 확신도 점차 희미해져갔다. 그러다가 그는 내게 털어놓은 것보다 사실 더 많은 걸 알고 있는 게 아닐지 불안한 마음이 들었다. 난 또다시 고질적인 두려움에 사로잡혔고, 시간이 지날수록 의구심은 점점 더 커져갔다. 아홉시가 되어 에이전시의 문을 열고 금고에 넣어두었던 공책들을 꺼냈다. 그리고 컴퓨터에 저장된 문서파일을 열어 '존스에게 보내는 편지'를 다시 읽어내려가며 공책 속 원문과 새 버전을 비교해보았다. 그러다

잊고 있던 기억들이 머릿속에 새로이 떠올랐고, 난 텍스트 몇 군데를 추가로 살짝 고쳤다. 너무 늦어버렸을지도 모른다는 생각도 들었다. 하지만 어쩌면 존스에게 새로운 수정본을 건네줄 수도 있지 않을까. 어쨌거나 언젠가 그와 아도르노에 대한 얘기를 나누게 된다면 그런 이야기를 꺼내볼 수도 있을 터였다. 열시가 되어 마리아가 사무실에 도착했을 때도 난 여전히 컴퓨터 앞에 앉아 있었다. 그녀의 눈빛만으로도 그 시각에 내가 그 자리에 앉아 있으면 안 된다는 사실을 충분히 알 수 있었다. 외부 미팅이 잡혀 있었다는 걸 까맣게 잊어버렸던 것이다.

"혹시 W. 씨가 약속을 취소하셨나요?" 그녀가 머뭇거리며 물었다.

"아뇨, 마리아, 그냥 내 생각에 나가지 않는 게 좋을 것 같아서요. 지금은 이 문서 작업에 온전히 집중해야 하거든요."

마리아는 테이블 위에 흩어져 있는 공책들을 흘끗 쳐다보고는 재킷을 벗으면서 조심스럽게 물었다.

"물론 고객한테 미리 연락은 한 거죠?"

"미처 그럴 시간이 없었어요." 난 차갑게 대꾸했다. "그리고, 조금 이따가 J. 부인 건은 마리아가 대신 맡아줘요. 이제 그런 일 정도는 직접 해볼 때도 됐잖아요. 충분히 그럴 수 있어요. 서류철을 열어보면 필요한 내용은 전부 있을 거예요.

어쨌거나 내가 늘 모든 일을 다 처리할 수는 없으니까요. 그리고 난 열두시에 M. 부인과 점심 약속이 있어요. 알다시피 그분은 내가 직접 만나야 하잖아요. 당신 수첩에 부인 전화번호를 적어놨어요. 전화해서 약속 시간을 다시 한번 확인해줘요."

마리아는 환한 얼굴로 고개를 끄덕였다. 난 그녀가 오래전부터—그녀의 표현 그대로—승진을 원했다는 걸 잘 알고 있었다. 그녀는 자신에게 고객을 더 많이 맡겨주기를 바랐다. 사실 마리아는 유순해 보이는 겉모습과 흐리멍덩한 눈빛, 걸핏하면 흘리는 눈물 뒤로, 왕위를 노릴 만한 기질을 감추고 있는 사람이었으니까. 하지만 자신에게 맡겨진 새로운 임무가 조금은 부담되는 듯, J. 부인의 서류를 찾아보는 동안 몇 번이나 목청을 가다듬었다. 그리고 대기실로 쓰는 방 한 구석의 의자로 가서 앉았다. 그녀는 내 허락 없이는 내 사무실을 함부로 사용하지 않았다. 잠시 후 자리에서 일어나는 기척도 없이 그녀가 갑자기 내게로 뚜벅뚜벅 걸어오더니 책상 앞에 버티고 서서 말했다.

"내가 여기서 일한 지도 벌써 이 년이 넘었어요. 아주 오랜 시간은 아니지만, 그 정도면 한 사람을 알기엔 충분하죠. 그런데 여태 한 번도 이런 모습 보인 적 없었잖아요. 혹시 나한테 무슨 얘기라도 하고 싶은 거라면, 나는 늘 여기 있으니까 이야기해도 돼요. 물론 누구에게 말을 한다거나 그런 걸 안 좋아한다는 건 알지만, 그래도 혹시 얘기가 하고 싶다면……"

난 아무 대꾸도 하지 않았다. 마리아는 치마에 손바닥을 문지른 다음 용기를 끌어모아 말을 이었다.

"그리고 괜찮다면, 이 공책 관련한 일은 내가 맡는 게 좋을 것 같아요. 미팅이 계속 취소되면 점점 고객들 불만이 쌓일 거예요. 그 안에 무슨 얘기가 있는지는 모르겠지만 당신한테 좋지 않은 것만은 분명해요. 적어도 무슨 내용인지 정도는…… 말해줄 수 없나요?"

그 순간 컴퓨터에 암호를 걸어놓고 금고의 비밀번호도 바꿔야겠다는 생각이 들었고, 잠시 후 그녀가 고객 미팅에 나간 틈에 처리해놓아야겠다고 마음먹었다. 난 그녀의 눈을 똑바로 쳐다보면서 쏘아붙였다.

"마리아, 나는 당신이 고객을 더 맡게 되면 좋아할 줄 알았어요. 내 생각이 틀렸다면 얘기해줘요. 괜히 다른 핑계대지 말고요."

그녀는 고개를 세차게 흔들었다.

"아니에요. 내가 하려던 말은 그게 아니에요. 난 그냥…… 걱정이 돼서 그런 거예요."

"걱정할 필요 없어요. 그보다, 얼른 가봐요. J. 부인이 기다리시겠어요."

"그러죠. 하지만 고객들이……" 마리아가 기어들어가는 목소리로 웅얼거렸다.

"그 얘긴 더이상 꺼내지 말아요, 마리아. 당신한테 내가 해야 할 일, 하지 말아야 할 일을 가르쳐달라고 한 적 없는 것 같은데요."

그녀는 마치 나에게 뺨이라도 맞은 것처럼 돌아섰고, 자리로 돌아가 미팅 관련 서류를 마저 읽었다. 잠시 후 난 그녀를 흘끗 쳐다보았다. 모욕감과 노여움이 일 법한데도, 그녀의 얼굴에서 새로운 고객들을 상대한다는 자부심과 긍지가 엿보였다. 그런 그녀를 보면서 생각했다. '마리아, 당신이 하려는 일이 얼마나 하찮은 일들인지 알고 있나요?' 그러다 불과 며칠 전만 해도 나 역시 그녀와 다를 바 없었다는 것을 깨달았다. 나 역시 사람들의 고통과 불행을 꼭 필요한 것이라 여겼으며, 그들의 고통과 불행을 덜어줄 수 있다는 사실에 자부심을 느꼈다. 그리고 생각했다. 난 이제 그런 것들 없이도 살 수 있어. 그런 것들 없이 살아갈 수 있다고.

마침내 마리아는 자리에서 일어나 재킷을 걸치고 에이전시를 나섰다. 남색 인조가죽 가방 밖으로 삐져나온 서류가 보였다. 난 그녀에게 인사할 기분이 아니었다. 하지만 그래도 자리에서 일어나 그녀에게 악수를 청하면서, 그동안 그녀가 한 일에 대해 진심으로 고맙게 생각한다고 말했을 것이다. 이것이 그녀가 에이전시의 문턱을 넘는 마지막이라는 걸 알았더라면.

33

야롤의 엄마가 에이전시에 들른 건 열한시경이었다. 그녀의 방문에 난 몹시 놀랐다. 그동안 예고 없이 에이전시에 온 적은 한 번도 없었기 때문이다. 게다가 그녀가 꼭 와야만 하는 경우, 예를 들어 사정상 내가 야롤을 집에 데려다줄 수 없는 경우가 아니고는 먼저 찾아온 적도 없었다. 그녀는 형식적인 미소를 지어 보이고는 곧장 내게로 다가왔다. 그리고 책상 맞은편에 놓인 고객용 의자는 거들떠보지도 않고, 쓰러지지 않으려고 어디에 기대듯 두 손으로 책상을 짚고 선 채용건을 얘기했다.

"차로 이 동네 주변을 돌아보던 중이었어요. 그래서 당신한테 전화하지 않고 그냥 들르는 게 낫겠다고 생각했어요."

유리문 너머로 보도에 아무렇게나 주차돼 있는 그녀의 검은색 고급 컨버터블이 보였다. 브레트 부인의 얼굴엔 피곤한 기색과 수심이 역력했다. 안경을 벗자 눈이 벌겋게 충혈돼 있었다. 핏기가 가신 창백한 입술은 굳게 다문 채였다.

"좀 앉으세요. 커피 한잔 드릴까요?"

그녀는 고개를 저으며 사양했고, 자리에 앉을 생각도 하지 않았다.

"사흘 전에 야롤이 발작을 일으켰어요. 처음 있는 일은 아니지만, 그렇게 심했던 적은 최근에 없었거든요. 저녁도 안 먹고, 잠도 안 자고, 무엇보다 컴퓨터를 절대 끄지 않으려고 했어요. 그때가 새벽 두시쯤인가, 좀 지켜보려고 그애 방문 앞에 있는 소파에 누웠어요. 물론 이것도 처음 있는 일이 아니죠. 키보드를 두드리는 소리랑 혼잣말 소리가 들렸는데 무슨 내용인지는 알 수 없었고요. 그런데 너무 피곤해서 내가 그만 깜빡 잠이 들어버린 거예요. 겨우 몇 분밖에 안 지났는데, 다시 눈을 떠보니 방문이 활짝 열려 있고 아이는 어디로 사라지고 보이지 않았어요. 컴퓨터는 여전히 켜진 채였고요. 화면엔 디넬프라고, 그애가 만든 캐릭터가 띄워져 있었고요."

그러면서 그녀는 어깨를 으쓱했다. 난 그녀가 그 캐릭터에 대해 무엇을 알고 있을지 궁금했지만 아무것도 묻지 않았다.

"야롤은 아무것도 안 들고 나갔어요." 그녀가 말을 이었다. "점퍼 말고는 아무것도요. 차고로 내려가봤더니, 스쿠터를 타고 나갔는지 스쿠터가 보이지 않았고요. 토요일 일요일 이틀 내내 야롤이 평소에 즐겨 다니던 곳들을 샅샅이 뒤지고 다녔어요. 대합실, 광장, 아무도 살지 않는 건물 같은 곳에요. 그러다 오늘 아침에 문득, 어쩌면 당신을 만나려고 에이전시 앞에서 문이 열리기만 기다리고 있을지도 모른다는 생각이 들더군요. 그애가 당신을 많이 좋아하잖아요."

야롤과 달리 브레트 부인은 우리집이 에이전시 바로 뒤쪽에 붙어 있고, 뒤뜰과 비밀 통로를 통해 갈 수 있다는 사실을 알지 못했다.

"아뇨, 유감스럽지만 전 일요일에도 오늘도 야롤을 못 봤어요."

거짓말은 아니었다. 하지만 거짓말을 한 것과 다르지 않다는 걸 잘 알고 있었다. 토요일 오후에 야롤이 숨어든 창고 문을 잠그고 나서 곧바로 그녀에게 전화를 걸어 그 사실을 알렸어야 했다. 내 문제로 정신이 팔려 있지 않았더라면 분명 그렇게 했을 것이다. 야롤의 얼굴에 가득했던 희열감이 무해해 보이지 않았더라면 말이다. 그건 최소한 내 의지가 부족했다는 걸 드러내는 행동이었고, 심각하게 보면 업무상 과실이었다.

브레트 부인은 고개를 숙였다. 그리고 손을 펴 짐짓 손톱을 뜨는 척했다. 분홍색 매니큐어가 칠해진 그녀의 손톱은 이로 물어뜯은 것처럼 군데군데 긁히고 벗겨져 있었다. 이내 손가락이 떨리자 손을 얼른 주머니에 집어넣었다.

"야롤이 사라진 게 처음도 아니잖아요." 내가 말을 이었다. "그러다가 하루이틀 지나면 언제나 다시 돌아왔고요. 오늘 저녁엔 반드시 돌아올 거예요. 아니면 전화라도 하겠죠. 무슨 소식이 들리면 바로 연락드릴게요. 부인도 뭔가 소식을 들으면 저한테 바로 알려주세요. 저도 지금 당장 찾으러 나가볼게요."

그녀는 고개를 끄덕였다. 하지만 여전히 마음이 놓이지 않는 듯했다. 지금까지 아들의 병에 대해 체념하고 있었던 마음도 흔들리는 듯 보였다. 난 모성본능이란 것이 정말 존재하는지, 정말 그녀의 아들이 위험에 처한 것은 아닐지 자문했다.

"최근 들어 야롤이 점점 거리를 두기 시작했어요. 갈수록 자기만의 세계에 빠져드는 것 같았다고요. 혹시 못 느끼셨나요?"

"그건 오히려 좋은 징조 아닌가요?" 난 애써 밝은 어조로 반문했다. "어쩌면 독립성이 강해져서 혼자만의 시간이 필요하다고 생각했을 수도 있어요. 또래의 청소년들에겐 흔한 일이죠. 지극히 정상적인 행동이고요."

"그런가요." 그녀는 확신 없는 어조로 말했다.

난 미소를 지어 보이면서 고개를 끄덕였다. 하지만 존스를 만나고부터 야롤에게 신경을 덜 썼다는 건 스스로도 알고 있었다. 난 존스를 제외한 모든 것에 무관심했다. 나 없이도 세상이 돌아가게 만들 수 있다면 무슨 일이든 했을 것이다.

"우리 아들을 마지막으로 본 게 언제인가요?"

브레트 부인의 물음에 나는 잠시 머뭇거리다 대답했다.

"토요일요. 서류 작업을 마무리지을 게 있어서 사무실에서 일하던 중이었는데 야롤이 절 보러 왔더라고요. 오래 머물진 않았어요."

"그럼 집을 나온 다음이군요." 그녀가 부르짖었다. "야롤이 무슨 말을 하던가요?"

"아무 말도 안 했어요. 정말 아무 말도요, 브레트 부인. 평소와 별반 다르지 않았어요. 늘 그렇듯이 게임 속 이야기랑, 넘치는 상상력에서 나온 얘기들이었죠."

"어디로 갔는지 모르세요?"

"집으로 간다고 했어요." 이렇게 대답하면서 난 또다시 완전히 거짓말은 아니라고 생각했다. "집에 가지 않을 거라고는 전혀 생각 못했죠."

브레트 부인은 안경을 벗고 두 손으로 얼굴을 감싸더니 엄지손가락으로 눈두덩을 한참 동안 문질렀다.

"그러고 나서 일요일엔 못 봤다는 말이고요." 그녀는 안경을 다시 쓰면서 아주 지친 듯한 목소리로 물었다.

"네, 맞아요." 그리고 나는 스스로도 마음을 놓고, 또 그녀도 안심시키기 위해 덧붙였다. "만약 이 부근에 있었다면 분명 절 보러 왔을 거예요. 어쩌면 우리 모르게 친구들이 생긴 걸 수도 있어요. 그래서 친구 집에 가서 잤을지도 모르고요. 우리가 바라던 게 그런 거였잖아요? 그애가 또래 아이들처럼 지내는 거요."

브레트 부인은 들릴락 말락 한 소리로 내 말에 수긍했다. 그리고 문으로 향하며 소리쳤다.

"혹시 무슨 소식을 들으면 바로 연락주세요."

"당연히 그래야죠. 하지만 너무 걱정하진 마세요."

그녀가 떠나고, 난 컴퓨터 앞에서 한동안 멍하니 앉아 있었다. 그러다 건물의 뒤뜰을 떠올렸다. 그 생각에 너무나 몰두한 나머지 축축한 시멘트 냄새가 코끝에 느껴지는 것 같았다. 다른 사람들의 시선이 미치지 않는, 슬프고 고독한 장소에서 풍겨나오는 냄새. 우리집에 쳐진 커튼과 같은 불투명하고 두꺼운 장막에 의해 바로 지척의 아파트에서의 삶과는 차단돼 있는 초라한 은신처의 냄새가. 난 테이블에 놓인 오목한 그릇 안의 열쇠꾸러미를 바라보았다. 그러면서 그날 내가 야롤의 이름을 충분히 크게 불렀었는지 자문했다. 그가 거기 있으면서 내게 일부러 대답을 하지 않았을 거라는 생각은 들지 않았다. 어쩌면 고개와 무릎을 그 좁은 창고 벽에 붙인 채 침낭 속에 몸을 웅크리고 잠이 든 것은 아니었을까. 그런 생각이 들자 당장이라도 가서 확인해보고 싶었지만 이내 야롤이 했던 말이 떠올랐다. 내일 다른 은신처를 찾아볼 거예요. 그러니 여태 그곳에 있을 리가 없지 않은가. 괜한 걱정을 할 필요는 없어. 어쩌면 조금 이따가 전화가 올지도 몰라. 아니면 침실 창문의 창살에 말려 있는 종이쪽지를 발견하게 될지도 모르고. 그리고 난 진정으로 그렇게 믿고 있었다. 하지만 좀 더 솔직히 고백하자면, 건물 뒤뜰을 떠올리기가 두려웠고, 그걸 스스로 인정할 수가 없었다. 어둠침침한 뒤뜰과 차갑고 적막만이 감도는 회색빛 은신처를. 마치 박동을 멈춘 심장과 같은 그곳을.

34

내가 크레이프 식당으로 들어섰을 때 M. 부인은 이미 와 있었다. 그녀는 식당 안쪽의 가장 좋아하는 자리에 앉아 포도주 잔을 앞에 놓고 검지로 입꼬리에 묻은 립스틱을 닦아내고 있었다. 한쪽 벽면에 붙은 거울을 들여다보던 그녀는 거울을 통해 내가 멀리 뒤쪽에서 다가오고 있다는 걸 알아차렸다. 하지만 즉시 뒤를 돌아보지는 않았다. 마치 고요한 거울 속의 대면을 더 연장하고 싶어하는 듯했다. 난 그런 그녀를 보면서 생각했다. 당신과 당신의 삶은 나와는 상관없는 얘기일 뿐이에요.

M. 부인은 아주 밝은 금발로 염색한 머리를 포니테일로 묶고 있었고, 묶어놓은 머리채는 좌우로 경쾌하게 흔들렸다.

적어도 예순 살은 되었을 테지만, 얼굴이 통통하고 활기차 나이보다 어려 보였다. 그녀는 거의 언제나 무사태평함이 느껴지는 웃음을 흘리며 두서없이 이야기를 늘어놓았다. 하지만 난 그녀가 긴 의자에 웅크리고 앉아 흐느끼던 모습도 본 적 있었다. 그럴 때는 원래 나이를 되찾은 듯 보였고, 눈과 입 주위에 씁쓸한 주름이 팼다. 때로는 그녀의 뺨에 흐르는 눈물을 닦아주느라 식사를 제대로 못 할 때도 있었다. 그러면 난 나직한 목소리로 아직 끝난 게 아니라고, 이 사랑은 아직 끝나지 않았다고, 혹시 끝이라 하더라도 곧 또다른 사랑이 찾아올 거라며 그녀를 위로하고 달래주었다. 그러면 그녀는 울음을 그치고 손등으로 콧물을 훔치면서 반문했다. "정말 그럴까? 정말 그렇게 생각하니, 델핀?"

그녀는 전문적인 연애꾼이었다. 그 말은, 그녀가 나나 존스처럼 직업적으로 타인의 마음이나 몸을 다룬다는 게 아니라, 열정적인 사랑을 찾아다니는 데 자신의 인생을 바친다는 의미였다. 그녀는 이전 연애가 끝나고 다른 연애가 시작되기 전, 더 정확히 말하면 새로운 사랑이 시작될 무렵 어김없이 내 앞에 나타났다. 그럴 때면 그녀에게서 빛이 나는 것 같았다. 피부는 거칠어지고 흰머리도 늘었지만 에이전시 문턱을 넘어오는 젊은 의뢰인들 그 누구보다도 눈빛에 생기가 가득했다. 난 그녀가 어떻게 먹고사는지 알지 못했다. 양재사 일을 하면서 돈을 조금 벌어두기도 했겠지만, 아마도 대채로 애인들한테 얹혀살 거란 생각이 들었다.

난 테이블로 다가가 허리끈을 풀고 입고 있던 트렌치코트를 벗었다. 그리고 미소를 짓던 그녀는 내 배를 본 순간 표정이 굳어버렸다.

"잘 있었니, 델핀?" 잠시 침묵을 지키던 그녀가 먼저 인사를 건넸다. "아무리 그래도 그렇지, 나한테 얘기를 해주지 그랬어."

"무슨 얘기를요?" 난 퉁명스럽게 되물었다.

그녀는 내 배를 가리켰다. 갑자기 환상에서 깨어난 듯, 웃음기가 사라진 입가 양쪽에는 주름 두 줄이 깊게 잡혀 있었다.

"별로 할 얘기가 없는데요." 그리고 이렇게 덧붙였다.

난 긴 의자에 그녀와 얼마간 거리를 두고 떨어져 앉았다. 그녀는 내 옆으로 가까이 다가오려다가 실수로 포도주 잔을 엎질렀고, 그 바람에 그녀의 옷에 포도주가 조금 흘러내렸다. 그러자 그녀는 소맷자락으로 옷을 문지르며 작은 소리로 구시렁거렸다.

"그게 무슨 말이야, 어떻게 별로 할 얘기가 없을 수가 있어? 아빠는 누군데? 내가 아는 사람이야? 지난번에 나한테 얘기했었나? 기억이 잘 안 나네."

"당신한테 얘기해줄 사람 같은 거 없어요." 그 순간 그건 사실이 아니라는 생각이 들었다. 하지만 안리즈의 아빠에 대해서는 아무것도 할말이 없었다.

그녀는 고개를 가로저었다. 그리고 손을 들어 포도주 한 잔을 새로 주문했다.

"오, 델핀. 난 네가 영리하니까 아빠 없이 아이를 낳는 일은 없을 줄 알았는데. 대체 무슨 생각으로 그런 거야?"

주문을 받으러 웨이트리스가 다가온 바람에 난 아무 말도 할 수가 없었다. M. 부인은 평소처럼 치즈와 버섯이 든 사부아식 크레이프를 주문했다. 난 배가 고프지 않았지만 밀가루 반죽은 빼고 안에 든 햄만 먹을 요량으로 햄 크레이프를 주문했다. 그리고 웨이트리스가 사과주와 포도주를 권했지만 모두 사양했다. 주문을 받은 웨이트리스가 자리를 뜨자 M. 부인은 다시 조급한 목소리로 얘기했다.

"내 말 잘 들어, 델핀. 네 마음을 상하게 하려고 하는 말이 아니라, 아빠 없이 아이를 키우는 건 정말 힘든 일이야. 내가 잘 알잖니. 내 말 들어. 아이를 낳고 할일이 얼마나 많아지는지 아직 네가 몰라서 그래. 물론, 그게 나쁘다는 얘기를 하는 게 아니라, 난 다만……"

"충분히 생각하고 내린 결정이에요." 난 차분하게 대꾸했다. "여러 가지로 신중하게 고민했고요. 그러니까 걱정하실 필요 없어요."

"나는 아무 도움이 안 될 거야." 그녀는 다시 재빨리 말을 받았다. "난 늘 어디론가 떠돌아다니잖아. 그래서 아이를 키우거나 봐줄 수 없어. 너한테 경제적인 도움을 줄 수도 없고. 우리가 이렇게 만날 때 쓰는 비용 이상으로는." 그녀는 무력함을 드러내는 몸짓을 해 보였다. "우리가 만날 때마다 이렇게 식사하는 것만 해도 나한테는 꽤 큰 부담이야. 아마도 넌 의식하지도 못했겠지만."

"당신한테 아무것도 기대 안 해요. 그러니까 얼른 식사하세요, 식겠어요." 웨이트리스가 내온 요리를 앞에 두고 나는 말을 이었다. "이미 다 생각해놨으니까 걱정 안 하셔도 돼요."

그녀는 한숨을 내쉬고는 회의적인 표정으로 말했다.

"네가 그렇게 말한다면 뭐. 그리고 델핀…… 이제 말을 좀 편하게 할 수 없겠니? 벌써 수도 없이 얘기한 것 같은데. 우리 사이에 이러는 거 정말 우습구나."

"알겠어요, 그럴게요. 죄송해요. 다른 생각을 하느라고 그랬어요."

그녀의 말이 옳았다. 그녀를 대할 때는 자주 프로 의식을 잃어버렸다. 왜 그런지는 모르겠지만, 다른 고객들하고는 결코 이런 적이 없었다. 하지만 유독 M. 부인과는 말을 편하게 하기도, 가까운 혈연관계를 가장하기도 어려웠다.

"아무튼 걱정하지 마세요. 전 정말 괜찮아요." 난 경쾌한 어조로 말을 이었다. "이제 식사 좀 할까요? 시간이 많지 않아요."

그녀는 식사하는 내내 얘기를 멈추지 않았다. 늘 그랬던 것처럼, 요즘 새로 만나는 남자에 관한 얘기였다. 그녀는 그 남자를 '내 약혼자'라고 불렀다. 사실 그녀는 만나는 남자마다 전부 약혼자라고 했다. 내가 알기로 결혼으로 이어진 적은 한 번도 없었지만. 아무튼 그녀의 새 약혼자라는 이는 프랑스 남부지방의 온통 새하얀 별장에서 살고 있는데, 그녀가 설득해서 별장에 수영장을 만들었고, 그곳에서 바라보는 전망이 아주 근사하다고 했다. 그녀는 그가 아주 멋진 남자라면서, 언젠가 내가 두 사람을 보러 와주기를 원했다. 그리고 모호한 손짓으로 내 배를 가리키면서, "물론 모든 걸 끝마친 다음에"라고 덧붙였다. 그리고 가방에서 조그만 사진을 꺼내 내게 내밀었다. 바다인지 호수인지 모를 물가에서 두 사람이 안고 있는 사진이었다. 슬쩍 사진을 보니 남자는 관자놀이께가 희끗하고 흰색 셔츠를 입고 있었다. M. 부인은 이번에도 역시나 교태스럽게 남자의 어깨에 머리를 기댄 채였다. 그녀가 각기 다른 남자들과 찍은 그런 사진을 난 이미 열 번은 보았다. 그녀는 또한 내겐 이름조차 낯선 외국으로 여행을 다녀온 이야기도 했다. 그리고 그들이 돌아오기 전날, 남자가 테이블 냅킨 아래에 보석 상자를 숨겨두었는데, 그

상자 안에 약혼반지가 들어 있었다고 했다. 그녀는 어린 소녀처럼 감격의 눈물을 흘렸고, 그녀의 약혼자 역시 울었다고 자랑스럽게 말했다. 그러면서 그 남자에 관한 이야기를 끝도 없이 늘어놓았고, 난 처음으로 그녀의 말에 진심으로 귀를 기울였다. 어떤 연유로 그동안 이 남자에서 저 남자로 계속해서 애인을 바꾸어 사귀었는지, 어떻게 그들을 그렇게 한결같이 열정적으로 사랑할 수 있었는지 알고 싶어졌기 때문이다. 그녀와 남자들의 관계에서, 또 남자들에게 아양을 떨고 교태를 부리며 제멋대로인 그녀의 삶에서 혹시 배울 점은 없을지 진심으로 궁금해졌다. 지금까지 난 그녀가 사랑이라고 부르는 관계에 경멸 섞인 무관심만 보였을 뿐이었다. 그녀와 남자들의 관계는 한낱 육체관계이거나 환상일 뿐이라고 치부했다. 하지만 그날 나는 처음으로 그녀의 말에 귀기울였다. 심지어 질문을 던지기도 했다. 그러자 그녀는 다소 놀란 것 같았다. 몇 번이나 당황한 기색을 보였고 얼굴을 붉히며 하던 얘기를 중단하기도 했다. 그녀의 사랑이 어쩌면 통속적일 수도 있겠지만, 그녀의 마음은 솔직하고 진실했다. 드로비츠키 부인이 내게 말했던 것처럼 만약 모든 사랑 이야기가 서로 비슷하다면, 난 이 여인의 손을 꼭 잡고 이렇게 말할 수도 있었을 것이다. '당신 마음을 충분히 이해해요.' 또 이렇게도 말할 수 있었으리라. '그후의 일도 얘기해줘요. 그렇게 마음이 뜨거워지고 사랑에 눈을 뜨게 된 후에는 어떻게 하면 되는지 말해줘요.' 그럼 이미 오래전부터 내게 남자친구가 있는지 등에 대해 묻지 않았던 그녀는 몹시 놀라면서 눈을 크게 뜨고 나를 쳐다볼 터였다. 그녀가 그동안 "델핀, 너처럼 예쁜 여자에게 남자친구가 없다는 걸 어떻게 믿으라는 거니"라고 말할 때마다 난 차가운 미소를 지으면서 "하지만 사실인 걸요" 하고 단호하게 대답했으니까.

식사가 끝나갈 무렵 그녀가 물었다.

"델핀, 요즘 무슨 일을 하니?"

사실 난 별로 할 얘기가 없었다. 업무 규정상 다른 고객들에 관한 얘기는 절대 외부에 유출할 수 없기 때문이었다.

"특별한 건 없어요. 늘 똑같이 반복되는 일이에요. 이제 막달이 되면 얼마간 휴가를 내서 쉴 생각이고요. 어쩌면 시골에 있는 친구 집에 갈지도 모르겠어요." 그러면서 난 시계를 들여다보고 말했다. "이런, 죄송해요, 그만 일하러 가봐야겠어요. 벌써 세시가 다 됐네요."

"디저트는 안 먹고?"

"네. 감사하지만 사양할게요. 혼자서라도 드세요. 좀더 있다가 가셔도 되잖아요."

그녀는 포도주 잔을 입에 대며 고개를 저었다. 그리고 식당을 휘둘러보았다. 그 순간 그녀의 얼굴에 그늘이 드리워졌다. 난 그녀가 실내장식으로 걸린 어망 위의 먼지와 선반 위 갑각류 겉껍데기에 균열이 나 있던 걸 발견한 게 아닌가 싶었다. 하지만 그녀는 아무 말도 하지 않고 웨이트리스에게 손을 들어 계산서를 달라고 했다. 그리고 가방을 집어 무릎 위에 올려놓고는, 그 순간이 되면 늘 그랬듯 신경질적으로 가방 속을 뒤졌다. 분명 미리 준비해왔을 텐데도 그녀는 구겨진 종이, 장갑, 화장품, 열쇠꾸러미를 모두 한바탕 뒤엎은 후에야 수표책을 꺼냈다. 그리고 자신이 써넣는 액수를 내가 볼 수 있게 수표책을 대놓고 내 앞에 펴놓았다. 그리고 언짢아하며 내게 쏘아붙였다.

"우리가 만나는 대가로 내가 너에게 따로 돈을 주고, 점심 값도 내야 하다니, 난 앞으로도 이 상황을 결코 이해할 수 없을 거야."

난 아무런 대꾸도 하지 않고 수표를 받아 가방에 집어넣고는 자리에서 일어났다.

"만나서 반가웠어요. 잊지 말고 남부에 있다는 집주소를 알려주세요. 이번 여름에 한번 내려갈게요. 아니면 내년 여름에라도."

"물론이지."

그녀는 별 기대 없이 내게 한쪽 뺨을 내밀며 볼 인사를 했다. 그녀에게서는 포도주와 립스틱, 그리고 시들어버린 꽃향기가 났다. 난 외투를 입고 크레이프 식당을 나섰다.

버스가 길모퉁이를 돌아서 다가오고 있었다. 난 정류장을 향해 최대한 걸음을 재촉했다. 정류장에 이르러 버스 문이 열리기를 기다리는데 등뒤에서 내 이름을 부르는 소리가 들려왔다. 뒤를 돌아보니 재킷을 입는 둥 마는 둥 뛰다시피 하면서 날 향해 오고 있는 그녀가 보였다.

"델핀, 잠깐만, 잠깐만 기다려." 그녀가 숨을 헐떡이며 날 불러 세웠다.

"빨리 일하러 가야 해요. 다음 버스가 올 때까지 기다릴 수 없어요. 무슨 일이죠?"

버스의 문이 열리자 그녀는 안전봉을 잡고 숨을 가다듬었다. 하나로 묶여 있던 머리가 엉망으로 흐트러지면서 그녀의 얼굴 주위로 머리칼 몇 가닥이 흘러내려와 있었다. 금색으로 염색된 머리와 본래 희끗한 회색빛 머리의 경계가 햇빛에 선명하게 대비되어 드러났다.

"잠깐이면 돼, 델핀." 그녀가 나직한 소리로 다급하게 말했다. "네가 날 많이 원망한다는 거 알아. 네가 어렸을 때 내가 소홀했으니까. 하지만 네 아들을 위해서는," 그녀가 또다시 내 배를 가리켰다. 나는 버스 계단에 올라서 있었기에 내 배가 그녀의 눈높이에 닿아 있었다. "우리가 화해를 해야 한다고 생각하지 않니?"

"딸이에요." 난 담담한 어조로 그녀의 말을 정정했다.

"그래, 네 딸 말이야." 그녀는 어깨를 으쓱하면서 말을 되받았다. "나도 그애가 자라는 모습을 볼 수 있으면 좋겠구나. 어쩌면 나도 할머니 노릇은 잘해낼 수 있을지도 모르잖니. 누구에게나 두번째 기회가 주어져야 한다고 생각하지 않니, 델핀? 그렇게 생각하지 않아?"

버스가 떠나지 못하게 하려는 듯, 한 손으로는 여전히 금속 봉을 잡고서 다른 한 손을 가슴에 얹은 그녀를 바라보고 있자니 말로 설명하기 힘든 포근하고 따뜻한 느낌이 온몸을 감싸는 듯했다. 그녀는 내일이면 이 모든 걸 잊어버리고 또다시 몇 주, 몇 달, 또는 몇 년간 어디론가 훌쩍 떠나버리리라는 걸 난 잘 알고 있었다. 그녀로서도 어쩔 수 없는 일이었다. 한 남자를 위해 그녀가 포기하지 못할 것은 아무것도 없었다. 하지만 그 순간 그녀는 진실했고, 그래서 난 나지막하게 대답했다. "그래요, 누구에게나 두번째 기회는 주어져야죠." 하지만 그건 그녀가 아닌 나 자신을 생각하며 한 말이었다. 그리고 그녀는 그 사실을 알지 못했다. 어떻게 알 수 있었겠는가. 마침내 손을 놓고 뒤로 한걸음 물러서는 그녀의 눈에 감격에 복받친 눈물이 그렁그렁 맺혔다. 난 그녀에게 애써 웃어 보였다. 그녀가 행복해하는 모습을 보는 일이 처음으로 씁쓸하지 않았다. 이 아이는 당신의 손녀가 아니며,

당신은 이애가 자라는 모습을 볼 수 없을 거라고, 아니 결코 아이를 볼 수 없을 거라는 말을 차마 할 수 없었다. 그녀가 내 아이라고 믿고 있는 이 아이의 존재를 떠올려줄 만한 사진 한 장, 초음파 사진 한 장조차 남아 있지 않을 거라는 말을 차마 할 수 없었다.

35

처음엔 그저 웅성거리는 소음 같은, 그리고 뒤이어 불안감이 느껴지는 어조의 불분명한 목소리들이 들려왔다. 여러 번 고개를 들어 밖을 쳐다보았지만 커튼 뒤로 보이는 거리는 인적조차 찾아볼 수 없을 정도로 조용했다. 난 지난주 고객과의 만남을 정리하는 보고서 작성에 다시 몰두했다. 마리아의 말이 옳았다. 나는 에이전시 일을 등한시하고 있었다. 그날 오후에도 난 밀린 서류 작업을 마지못해 하고 있었다. 다른 때 같으면 즐거운 마음으로 가뿐히 처리했을 일이었다. 정확한 기억력과 직감, 통합적인 감각 같은, 우리 일에 필요한 자질을 모두 동원해야 하는 일이었으니까. 그날 난 고객들과의 면담 내용이 내 머릿속에서 지워져버렸단 걸 깨달았다. 세세한 부분을 전부 잊어버려서 만약의 경우를 대비해 따로 메모해둔 내용을 참고해야 했다. 하지만 그렇게 해봐도 보고서는 불완전하고 불충분했다. 열의도 정확성도 부족했다. '존스에게 보내는 편지' 작업이 내 기억력과 상상력을 모두 고갈시켜버리기라도 한 것 같았다.

보고서를 막 마무리했을 때 밖에서 사이렌 소리가 들려왔다. 차량들은 내가 사는 건물 앞을 지나쳐 갔다가 유턴해 다시 우리집 창문 앞 도롯가에 나란히 늘어섰다. 날카로운 사이렌이 마지막으로 한 번 더 울리더니 차문이 열리는 소리가 났다. 멈춰 선 차량들 가운데 한 대에 켜진 푸르스름한 경광등 불빛이 우리집 유리창에 규칙적으로 번쩍였다. 갑자기 날이 어두워지면서 마치 폭풍우라도 몰아칠 듯했다. 벌레들과 새들이 지상 가까이 낮게 날아다닐 것만 같은 스산한 날씨였다.

난 즉시 창가로 향하지 않았다. 책상 앞에 그대로 앉아 주차된 차량들 너머로 경찰차 두 대와 구급차 한 대를 흘끗거리며 살펴보았다. 어쩌면 근처 교차로에서 보행자나 자전거 운전자가 교통사고를 당했거나, 이 건물에 사는 노인이나 장애인을 이송하러 온 것일 수도 있다는 생각이 들었다. 이웃들 중에 병원에 이송될 만한 이가 누가 있을지 떠올려보았지만 딱히 생각나는 사람은 없었다. 게다가 그들을 마지막으로 마주쳤던 게 언제였는지 기억조차 나지 않았다. 이윽고 비명소리가 들려왔고, 난 그 목소리를 즉시 알아챘다. 그녀의 비명소리는 한 번도 들어본 적 없었지만. 내게 얘기할 땐 대부분 짜증스럽거나 지친 듯한 목소리였다. 어쩌면 그 비명소리가 울리기를, 그녀의 비명소리가 울려퍼지기를 사흘 전부터 은연중에 기다려왔는지도 몰랐다.

현관문으로 달려갔다. 몸이 떨리는 통에 열쇠로 문을 잠그는 데 시간이 꽤 걸렸다. 거리는 텅 비어 있었고, 차들은 아무렇게나 방치된 듯 보였다. 그중 한 대의 조수석 문이 여전히 열린 채였다. 참으로 기묘했다. 비극적인 분위기, 옆 건물의 지붕에서 들려오는 새소리만이 이따금 흔들어놓는 무거운 정적, 죽음의 목소리. 난 아도르노가 세상을 떠난 이후 그러한 침묵이 무엇을 말하는지 잘 알고 있었다.

빠른 걸음으로 차량들 가까이 다가갔지만 안에는 아무도 없었다. 영문을 몰라 주위를 둘러보았다. 그때 또 한번 비명소리가 울려퍼졌고 그제야 비로소 그들이 어디 있는지 알 것 같았다.

난 다시 에이전시로 들어와 우리집으로 통하는 문으로, 그리고 다시 뒤뜰로 이어지는 문으로 달려갔다. 에이전시에서 거실로 향하는 동안 목소리들이 점점 더 또렷하게 들려왔다. 그 무엇으로도 달랠 수 없을 듯한 울음소리와 이런저런 지시를 내리는 엄숙한 목소리들이었다. 내 방 창문 너머로 뒤뜰에서 분주하게 움직이는 실루엣들이 보였다. 잠시 그들을 바라보면서 그들이 누수 발생이나, 쥐떼나 벌레 출몰 등 다른 이유로 출동한 것이기를 바랐다. 난 곧 부엌 옆에 있는 복도 끝 뒷문을 열고 밖을 내다보았다.

창고 문이 활짝 열려 있었다. 자물쇠는 뜯어지고 절단된 채였다. 그 옆에는 경찰이 손에 펜치를 들고 서 있었고, 야롤의 엄마는 시멘트 바닥에 무릎을 꿇고 주저앉아 있었다. 그 광경 역시 무척이나 기괴하게 느껴졌다. 그녀는 무릎에서 발목까지 찢겨진 검은색 스타킹에 하이힐을 신고 있었고, 그중 한 짝은 벗겨져 몇 미터 떨어진 곳에 있었다. 우아한 실크 정장 차림을 하고서 시멘트 바닥에 앉아 일어나지 않겠다고 막무가내로 떼를 쓰는 어린아이처럼 그녀는 눈물범벅이 된 채 흐느끼고 있었다. 그녀 앞에 시신 한 구가 뉘어 있었다. 시신이라는 표현을 쓰긴 했지만, 진짜 시신인지 알 수 없었다. 그건 그냥 회색 비닐 자루에 담긴, 야롤만큼 호리호리하고 길쭉한 무언가였다. 유니폼 차림의 한 남자가 그 자루에 달린 지퍼를 올리는 게 보였다. 난 주춤거리면서 뒤뜰로 몇 걸음 나아갔다. 잠깐만요, 그렇게 소리치고 싶었다. 잠깐만요, 내가 그를 봐야겠어요. 그러지 않고 어떻게 그가 야롤이라는 걸 믿을 수 있겠어요? 어떻게 내가 그를 매일 지켜보지 않았을 수 있겠어요? 난 어쩌면 그가 잠자는 숲속의 공주처럼 인위적이고 깊은 잠에 빠져 있는 건지도 모른다고 생각했다. 그래서 잠든 그를 깨우기 위해 그의 이름을 부르고 싶었다. 하지만 그가 그 가상의 세계에서 어떤 이름으로 불리는지 알지 못했다. 난 왜 너의 이름을 물어볼 생각을 하지 못했을까. 난 절망감에 사로잡혔다. 오, 어떻게 너의 이름을 한 번도 묻지 않았을까.

경찰이 양팔을 벌려 내 앞을 가로막으며 가족인지 물었다. "아뇨." 난 내가 누구인지 정확하게 설명할 수 없었다. 그저 내 방 창문을 가리키며 작은 소리로 이렇게 얘기할 뿐이었다. "저기 사는 사람이에요." 그러자 경찰이 말했다. "집에 들어가 계세요, 부인. 여기 계시면 안 됩니다. 사고가 났어요. 집에 들어가세요."

하지만 난 집으로 돌아가지 않았다. 몇 발짝 물러서기만 했는데, 눈감아줄 수 있는 영역으로 넘어갔다는 듯 경찰은 더이상 나를 제지하지 않았다. 조금 떨어진 곳에 사복 경찰에게 심문받고 있는 건물 관리인이 보였다. 그는 창백한 얼굴로 당혹스러운 표정을 짓고 있었다. "그래요, 여기서 놀아도 된다고 내가 허락해주었어요. 불쌍한 아이였거든요. 항상 이 부근에서 어슬렁거렸죠. 생각해보세요, 가스관이 새는지 내가 어떻게 알았겠습니까?"

그들이 야롤이라고 주장하는 불분명한 회색 물체가 들것

위에 실려나갔다. 다가서지 못하게 나를 가로막던 경찰이 브레트 부인을 일으켜 부축했다. 그녀는 불안한 걸음을 옮기며 통로를 향해 가면서 떨어져 있던 구두를 주워들었다.

그녀가 내 앞으로 지나갈 때 난 그녀의 주의를 끌기 위해 손짓을 하고는 나직한 소리로 말했다.

"얼마나 상심이 크십니까, 브레트 부인, 제가 할 수 있는 일이 있다면⋯⋯"

난 그녀가 내게 욕을 퍼부으면서 내가 자신의 아들을 죽였다고 소리를 지르며 비난하더라도 조금도 놀라지 않았을 것이다. 어쨌거나 야롤이 내가 사는 곳 뒤뜰에서 죽었으니 말이다. 심지어 내 얼굴에 침을 뱉더라도 이해했을 것이다. 하지만 예상과 달리 그녀는 나를 철저하게 모른 체했다. 그녀는 나를 바라보면서도 나를 제대로 보지 못하는 듯했다. 경찰의 부축을 받으며 절뚝절뚝 계속 걸어가기만 했다. 난 구역감을 느끼며 한동안 그 자리에 꼼짝 않고 서 있었다. 차라리 그녀가 내 뺨이라도 때려주기를, 내가 존재하지도 않는 것처럼 나를 무시하지 말고 차라리 마구 욕이라도 퍼부어주기를 바랐다. 하지만 그녀가 옳은 건지도 몰랐다. 그녀의 아들을 결국 구해내지 못했으니 그녀에게 난 존재하지 않는 것과 마찬가지였으리라.

36

　잠시 후, 경찰이 뒷문을 두드리며 몇 가지 질문을 하러 잠깐 들어가도 되는지 물었다. 그는 수첩에 메모를 해가면서 의심의 눈초리로 나를 관찰했고, 난 브레트 부인이 내 얘기를 했다는 걸 알아차렸다. "맞아요, 야롤이랑 아는 사이였어요. 전 일종의 안내자였죠. 아뇨, 개인 교사나 후견인 같은 건 아니고요, 정확하게 설명하긴 힘들어요. 그래요, 야롤이 에이전시 주변에서 어슬렁거리기 좋아한다는 건 알고 있었어요. 하지만 그런 사고가 일어나리라고는 상상도 못했어요." 그러자 경찰은 수첩을 닫으며 의혹이 가득한 어조로 나직하게 말했다.

　"앞으로 수사관들의 수사 요청에 협조하셔야 합니다. 당신이 정확히 무슨 일을 하는지 잘 이해가 되지 않는군요. 그 부분을 명확히 밝혀주셔야 하겠습니다. 이번 주 내로 경찰서로 나오셔서 소환 조사를 받으셔야 할 겁니다."

난 그저 어깨를 으쓱해 보였다. 이제 모든 게 끝이라는 걸 이미 짐작하고 있던 터였다. 경찰은 밖으로 나서려다 말고 문가에서 돌아보며 덧붙였다.

"아이의 주머니에서 종이쪽지 하나가 나왔어요. 쓰던 컴퓨터 암호로 밝혀졌고요. 아이 어머니 말로는, 컴퓨터 앞에 내내 붙어 있었다고 하더군요. 하드디스크를 뒤져보면 좀더 많은 걸 알아낼 수 있을 겁니다. 아마도 장난삼아 사이트들을 만들거나 해킹을 했던 것 같아요. 그런데 종이쪽지 뒷면 아래쪽에 당신 이름이 쓰여 있더군요. 그에 대해 뭔가 해주실 말이 있을까 하고요."

그는 수첩의 맨 마지막 장에 옮겨 적어놓은 야롤의 메모를 읽어주었다. 꿈꾸는 사람은 신과 같고, 생각하는 사람은 걸인과 같다.

"이게 무슨 의미인지 혹시 짚이시는 게 있나요?"

난 부인하는 몸짓을 할 뿐 한 마디도 할 수 없었다. 야롤이 에이전시의 작동 원칙을 어떻게 그렇게 잘 이해하고 있었는지 또 한번 궁금해졌다. 그리고 그가 내게 했던 말이 떠올랐다. "하지만 그게 당신의 일 아닌가요? 다른 사람들의 세계에 개입하는 거요. 체스에서 기물을 움직이고, 게임 캐릭터 들을 이동시키는 거. 내가 그 게임 이름을 뭐라고 붙인 줄 알 아요? 바로 유얼스예요."

경관은 다시 수첩을 닫아 주머니에 넣으면서 결론짓듯 말 했다.

"우리 쪽 전문가가 그애가 만들어둔 사이트들을 폐쇄했습 니다. 아이들이 컴퓨터 앞에 하루종일 매달려 있지 못하게 해야 합니다. 무익한 일이거든요."

난 고개를 끄덕였다. 그렇다, 그건 무익한 일이었다. 그리 고 그에게 억지 미소를 지어 보이면서 그의 등뒤로 문을 닫 았다. 그런 다음 뒤뜰에서 들려오는 수사관들의 목소리를 듣 지 않으려고 두 손으로 귀를 꼭 막고서 몇 시간이나 침대에 꼼짝도 하지 않고 누워 있었다. 그러다가 전화벨 소리도 듣 지 못할 뻔했다. 전화벨이 울려대도록 한참 동안 가만히 내 버려두다가 자동응답기를 켜놓지 않았다는 생각이 문득 들 었다. 그래서 힘겹게 침대 머리맡으로 몸을 끌어 협탁 위에 올려놓은 수화기를 집어들었다.

존스였다. 그는 머뭇거리면서 내게 M. 부인이 맞는지 물 었다. 내가 전화를 받으면서 이름을 말하는 것을 잊었던 것 이다. 그러더니 그는 에이전시에 들러도 되는지 물었다. 그 리고 물론 시간이 늦은 건 알지만, 한참 동안 따로 시간을 내기가 힘들 것 같아서라고 덧붙였다. "네, 오세요. 에이전시 운영 시간은 지났지만 사무실에 있을게요. 현관문을 두드리시면 돼요."

난 침대 위에 앉아 생각했다. 존스의 어조에서는 경계심이나 불쾌감 같은 것은 느껴지지 않았고 어느 모로 보나 내 계략이 먹혀든 것 같았지만, 놀랍게도 기쁘지가 않았다. 난 그의 주변에서 두 번쯤 본 것 같은 금파리들을 떠올렸다. 그때 난 어딘가에 죽음이 맴돌고 있다고 생각했고, 그 죽음이 존스나 나를 노리고 있을 거라고 믿었다. 하지만 아무런 경계심 없이 현실과 환상의 경계에서 춤추고 있던 야롤을 덮치리라고는 한 번도 생각해본 적 없었다.

어둠이 내리자 경계 근무자 한 사람만 제외하고 나머지 경찰들은 사건 현장을 떠났다. 난 일어나 창가로 다가갔다. 혹시 내가 미처 발견하지 못했고 수사관들의 눈에도 띄지 않은 종이쪽지 하나가 야롤이 평소에 하던 대로 창살에 말린 채 끈으로 묶여 있지는 않을까 하는 터무니없는 희망을 품었다. 하지만 아무것도 없었다. 비밀 메시지 코드가 모두 드러난 마당에 그가 무슨 말을 할 수 있었겠는가. 눈을 들어 위쪽을 쳐다보자 건물 창가에 그림자들이 보였다. 사망자에 관한 소식을 듣고 구경거리가 아직 완전히 끝나지 않았기를 바라는 이웃 사람들일 터였다. 경계 근무중이던 경찰은 주머니에서 조그만 손전등을 꺼내 발아래와 창고 문을 비추었다. 창고 문은 야롤이 감아놓았던 것보다 훨씬 더 굵고 튼튼한 체인과 자물쇠로 봉쇄된 채 접근이 철저하게 금지돼 있었다.

손을 뻗어 협탁 위의 스탠드를 켰다. 방안이 환해지자 나 역시 위층의 낯선 이웃들처럼 눈에 띌 수 있다는 생각이 들었다. 위층의 누군가가 마치 내 주의를 끌려는 듯 기침을 했다. 하지만 난 그저 창문에 커튼을 쳤다.

그동안 야롤이 내게 전해주었던 종이쪽지들을 가지러 갔다. 문진 아래에 차곡차곡 모아두었던 것들을 꺼내 책상 위에 나란히 늘어놓았다. 야롤이 내게 전하려던 비밀 메시지가 바로 거기 있었다. 오직 단어 하나가 빠져 있을 뿐이었다. 지금까지 종이에 적힌 단어들을 하나로 조합해볼 생각은 미처 하지 못했다. 난 종이쪽지를 순서대로 놓아둔 다음, 수성펜을 집어들고는 봉투 한 귀퉁이를 찢어 거기에 야롤의 글씨와 같은 크기의 대문자로 적어넣었다. '이다.' 그리고 종잇조각을 다른 조각들 사이, 그 단어가 들어갈 자리에 놓고 모두 셀로판테이프로 꼼꼼하게 이어 붙였다. 긴 띠처럼 된 종잇조각엔 야롤의 삶과 죽음, 그리고 어쩌면 나의 삶과 죽음의 비밀까지도 담겨 있었다.

37

난 엉망이 된 집안을 정리하고 개수대에 쌓여 있던 접시와 식기들을 설거지했다. 거실에서 퀴퀴한 냄새가 나는 것 같아 시나몬 향이 나는 인센스 스틱에 불을 붙인 다음, 천장등을 끄고 전기가 나갈 때를 대비해 사두었던 초들을 꺼내 불을 밝혔다. 난 이 모든 걸 기계적으로 처리했다. 마치 시계가 바닥에 떨어져도 계속 똑딱거리며 작동하듯 말이다. 지쳐서 나가떨어지는 순간까지 계속 이렇게 움직일 것만 같은 느낌이 들었다. 존스가 에이전시 문을 두드릴 때까지 난 집안을 끊임없이 서성였다.

존스는 지치고 근심어린 얼굴이었다. 하지만 그가 사무실 안으로 들어서자마자 난 그가 아도르노의 이름으로 된 그 글을 완전히 믿고 있다는 걸 알아차렸다. 나에 대한 적대감, 그리고 무엇보다도 경계심은 더이상 찾아볼 수 없었고, 이제 나를 어떻게 받아들여야 할지 판단이 선 듯했다. 마침내 그를 속이는 데 성공하고, 그에게 석고나 밀가루를 묻힌 하얀 앞발을 내보인 내 계략이 먹혔던 것이다. 그렇다, 그 글은 하나의 걸작, 내 기교의 절정을 보여주는 하나의 작품이었다. 하지만 그럼에도 서글픈 마음은 가시지 않았다. 존스는 옛 선원들이 즐겨 입던 가로 줄무늬 티셔츠와 면바지를 입고 샌들을 신고 있었다. 그리고 왼쪽 가슴께에 우스꽝스럽게 생긴 브로치인지 작은 펜던트 같은 것을 핀으로 꽂아 달고 있었다. 옷도 장신구도 모두 한 번도 착용하지 않은 새것처럼 보였다. 그가 안으로 들어오고 나서 문을 잠그려고 몸을 숙이자 코끝에 새 천과 가죽 냄새가 느껴졌다.

"내 집으로 가요. 이쪽이에요. 난 에이전시 바로 뒤에 살아요. 업무 시간 이후에는 사무실에 있는 걸 좋아하지 않아서요."

난 앞장서서 걸어갔다. 가슴이 마구 방망이질하기 시작했다. 마리아와 가정부, 수아뉴 부인을 제외하고는 지금까지 그 누구도 내 집에 들인 적이 없었다. 십오 년 동안 고객, 친구, 심지어 애인조차도 초대한 적이 없는 곳이었다. 존스가 내 집을 어떻게 생각할지 궁금해서 나도 최대한 객관적인 시선으로 바라보려고 노력해보았다. 사실 개성이라곤 전혀 찾아볼 수 없는 공간이었다. 실내장식에도 거의 손을 대지 않아서 이전 집주인이 돌아오더라도 이곳에 쭉 살았던 것 같은 인상을 받을 수 있을 정도였다. 집안에 여자의 손길이 닿은 듯 보이는 부분은 촛불과 인센스 스틱뿐이었는데, 시나몬 향이 너무 그윽하다 못해 갑자기 역겨워져서 불이 붙은 부분을 두 손가락으로 비틀어 꺼야 했다.

"앉으세요. 마실 것 좀 드릴까요?"

그는 잠시 머뭇거리더니 대답했다.

"아무거나 조금만요. 고마워요."

난 고객용으로 준비해둔 미니바로 가서 술병을 들어 잔에 따랐다. 그리고 내 잔에도 한 모금 정도 따랐다. 그러면서 생각했다. '이쯤은 안리즈에게 별로 해가 되지 않을 거야. 나한테도 술이 몹시 필요해.' 거실 소파로 돌아와 존스 옆에 앉은 나는 그와 술잔을 부딪치고 조금 홀짝였다.

"아도르노의 글은 다 읽어봤나요?"

내 질문에 그는 부정도 긍정도 아닌 대답을 했다.

"그렇기도 하고, 아니기도 해요. 아직 다는 못 읽었어요, 되게 길잖아요." 그는 변명하듯 대답했다. "그래도 오십 쪽 정도는 읽었어요. 그리고 마지막 부분하고. 더이상 기다릴 수가 없었거든요."

난 너무나 자신만만해져서는 그가 아주 조금이라도 기분 변화를 보이는지 반응을 살펴야 한다는 사실을 잊었다. 얼마 전까지 촉각을 곤두세우고 있던 나는 이제 경계를 늦추고 그저 술잔을 입에 대면서 이렇게 말했다.

"아주 아름다운 글이더군요. 당신이 그 글을 읽을 수 없었다면 정말 안타까웠을 거예요. 처음 내 생각이 틀렸었어요. 나한테 그 일을 맡기길 아주 잘하셨어요. 그동안 까다롭게 굴어서 죄송해요. 그래서 결정을 했는데요, 존스, 이번 일을 무상으로 해드리려고요. 수고비는 안 주셔도 돼요."

그는 놀란 눈으로 날 보았고, 난 미소를 지으며 어깨를 으쓱해 보였다.

"시간이 많이 걸리는 일도 아니었어요." 난 거짓말을 했다. "이런 일에 익숙하거든요. 글을 옮기기 시작하니까 잊고 있던 기억들이 다시 빠르게 떠오르더군요. 그래서 비어 있는 부분들을 채우기가 그리 어렵진 않았어요."

그는 술잔 속의 술을 빙글빙글 돌리면서, 우리가 처음 만났을 때부터 내가 가장 듣기 두려워했던 말을 내뱉었다.

"아 그래요? 하지만 몇 가지 세세한 부분을 잊었던데요. 사실 끝부분은 하나도 기억을 못하는 것 같아요. 아도르노의 죽음에 관해서는 아무 얘기도 안 썼잖아요."

그의 말에 갑자기 현기증이 일었다. 단지 안리즈 때문이 아니라, 맑은 정신을 유지하기 위해서는 술을 마시지 말았어야 했다는 생각이 들었다. 내게 필요한 건 명철함보다는 대담함이라고 생각했던 나 자신이 얼마나 어리석었는지 비로소 깨달았다.

"무슨 얘기를 하는 건지 잘 모르겠네요." 난 애써 태연한 척 기계적으로 대꾸했다. "아도르노가 세상을 떠나기 몇 달 전에 이미 일을 그만두었다고 전에도 얘기했잖아요."

"그래요, 바로 그렇게 얘기했죠. 하지만 그게 사실이 아니란 건 당신도 나도 잘 알고 있고요."

너무나도 차분한 대응에 난 아무런 반박도 하지 못했다. 잠시 후 존스는 나를 똑바로 응시했다. 아마도 내가 얼마나 겁에 질려 있는지 간파한 듯했다. 들고 있던 술잔이 내 손에서 미끄러지면서 쏟아진 술이 다리 사이로 흘러내렸다. 그는 얘기를 계속했다.

"당신이 아도르노가 죽음에 이르도록 도왔다는 걸 난 이미 오래전부터 알고 있었어요. 내 얘기에 놀랐나요? 그가 그런 얘기를 내게 안 해줬을 거라고 생각한 건가요? 아도르노가 당신한테 그 일을 부탁할 거라는 걸 난 당신보다 훨씬 먼저 알았어요. 내가 지금 '당신'이라고 말하는 건, 당연히 당신이 요양보호사였을 때의 얘기고요."

그는 바지 주머니에서 담배를 꺼내 테이블 위에 있는 촛불에 담뱃불을 붙였다.

"그가 당신 이름을 말해준 적은 없어요. 아마도 내가 당신을 찾을 줄은, 내가 이 정도로 알고 싶어할 거라고는 생각지 못했을 테니까요. 나 역시도 이럴 줄 몰랐고요. 하지만 나 때문에 조금도 겁낼 필요 없어요, 델핀."

"무슨 말인지 이해가 안 돼요." 난 기어들어가는 목소리로 말했다.

"이해하려고 할 필요 없어요. 아도르노는 자신이 한 일에 대해서는 아무것도 기록해놓지 않았어요. 알리고 싶지 않았을 테니까. 내가 당신을 처음 만났을 때, 나 역시 그런 이유로 그 얘기를 꺼내지 않았고요. 그런데 당신이 전혀 다른 이야기를 꾸며낼 줄은 몰랐어요. 결국 당신과 나는 둘 다 똑같은 게임을 하고 있었던 거예요."

그는 담배를 한 모금 빨고 내 얼굴로 연기를 훅 뿜어내더니 무기력한 몸짓으로 흩어버렸다.

"당신에게 공책 내용을 새로 옮겨달라고 한 건, 단지…… 그 일이 어떻게 진행됐는지 알고 싶어서였어요. 그런데 당신이 다른 생각을 하리라곤 전혀 예상치 못했네요."

"하지만 당신은 공책을 스스로 찾아냈다고 했잖아요." 난 더듬거리며 말했다. "만약 아도르노가 당신한테 내 얘길 했었다면, 그는 분명……"

난 이렇게 말하려고 했다. "그 공책들을 당신에게 전해달라고 내게 부탁할 거라는 말도 했을 텐데요." 하지만 난 그 부분에서 말을 끊었다. 그러자 존스는 내게 미소를 지으며 말했다.

"난 당신이 그가 부탁한 대로 하지 않을지도 모른다고 생각하고 있었어요. 그리고 그 이유도 알고 있고."

"그렇다면, 그 이유가 돈 때문이란 것도 알고 있겠군요." 난 다시 힘겹게 대꾸했고, 깊이 숨을 들이쉰 다음 서둘러 덧붙였다. "그 돈, 당신한테 모두 돌려줄게요. 원한다면 오늘 당장요. 돈은 전부 그대로 가지고 있어요. 한푼도 쓰지 않았다고요."

그는 재떨이를 찾았지만 보이지 않자 자신의 손에 재를 털어냈다. 그리고 어깨를 으쓱하면서 말했다.

"그 돈은 가져요. 아도르노가 판단하기에 당신에게 그 돈이 필요했다면 당신에게 줬을 거라고 생각하니까요. 나한테서 무슨 말이 듣고 싶은 거예요? 아무튼 당신이 해냈어요." 그는 날 향해 몸을 숙이면서 나지막하게 속삭였다. "하지만 내가 알고 싶어하는 걸 솔직하게 얘기해줘요. 그것도 아도르노가 당신에게 의뢰한 일이라고 생각하고요. 그럼 우린 서로에게 갚을 게 아무것도 없어지는 거예요."

38

　그리하여 난 그에게 전부 얘기해주었다. 아니, 거의 모든 것을. 딱 두 가지 사실만 비밀에 부쳤다. 공책 속에 묘사된 요양보호사는 조작된 이미지라는 것과, 아도르노가 점점 의식을 잃어가면서 옆에 누워 있는 나를 존스라고 착각해 내게 입을 맞췄다는 사실을.

　존스는 아무 말 없이 귀를 기울였다. 내 얘기를 들으며 그는 내게서 한시도 눈을 떼지 않고 줄담배를 피워댔다. 집안엔 연기가 자욱했고, 수아뉴 부인이 우연히 들렀다가 이 사실을 알게 되면 몹시 못마땅해할 거라는 생각이 들었지만, 난 아무 말도 하지 않았다. 아마도 그가 세 손가락으로 담배를 쥐고 있는 모습 때문이었을 것이다. 담배를 쥔 방식을 보고 있자니 담배 대신 내 손을 잡아주기를 기대하며 그에게 손을 내밀고 싶었다. 나는 한참 동안 이야기를 이어갔다. 그동안 그는 담배에 불을 붙여 손가락으로 꼭 쥐고 피울 뿐 다른 행동은 전혀 하지 않았다. 그의 표정에서도 생각을 읽을 수 없었다. 매캐한 연기 때문에 내 눈에서 눈물이 찔끔 흘러나왔다. 그는 대체 지금 어디에 가 있는 것일까? 그렇게 멀리 떠난 사람을 다시 돌아오게 할 수는 있는 것일까? 마침내 난 이야기를 끝내고 입을 다물었다. 그는 눈을 내리깔았다. 그리고 아무 말 없이 한동안 그렇게 가만히 있었다. 그에게 어떤 몸짓을 해 보일 수도, 말 한마디 건넬 수도 없었다. 그의 얼굴을 찬찬히 뜯어보다가 그의 희끗희끗한 회색빛 속눈썹이 눈에 들어왔다. 우리가 처음 만났던 날에도 그의 속눈썹이 눈에 띄었었다. 그때 난 세월과 삶의 신산함에 속눈썹이 센 거라고 생각했다. 내 생각은 틀리지 않았다. 어쩌면 그게 그의 유일한 노화의 흔적일지도 몰랐다. 마침내 그가 고개를 들어 나를 바라보았다.

"고마워요." 그가 다정한 목소리로 말했다. "상상했던 것과 대략 비슷하네요. 그가 홀로 외롭게 떠났다면 마음이 좋지 않았을 거예요. 그의 곁을 지켜줘서 고마워요."

난 어깨를 으쓱해 보였다. 내가 왜 그런 일을 저질렀는지 그가 잊어버린 것 같아 기쁘기도 했지만 한편으론 겸연쩍었다. 돈이 든 봉투 두 개를 챙기고 새로운 에이전시를 열고 싶어했던 일. 그는 담배를 비벼 끈 다음 남아 있는 술을 단숨에 모두 비워냈다.

"자, 이제 모두 끝났군요. 그렇죠?" 그가 나른한 표정으로 말했다. "이제 그만 가볼게요. 좀 늦은 시간이었지만 오늘밤 당신을 꼭 만나야만 했어요. 난 내일 떠나요."

"떠나다뇨?"

"남아메리카에 사는 여자 친구 집에서 함께 지내기로 했거든요."

그의 눈빛만 봐도 그가 말하는 여자 친구가 어떤 종류의 친구인지 단번에 알 수 있었다. 그가 의미심장한 미소를 띠는 걸 보니 내 생각을 읽은 듯했다.

"어쨌거나 산 사람은 살아야 하잖아요? 난 늘 그곳에 가고 싶었어요. 앞으로 더이상은 기회가 없을지도 몰라요. 그녀는 다정하고 돈도 많아요. 굳이 설명하지 않아도 당신은 상황을 잘 알 테죠. 당신이나 나나, 우린 운좋게도 얼굴이 두꺼운 사람들이니까, 악어가죽만큼이나."

그러면서 그는 엄지와 검지로 자신의 손목을 꼬집어 보였다. 하지만 악어가죽은커녕 얇고 하얗기만 한 살갗이 벌게질 뿐이었다.

"안 돼요, 존스. 가지 말아요." 난 평소답지 않은 목소리로 말했다. "거기 가지 말아요. 그러면 안 되는 거예요. 몸을 팔러 지구 반대편까지 가면 안 되는 거라고요."

순간 나 스스로도 격한 표현에 놀라움을 금치 못했고, 존스 역시 마찬가지였다. 그는 여전히 들고 있던 술잔 너머로 나를 바라보았다. 그리고 애써 화를 참으며 어깨를 으쓱했다. 그리고 난 그가 감정을 억누르며 대답하는 대상은 진짜 내가 아닌, 공책 속의 또다른 여자라는 걸 알아차렸다.

"난 먹고살기 위해 내가 해야 하는 일을 할 뿐이에요. 아도르노도 날 이해했을 거예요. 참 이상해요. 아도르노의 글을 읽기 전에는 그 제안을 받아들여야 할지 확신이 없었거든요. 그가 세상을 떠나고 나서 난 벼랑 끝에 선 기분이었고요. 그런데 그의 글을 보고 용기를 얻었어요. 그가 나에 관해 쓴 글을 보면…… 그걸 보고도 어떻게 외롭다고 느낄 수 있겠어요?"

그는 시선을 돌리고 미소를 지으며 가슴팍에 달린 브로치를 만지작거렸다. 그리고 베이지색 꽃무늬 벽지를 발라놓은 벽과, 실용 서적 몇 권만 덩그러니 놓인 선반을 죽 둘러보다 말했다.

"당신 집은 그다지 산뜻한 분위기는 아니네요? 지금까지 돈을 꽤 벌었을 텐데, 왜 집을 좀더 꾸미지 않아요?"

"내가 당신한테 돈을 줄게요, 내가." 나도 모르게 불쑥 내뱉었다. "얼마를 원하는지 말만 해요. 금액을 얘기해요."

그가 더욱더 놀란 눈으로 날 쳐다보았고, 난 얘기를 계속
했다.

"그 여자가 얼마나 준대요? 아도르노에게선 얼마나 받았
어요? 나도 그 정도는 얼마든지 줄 수 있다고요."

순간 몸에서 열이 나면서 얼굴이 화끈거렸다. 난 낮은 탁
자에 잔을 내려놓고 그에게 다가가 그의 손등 위에 대담하게
내 손을 포개 가볍게 쥐었다.

"내가 돈을 줄게요, 존스. 지금 당장 날 사랑하지 않아도
괜찮아요." 조급한 어조로 내가 말했다. "하지만 언젠가는
날 사랑하게 될 거예요. 난 기다릴 수 있어요. 난 오래전부터
당신을 기다려왔다고요. 사랑이 뭐라고 생각해요? 난 지금
까지 갖가지 버전의 사랑 타령을 수없이 들어봤어요. 사랑은
그 어떤 것보다도 더 위조하기 쉬운 감정이에요. 난 사랑의
모든 형태를 알고 있어요. 그러니까 당신에겐 당신이 원하는
사랑을 줄 수 있다고요."

결국 이런 것이었다니. 난 현기증이 일었다. 통속적인 연
애소설들이 남긴 교훈이 떠올랐다. 사랑은 모두 서로 엇비슷
하다는 것. 존스는 아무 대답도 하지 않았다. 길이 들지 않은
새 옷을 입은 그는 갑자기 불편해 보였다. 어쩌면 그는 선원
처럼 줄무늬 티셔츠와 샌들 차림을 하고서, 가장 좋은 조건

을 제시하는 누군가에게 팔려갈 대상이 된 듯한 기분이 들었으리라.

"이 근처에 조그만 아파트를 사줄게요." 그 순간, 오랫동안 꿈꿔왔던 새로운 에이전시에 대한 생각이 머릿속을 스쳐갔다. 하지만 이제 새 사무실은 더이상 필요치 않았다. "원한다면 당신이 살던 아파트도 처분하지 말고 갖고 있어요. 난 그저 당신이 내 곁에 있어주면 좋겠어요. 떠나지 말아요."

그는 내 제안을 농담처럼 웃어넘기려 했다. 그러다가 아무 말 없이 나를 더욱더 유심히 바라보았다. 그리고 내가 쥐고 있던 손을 빼내, 다정하게도 이번에는 그가 내 손을 잠시 꼭 잡아주었다.

"존스." 난 작게 그의 이름을 불렀다.

"그럴 순 없어요, 델핀. 당신과 난 타인의 편의를 위해 존재해요. 그리고 상황을 자기 손에 쥐기를 좋아하고요. 우리는 서로 너무나도 닮았죠. 그런데 날 사랑하고 싶다고요? 지금 그게 말이 된다고 생각해요?"

"왜 안 되는 거죠?" 난 절망감을 느끼면서 그의 말에 힘겹게 반박했다. "그동안 난 많은 사람들을 행복하게 해주었어요. 아니, 덜 불행하게 만들어주었다고 하는 편이 맞겠군요. 그러니까 당신을 위해서도 그렇게 해줄 수 있다고요. 아직도 모르겠어요? 지금껏 누군가를 이렇게 좋아해본 적이 없어요. 제발 내게서 이런 행복을 빼앗아가지 말아줘요. 난 이 행복을 결코 잃고 싶지 않아요."

그러자 그는 또다시 미소를 지어 보였다. 그의 얼굴에서는 온화함과 더불어 묘하게 지혜로움마저 엿보였다. 그 순간엔 그가 나보다 나이가 더 많은 것처럼 느껴졌다.

"오, 델핀. 당신은 여전히 행복할 거예요. 나 따위는 곧 잊어버릴 테지만, 그래도 행복은 잃지 않을 거예요. 그렇게 많은 고객들을 상대하고도 아직도 그걸 깨닫지 못했단 말인가요?"

그는 자리에서 일어나면서 새 바지에 잡힌 주름을 손으로 문질러 폈다. 그리고 창문을 가리고 있는 두꺼운 커튼을 흘끗 쳐다보았다. 내가 사는 건물 주변이 어둠침침하고 냄새나는 곳이 아닌지 자문하는 것 같았다.

"이만 가봐야겠군요. 잘 지내요. 그리고 이곳에 머물지 말아요." 그가 말을 이었다. "너무 음침하고 낡았어요. 여기 오래 있다간 숨막혀 죽을지도 몰라요. 당신도 어디로 떠나는 게 좋겠어요."

그는 낮은 탁자를 돌아 사무실로 통하는 문으로 향했다. 그가 사무실로 나서자 집안엔 또다시 삭막한 정적만 감돌았다. 난 그를 향해 소리쳤다.

"존스, 잠깐만요!"

튀어오르듯 자리에서 일어나 그에게 달려갔을 때 그는 이미 현관문 손잡이를 잡고 있었다. 그는 의아해하면서도 조금 초조한 눈빛으로 나를 바라보았다. 그런 그의 모습을 보자 심장이 덜컥 내려앉았다. 그는 하루빨리 새로운 삶을 시작할 수 있기를 바라는 것 같았다. 이곳을 떠나자마자 뱀이 허물을 벗듯 과거의 거죽을 벗어던지고 싶어한다는 것을 느낄 수 있었다.

"당신한테 털어놓지 않은 사실이 하나 있어요. 아도르노는 죽기 전에 내게 키스를 했어요. 그게 그가 마지막으로 한 행동이에요. 의식을 잃어가는 동안 당신이 옆에 있다고 생각했던 거죠. 원한다면 그때 그가 어떻게 했는지 보여줄 수 있어요."

그러자 존스는 얼굴이 창백해졌다. 그는 한 마디도 하지 못했다. 이미 온갖 세파를 다 겪어본 그조차도 이 제안 앞에서는, 망자들의 왕국에서 되살려내려는 키스에 관해 듣고서는 할말을 잃은 것이다. 난 그의 눈빛 속에 뒤섞인 두려움과 욕망을 읽을 수 있었다. 그리고 몇 발짝 떨어져 있는 그에게 성큼 다가갔다. 불룩한 배 때문에 그를 안기 여의치 않아서 옆으로 비켜서서 내 골반을 그의 골반에 바짝 붙였다. 그런 다음 두 손으로 그의 얼굴을 감싼 채 까치발을 하고 그의 입술에 내 입술을 갖다댔다. 난 아도르노가 내게 했던 것과 똑같이 그에게 키스했다. 그의 입술 사이로 혀를 깊이 들이밀면서 내 잇새로 피가 새어들 때까지 그를 깨물었다. 담배와 술 냄새가 느껴졌다. 그리고 아마도 그의 체취인 듯한 또다른 냄새가 느껴졌다. 그런 다음 물러나 그를 바라보았다.

난 그가 황홀감을 느꼈단 걸 알 수 있었다. 만약 아도르노가 아직 살아 있었더라면, 그래서 우리 두 사람이 존스에게 차례로 키스했다면, 아마도 그는 우리 둘을 구분하지 못했을 것이다. 그것은 내가 타고나고 길러온 나의 재능이자 저주였다. 그 순간 다시 한번 키스해달라는 말이 그의 입 밖으로 나올 뻔했다고 나는 거의 확신한다. 그리고 어쩌면 그가 내 제안을 다시 생각해봤을지도 몰랐다. 내가 사주겠다고 한 아파트와 새로운 삶을 살 수 있다고 했던 말을, 그리고 그에게 아무것도 바라지 않고 그를 사랑하겠다고 한 약속을 다시 떠올려봤을지도 몰랐다. 어쩌면 그는 끝없이 어딘가를 헤매는 일에 지쳤을지도 몰랐다. 또 어쩌면 고독을 숨기기 위해 편리한 방편에 의지하는 것도 나쁘지 않으리라고 생각했을지도 몰랐다. 어쩌면 난 그의 반응을 기다리지 말고 곧바로 또 한번 키스해야 했는지도. 하지만 난 그러지 않았다. 그의 눈빛에서 느껴지는 감정에 사로잡혀 결정적인 순간을 놓치고 말았던 것이다. 그는 내 두 손을 잡아 자신의 얼굴에서 떼어놓았다.

"아도르노가 당신을 좋은 사람이라고 했었는데, 그 말이 맞는 것 같군요." 그가 생각에 잠긴 듯한 목소리로 중얼거렸다. "겉으로 보이는 것보다 더 좋은 사람이에요. 솔직히 말하면, 당신을 처음 봤을 때는 그 사실을 믿지 못했어요. 휠체어에 앉아 있던 그 노인이 당신 가족이란 말을 절대 곧이곧대로 믿지 않았으니까. 내가 당신을 지켜보는 동안 당신은 그에게 말 한 번 붙이지 않았거든요. 하지만 어쩌면 본성은 선한 사람일 거라는 생각이 들어요. 어쨌거나, 아도르노는 그렇게 생각했어요."

"하지만 난 공책에 묘사된 그 여자가 아니에요. 세심하게 주의를 기울이거나 선물 같은 건…… 모두 거짓이었다고요. 그걸 깨닫지 못했나요?"

"공책에 묘사된 여자요? 애초부터 당신이 만들어낸 인물이라는 걸 알고 있었어요. 지금 그 공책 속 여자에 대해 하는 말이 아니에요. 아도르노는 가끔 당신 얘기를 했어요. 그는 당신을 '딱한 아가씨'라고 불렀죠. 때로는 '딱하고 다정한 아가씨'라고도 했고요."

그 순간 눈물이 솟구쳐 입가로 흘러내렸다. 누구 때문에, 무엇 때문에 우는지 알 수 없었다. 그러자 존스는 손을 뻗어 엄지손가락으로 내 눈물을 닦아주고는 뒤돌아 에이전시를 떠났다.

난 유리문 앞에 한동안 그대로 서 있었다. 문을 닫고 어둠 속으로 사라지기까지 몇 초 동안만 존스의 모습을 볼 수 있을 뿐이었다. 그와 함께 세상이 사라져버린 것 같았다. 남은 건 유리문에 비친 테이블과 의자, 미망에서 깨어나 지친 몸짓으로 얼굴을 훔치는 한 초라한 여자뿐이었다.

하지만 난 여전히 움직이지 않고 그 자리에 계속 있었다. 어쩌면 존스가 다시 돌아오기를 바라서였거나, 어둠 속에서 그가 다시 나타나 에이전시 문손잡이를 향해 손을 뻗는 모습을 볼 수 있길 바랐기 때문인지도 몰랐다. 그를 위로해주고, 사랑하고, 소중히 대해야 할 고객이라고 생각했거나, 아니면 길 끝 어딘가에서 그와 마주하고 서 있는 나 자신의 모습을 그려보고 있었는지도. 난 거울 앞에 설 때면 늘 그렇게 자기 모습을 바라보던 어머니를 떠올렸다.

그다음엔 모든 게 자연스럽게 흘러갔다. 불룩한 배를 안고 움직이기도 한결 수월했고, 집안을 돌아다니다 가구에 배를 부딪히지 않은 건 처음이었다. 난 사무용품을 보관해둔 캐비닛에서 A3 용지를 한 장 꺼내 굵은 검은색 사인펜으로 이렇게 썼다. '당신을 위해' 완전 폐업. 그리고 에이전시 전면 유리에 붙였다. 그러고는 다음날 아침 마리아가 밖에서 문을 열지 못하도록 안쪽 열쇠 구멍에 열쇠를 잘 꽂아두었다.

난 다시 컴퓨터 앞에 앉았다. 그리고 컴퓨터 하드디스크를 차근차근 비우기 시작했다. 최근에 작성한 문서파일들과 오래된 파일들까지, 차례로 눈앞을 지나가는 파일을 볼 때마다 계속 무언가가 떠올랐다. 파일명 하나하나에 목소리와 얼굴을 매치시킬 수도 있었으리라. '존스에게 보내는 편지' 파일을 지우기 전에 아주 잠시 머뭇거렸을 뿐, 컴퓨터의 하드를 완전히 비워내는 데는 그리 오랜 시간이 걸리지 않았다. 문서파일을 다 정리한 다음, 마리아 앞으로 편지를 한 통 작성하고 그녀에게 줄 수표를 준비했다. 그리고 공증인에게 보낼 편지를 또 한 통 썼다. 그의 사무실에 보관중인 서류를 전부 파기해달라는 편지였다.

이제 남은 건 마지막 편지를 쓰는 일뿐이었다. 그러고 나면 모든 게 끝이었다.

안리즈에게(이게 네 이름이란다. 네가 만약 내 아이였더라면 이름을 뭐라고 지었을지 생각조차 해보지 못했구나.)

가방에 그저 옷 몇 벌만 챙기고 임부복과 네 부모님이 사준 소리 나는 그림책은 버려두고서 용기를 내어 기차를 타고 어디론가 떠나 모든 걸 다시 시작할 수만 있다면 좋겠구나. 두 칸짜리 조그만 아파트나 정원 딸린 단독주택을 얻어서 그 정원에서 우리의 평온한 일상을 지켜주는 암탉과 거북이를 키우며 지낼 수만 있다면, 어느 지방의 작은 병원에서 내 진짜 이름을 대고 너를 낳을 수 있다면 좋겠어. 할머니들처럼 정 많고 푸근한 간호사들이 병원으로 찾아와주는 사람이 아무도 없다는 걸 안타깝게 여기며 날 위로해주려고 개인 수납장에 따로 보관해두었던 석류 시럽을 갖다주기도 하는 그런 인정 있는 곳에서 말이야. 학교를 마치고 돌아오는 네 모습도 창문 너머로 지켜볼 수 있으면 좋겠구나. 행여 배가 고플세라 오후 일찍부터 빵에 블랙베리 잼을 발라 준비해놓고는, 마침내 네가 문을 열고 집에 들어설 때쯤이면 잼 바른 빵에 꼬이는 파리와 말벌을 쫓느라 진이 빠져 있기도 하면서 말이지. 네가 어미 뱃속에 있던 새끼 고양이들이 얼마 만에 태어나는지, 네 인형들의 성별은 뭔지 관심을 보이게 되는 날, 나는 널 잉태한 순간부터, 뱃속에 정자를 품고 집으로 돌아오던 그 순간부터 널 사랑했다고, 그리고 그 순간부터 널 사랑하지 않은 적이 없었다고 네게 말해줄 수 있으면 좋겠어. 하지만 그건 사실이 아니겠지. 네가 내 뱃속에 있을 때는 널 사랑하지 않았어. 아니, 어쩌면 뒤늦게 사랑했던 것 같아. 그래, 난 너무 늦게야 널 사랑하기 시작했던 거야. 하지만 네 부모님은 분명 네게 아무 말도 해주지 않겠지. 위험하게 비밀을 깨버릴 이유는 없을 테니까. 게다가 모든 게 아주 명백하고 단순해 보이기까지 하니까. 아마도 넌 네 어머니처럼 붉은 머리에, 뾰족한 얼굴선까지 그녀를 많이 닮았을 거야. 혹시 어디가 아파서 병원에 가거나, 우연히 혈액검사를 하고서야 비로소 진실을 알게 될 테지. 하지만 지금 넌 나와 함께 있단다. 피눈물 나는 고통 속에서 너와 헤어지게 될 날은 아직 닥치지 않은 미래의 이야기야. 어쩌면 널 더이상 여기저기 품고 다니지 않아도 된다는 사실에 후련해할지도 모르겠구나. 앞으로 어쩌면 네가 보고 싶어질지도 모르겠어. 내 몸이 너를 찾게 될지도. 그러다가 어느 날 문득 설거지를 하다 말고 물속에 손을 담근 채 아무 이유 없이 울음을 터뜨리게 될지도 모르고. 하지만 단지 호르몬 때문이라고 생각하면서 난 스스로 위로할 거야. 어쩌면 넌 이 글을 결코 읽을 수 없을지도 몰라. 이 편지는 깊은 서랍 속이나 금고 속에 보관될지도 모르고, 아마도 그곳이 가장 안전한 곳이 될 테니까. 이게 만약 네 부모님의 손에 들어간다면 그들은 분명 이걸 당장 찢어버릴 거야. 그렇다고 해서 내가 어떻게 그들에게 돌을 던질 수 있겠어?

하지만 그럼에도 불구하고 언젠가 네가 이 편지를 읽게 된다면, 안리즈, 이 모든 게 어떻게 시작됐는지 네게 말해주고 싶어. 그리고 내가 어떻게 너 없이 살아가기로 선택하게 되었는지 네가 이해해주기만을 바랄 뿐이야.

옮긴이 **박명숙**

서울대학교 불어교육과를 졸업하고 프랑스 보르도 제3대학교에서 언어학 학사와 석사학위를, 파리 소르본대학교에서 프랑스 고전주의 문학을 공부하고 '몰리에르' 연구로 불문학 박사학위를 받았다. 서울대학교와 배재대학교에서 강의했고, 현재 출판기획자, 불어와 영어 전문번역가로 활동중이다. 버지니아 울프의 『여성과 글쓰기』, 헨리 데이비드 소로의 『소로의 문장들』, 제인 오스틴의 『제인 오스틴의 문장들』, 파울로 코엘료의 『순례자』, 에밀 졸라의 『목로주점』 『제르미날』 『여인들의 행복 백화점』 『전진하는 진실』, 오스카 와일드의 『심연으로부터』 『오스카리아나』 『와일드가 말하는 오스카』 『거짓의 쇠락』, 알베르 티보데의 『귀스타브 플로베르』, 조지 기싱의 『헨리 라이크로프트 수상록』, 도미니크 보나의 『위대한 열정』, 플로리앙 젤러의 『누구나의 연인』, 프랑크 틸리에의 『뫼비우스의 띠』 등을 우리말로 옮겼다.

문학동네 세계문학

미스 델핀의 환상 사무소

초판 인쇄 2023년 6월 16일 | 초판 발행 2023년 6월 26일

지은이 도미니크 메나르 | 옮긴이 박명숙
책임편집 김미혜 | 편집 김혜정
디자인 엄자영 유현아 | 저작권 박지영 형소진 최은진 서연주 오서영
마케팅 정민호 김도윤 한민아 이민경 안남영 김수현 왕지경 황승현 김혜원 김하연
브랜딩 함유지 함근아 박민재 김희숙 고보미 정승민 배진성
제작 강신은 김동욱 임현식 | 제작처 천광인쇄사

펴낸곳 (주)문학동네 | 펴낸이 김소영
출판등록 1993년 10월 22일 제2003-000045호
주소 10881 경기도 파주시 회동길 210
전자우편 editor@munhak.com | 대표전화 031) 955-8888 | 팩스 031) 955-8855
문의전화 031) 955-1927(마케팅) 031) 955-8860(편집)
문학동네카페 http://cafe.naver.com/mhdn
인스타그램 @munhakdongne | 트위터 @munhakdongne
북클럽문학동네 http://bookclubmunhak.com

ISBN 978-89-546-9386-8 03860

잘못된 책은 구입하신 서점에서 교환해드립니다.
기타 교환 문의 031)955-2661, 3580

www.munhak.com